CLAUDIA ROSSBACHER

# Steirerquell

CLAUDIA ROSSBACHER

# Steirerquell

SANDRA MOHRS ACHTER FALL

GMEINER

*Personen und Handlung sind frei erfunden.*
*Ähnlichkeiten mit lebenden oder toten Personen*
*sind rein zufällig und nicht beabsichtigt.*




Im Ehnried 5, 88605 Meßkirch
Telefon 07575/2095-0
info@gmeiner-verlag.de

3. Auflage 2023

Lektorat: Claudia Senghaas
Herstellung: Mirjam Hecht
Umschlaggestaltung: U.O.R.G. Lutz Eberle, Stuttgart
unter Verwendung eines Fotos von: © Hannes Rossbacher
Druck: GGP Media GmbH, Pößneck
Printed in Germany
ISBN 978-3-8392-2265-2

Für alle Leserinnen und Leser, die schon sehnsüchtig auf den achten Fall für Sandra Mohr und Sascha Bergmann gewartet haben. Spannende und unterhaltsame Stunden wünscht

Ihre Steirerkrimi-Autorin
Claudia Rossbacher

Reinischkogel, Oktober 2017

www.claudia-rossbacher.com
facebook.com/Claudia.Rossbacher.Autorin
instagram.com/steirerkrimis

Ein Glossar der steirischen beziehungsweise österreichischen Ausdrücke und Abkürzungen befindet sich wie immer am Ende des Buches.

# PROLOG

Geliebt, gequält.
Stunde um Stunde.
Tag für Tag.
Gnadenlos.

Aufgegeben,
sich ihm hingegeben.
Gezeichnet fürs Leben,
der Anblick unerträglich.

Sein Eigentum
mit Haut und Haar,
mit Leib, aber ohne Seele.
Verloren, verbrannt.

# KAPITEL 1

## Samstag, 2. August, Graz

### 1.

Sandra Mohr trennte die Verbindung mit ihrer Sprachmailbox und wandte sich wieder dem Stehtisch unterm Sonnenschirm zu. Der Schreck stand der Abteilungsinspektorin des LKA Steiermark ins Gesicht geschrieben. Die Nachricht ihrer Freundin hatte sie eben wie ein Fausthieb in die Magengrube getroffen und den Sektempfang im Park des Plabutscher Schlössls schlagartig vergessen lassen. »Hilf mir … bitte … komm … er ist …«, hallten die Worte in ihrem Kopf nach. Dem markerschütternden Schrei war ein dumpfer Knall gefolgt, der Andrea zum Schweigen brachte. Dann war die Verbindung abgerissen. Trotz der hochsommerlichen Hitze lief es Sandra eiskalt über den Rücken.

»Was ist denn mit dir los? Du bist ja auf einmal ganz blass. Ist jemand gestorben?«, witzelte Sascha Bergmann, der sich mit Sandra den Stehtisch im romantischen Schlosspark teilte. Mittlerweile waren auch all die anderen Tische von der Hochzeitsgesellschaft besetzt.

»Hoffentlich nicht«, murmelte Sandra geistesabwesend.

»Tja … Und wenn doch, dann wird sich halt wer anderer um die Leiche kümmern müssen«, spielte der Chefinspektor der Mordgruppe auf sein freies Wochenende an. Demonstrativ kippte er den restlichen Muskateller Sekt in einem Zug hinunter.

Abgesehen davon, dass Sandra ohnehin höchst selten über seine Witze lachen konnte, war ihr momentan überhaupt nicht zum Scherzen zumute. Seine Worte ignorierend, las sie die Uhrzeit von ihrem Handy ab. Es war eine gute Stunde vergangen, seitdem Andrea sie angerufen und um Hilfe angefleht hatte, rechnete sie zurück. Leider ohne ihr auf der Mailbox zu hinterlassen, wo sie sich befand, oder wer sie allem Anschein nach bedrohte. Sandra hatte den lautlosen Anruf während der Trauungszeremonie in der Göstinger Pfarrkirche zwar wahrgenommen, ihr vibrierendes Handy jedoch geflissentlich ignoriert. Ja, sie hatte noch nicht einmal nachgeschaut, wer sie sprechen wollte. Schließlich war heute nicht nur Bergmanns freier Tag, sondern auch ihrer. Erst später, hier im Schlosspark, war ihr der entgangene Anruf wieder eingefallen, und sie hatte zum Handy gegriffen. Hoffentlich würde sie diese Verzögerung nicht bis an ihr Lebensende bereuen.

»Darf's für Sie noch ein Glas Sekt sein?«, drängte sich der Kellner in ihre Gedanken.

Gut gelaunt tauschte Bergmann sein leeres Sektglas gegen ein volles vom Serviertablett ein.

Sandra lehnte dankend ab und griff stattdessen zu einem Glas mit Mineralwasser. Einerseits war ihr Sektglas ohnehin noch halb voll, andererseits machte sich nach dem ersten Schreck ein flaues Gefühl in ihrem Magen breit. Zudem musste sie einen klaren Kopf behalten, wollte sie Andrea helfen. Falls es dafür nicht schon zu spät war. Doch wo mit der Suche nach der Freundin am besten beginnen?

»Seit wann lässt du freiwillig Muskateller Sekt an dir vorüberziehen?«, unterbrach Bergmann ihre Überlegungen. »Jetzt mache ich mir aber ernsthaft Sorgen um dich.«

Sandra warf ihm einen genervten Blick zu.

Noch immer grinsend winkte Bergmann die junge Kellnerin herbei, die ein Tablett mit Häppchen vor sich hertrug, und langte mit beiden Händen zu. Den weißen Porzellanlöffel mit der kunstvoll drapierten Garnele schob er sich gleich in den Mund, um sich im nächsten Augenblick noch einen Löffel vom Tablett zu nehmen. Erst dann ließ er die Kellnerin weiterziehen.

Sandra trat von einem Bein auf das andere. »Andrea hat mir vorhin auf meine Mailbox gesprochen«, verkündete sie.

Bergmann kaute genüsslich auf seiner Garnele herum. Bis ihm Sandra von der besorgniserregenden Nachricht ihrer Freundin erzählte. Endlich verflüchtigte sich sein Grinsen. Das kaviargekrönte Tatar vom Saibling und das Ziegenkäseröllchen im Speckmantel rührte er vorerst nicht mehr an. Auch ihm war die Sorge um Andrea jetzt deutlich anzumerken. Immerhin kannte er Sandras Freundin recht gut. In den letzten Monaten war sie einige Male als Babysitterin für seine Tochter eingesprungen, wenn seine Exfrau aus Wien die Kleine wieder einmal bei ihm abgeliefert hatte, um mit ihrem Chef in den Süden weiterzufahren, was immer die beiden dort trieben.

Erst heute in aller Herrgottsfrüh hatten Sandra, Bergmann und Sarah gemeinsam Andrea besucht, die extra hiergeblieben war, um die beiden Damen – die große wie die kleine – für die Hochzeit zu frisieren, ehe sie ins Wochenende aufbrechen wollte. Die schnürlglatten weizenblonden

Haare der Siebenjährigen hatte sie zu »Prinzessinnenlöckchen« eingedreht, anschließend Sandras halblange hellbraune Haare – passend zum Dirndl – zu einer Kranzfrisur eingeflochten, die Bergmann ausgiebig belächelte. Aber was verstand ein zugezogener Wiener schon von Trachtenmode? Auch wenn der Chefinspektor immerhin vier Jahre lang in der steirischen Landeshauptstadt lebte, wo volkstümliches Gewand nun einmal zum Lifestyle dazugehörte, weigerte er sich beharrlich, Lederhose, Steireranzug und Co zu tragen. Er käme sich darin verkleidet vor, beteuerte er bei jeder Gelegenheit. Und so war er auch zur heutigen Trachtenhochzeit ihrer beiden Kollegen, Miriam Seifert und Stefan Baumgartner, in einem klassischen hellen Leinenanzug erschienen. Wenigstens waren seine zerschlissenen Jeans, das schmuddelige T-Shirt und die ausgelatschten Sneakers, die er meistens trug, an diesem Festtag zu Hause geblieben.

»Probier doch noch einmal, Andrea anzurufen. Vielleicht hebt sie ja jetzt ab.« Bergmann schob sich den Löffel mit dem Fischhäppchen nun doch in den Mund, während Sandra seinem Vorschlag folgte.

»Wieder nur die Mailbox …« Mit einem Seufzen trennte sie die Verbindung. »Verdammt!«

»Lass uns mal in Ruhe überlegen«, sagte Bergmann. »Sie wollte das Wochenende in einer Therme verbringen«, erinnerte er sich, was Andrea in der Früh erwähnt hatte. »Hat sie gesagt, in welcher?«

Sandra zuckte mit den Schultern. »Nein, aber ganz bestimmt ist sie nicht allein dorthin gefahren.«

»Und mit wem ist sie unterwegs?«

»Wenn ich das wüsste, hätte ich längst versucht, ihre Begleitung anzurufen.« In Bergmanns Gegenwart hatte Andrea keinen Namen genannt. Und Sandra war diskret genug gewesen, nicht nachzufragen. Wenn es etwas zu erzählen gab, war ihre

Freundin üblicherweise die Erste, die ihr das auf die Nase band. Ob Sandra es nun hören wollte oder nicht. Ausgerechnet heute war sie jedoch nicht in ihre Pläne eingeweiht. Und so wusste sie nicht viel mehr als Bergmann. Nämlich, dass Andrea das Wochenende in einem Wellness-Hotel im steirischen Thermenland verbringen wollte. Über alles Weitere konnte sie nur spekulieren.

Ziemlich sicher ging sie davon aus, dass Andrea mit einem Mann unterwegs war. Wahrscheinlich mit ihrem verheirateten Zahnarzt, von dem sie zuletzt immer wieder erzählt hatte, den Sandra jedoch weder persönlich noch namentlich kannte. Vielleicht gab es aber auch schon wieder einen neuen Mann, mit dem sich die lebenslustige Andrea vergnügte. Möglicherweise hatte ihre beste Freundin doch mehr Geheimnisse vor ihr, als Sandra glaubte.

»Du weißt es also nicht … Aber du hast doch bestimmt einen Verdacht.« Bergmann griff zu seinem Sektglas und nippte daran.

»Ich weiß nur, dass Andrea seit einigen Monaten mit ihrem Zahnarzt liiert ist. Ein verheirateter Mann wie üblich …« Sandra biss sich zu spät auf die Zunge. Die letzten Worte hätte sie besser nicht ausgesprochen, auch wenn sie der Wahrheit entsprachen.

Bergmann hakte prompt nach. »Wie üblich?« Er stellte sein Sektglas ab und rückte die Sonnenbrille auf seiner Nase zurecht.

Obwohl die blau getönten, verspiegelten Brillengläser seine Augen verbargen, spürte Sandra den bohrenden Blick, den er üblicherweise dann aufsetzte, wenn er tatverdächtige Personen verhörte. Sie räusperte sich erst einmal, ehe sie ihm antwortete. »Na ja … Andrea lässt sich meistens mit verheirateten Männern ein. Auch wenn das nicht unbedingt absichtlich geschieht. Ihr Unterbewusstsein scheint sie vor festen Bindungen bewahren zu wollen«, verriet sie ihm nur zögerlich und angesichts der Notlage.

»Damit sind die Fronten von Anfang an klar«, meinte Bergmann.

Sandra nickte. »Und die Gefahr, dass die Herren mehr von Andrea möchten, als sie zu geben bereit ist, hält sich in Grenzen«, fügte sie hinzu.

»Mehr als Sex?«, fragte Bergmann.

»Du würdest dich damit begnügen, schon klar. Manch einem reicht das aber nicht. Dummerweise sind auch Ehemänner nicht davor gefeit, sich zu verlieben. Spätestens dann fangen die Scherereien an.«

Bergmanns Augenbrauen tauchten kurz über dem silberfarbenen Rahmen seiner Sonnenbrille auf. »Wer sich in Gefahr begibt, der kommt darin um«, zitierte er ausgerechnet aus dem Alten Testament. Dabei hatte der ehemalige Klosterschüler der katholischen Kirche längst den Rücken gekehrt.

»Umgekommen ist wegen Andrea, soweit ich weiß, noch keiner«, erwiderte Sandra. »Wenn es ihr in einer Beziehung zu eng wird, tritt sie den Rückzug an. Sie sagt immer, dass sie nicht die ganze Kuh kaufen möchte, wenn sie doch nur ab und zu ein Glas Milch trinken will.« Sie nahm einen Schluck Wasser.

»Ich kenne diesen Spruch.« Bergmann schob sich nun doch noch den dritten und letzten Porzellanlöffel in den Mund.

Sandra hätte schwören können, dass es nicht der Geschmack des Ziegenkäseröllchens im Speckmantel war, der ihn gedanklich beschäftigte. »Lebst du seit deiner Scheidung etwa auch nach dieser Devise?«, fragte sie.

»Kommt ganz auf die Kuh an«, erwiderte Bergmann mit vollem Mund. »Aber in diesem Fall …« Er brach den Satz ab und kaute den Bissen fertig.

»In welchem Fall denn?«, hakte Sandra nach.

Der Chefinspektor schluckte hinunter. »Na, in Andreas Fall«, antwortete er und spülte mit Sekt nach.

Sandra verstand noch immer nicht.

»Mein Gott, sie hat diesen Spruch auch vor mir ein paarmal erwähnt.« Bergmann klang auf einmal unwirsch.

Sandra stutzte. Die beiden waren einander offenbar viel vertrauter, als sie angenommen hatte. »Hat Andrea mit dir auch über ihren Zahnarzt gesprochen?«, wollte sie wissen.

Bergmann schüttelte den Kopf. »Hätte ich Zahnschmerzen gehabt, dann vielleicht …« Sein süffisantes Grinsen verschwand hinter der geblümten Vliesserviette.

»Sie hat ihn immer ›Herr Doktor‹ genannt, wenn sie von ihm gesprochen hat. Läutet da vielleicht etwas bei dir?«, fragte Sandra weiter.

»Warum hätte sie ausgerechnet mit mir über einen anderen Mann reden sollen?« Bergmann warf seine Serviette genervt auf den Tisch zurück.

Ausgerechnet? Auf einmal läutete bei Sandra etwas – nämlich die Alarmglocken. »Sag mal, habt ihr beiden etwa …?« Beim bloßen Verdacht krampfte sich ihr ohnehin schon flauer Magen zusammen. Jetzt war ihr richtig übel. Rasch hob sie die Hand, um Bergmann von einer Antwort abzuhalten. Den säuerlichen Geschmack, der ihr in der Kehle brannte, würgte sie hinunter. »Vergiss meine Frage wieder. Ich will es gar nicht wissen«, meinte sie gequält.

»Was willst du nicht wissen? Ob ich mit Andrea geschlafen habe?«, fragte Bergmann, als wäre es das Selbstverständlichste auf der Welt.

Sandra schloss ihre Augen. »Bitte nicht, Sascha«, stöhnte sie.

»Du bist doch nicht etwa eifersüchtig, *Liebling*?« Der Gedanke amüsierte ihn hörbar.

Sandra riss die Augen auf und starrte ihn wütend an. »Das nun ganz bestimmt nicht! Und nenn mich ja nie wieder so!«, fauchte sie ihn an.

Prompt drehte sich die unbekannte Dame am benachbarten Stehtisch nach ihr um, während die zweite Fremde und deren beiden männliche Begleiter belustigte Blicke austauschten.

Bergmann grinste bis über beide Ohren.

Nur mit allergrößter Beherrschung konnte Sandra den unbändigen Drang unterdrücken, ihm ihren mittlerweile abgestandenen Sekt ins Gesicht zu schütten. Nicht genug, dass er sie schon wieder mit diesem unverschämten Kosenamen ansprach – noch dazu in aller Öffentlichkeit und in der Nähe einiger Polizeikollegen –, fühlte sie sich von ihm und ihrer besten Freundin hintergangen.

Hatten die beiden tatsächlich miteinander geschlafen? Andrea hatte den Schwerenöter ja von Anfang an »zuckersüß« gefunden, erinnerte sich Sandra, die diese Einschätzung weder damals noch heute teilte. Seine Tochter hatte die beiden einander wohl näher gebracht, als ihr lieb war. Sie trank einen weiteren Schluck Mineralwasser.

Und wenn schon? Was störte sie eigentlich so sehr daran, fragte sie sich, als sie das Glas wieder absetzte. Bergmann und Andrea waren beide erwachsene ungebundene Menschen, die tun und lassen konnten, was sie wollten. Und mit wem sie wollten. Warum sollte sie also eifersüchtig sein? Nein, das war sie ganz bestimmt nicht. Sie war lediglich irritiert, dass ihr die Freundin ausgerechnet von der Affäre mit ihrem Vorgesetzten nichts erzählt hatte. Falls es eine solche überhaupt gab. Immerhin war es doch auch möglich, dass Bergmann sie nur wieder einmal am Schmäh hielt und zur Weißglut treiben wollte. Was ihm zweifellos gelungen war. Und zwar zum denkbar schlechtesten Zeitpunkt, während sie um das Leben ihrer Freundin bangte.

Sandra griff nach der Horsd'œuvre-Karte, hob ihr Kinn an und fächelte sich Luft zu. Selbst im Schatten des Sonnenschirms hatte es inzwischen mehr als 30 schwüle Grad Celsius. Eine Abkühlung war vorerst nicht in Sicht. So verregnet dieser Sommer bisher gewesen war, für dieses Wochenende waren Sonnenschein, tropische Temperaturen und lokale Gewitter vorhergesagt, von denen hier momentan aber nichts zu sehen war. »Was du privat treibst, hat mich noch nie interessiert«, raunte sie Bergmann wild fächelnd zu. »Denk lieber nach, wie wir Andrea am schnellsten finden können.«

»Kann ich mir ihre Nachricht einmal anhören?«, fragte Bergmann, endlich wieder mit dem angemessenen Ernst.

»Sicher ...« Noch einmal rief Sandra ihre Mailbox an und reichte ihm das Handy über den Stehtisch.

Bergmann lauschte Andreas Hilferuf regungslos, ehe er Sandra das Telefon zurückgab.

»Sollen wir die Fahndung nach ihr rausgeben?«, fragte sie.

Der Chefinspektor fuhr sich mit der Hand übers unrasierte Kinn. »Wir müssen ja nicht gleich aus dem Vollen schöpfen«, meinte er. »Auch wenn es so klingt, als würde Andrea bedroht werden, ist auf der Sprachnachricht doch nur *ihre* Stimme zu hören. Keine andere. Vielleicht wurde sie gar nicht bedroht, sondern hatte einen Verkehrsunfall und befindet sich jetzt in einem Krankenhaus. Das sollten wir zu allererst überprüfen.«

»Und wer ist dann dieser ›Er‹, auf den sie sich bezieht?«

»Ihr Unfallgegner?«, spekulierte Bergmann. »Oder jemand, der mit ihr im Auto gesessen ist?«

Auszuschließen war das freilich nicht, musste ihm Sandra recht geben.

»Hat sie denn Verwandte, die in einem Notfall zu verständigen wären?«, erkundigte sich Bergmann.

»Nicht, dass ich wüsste. Ihre Eltern sind tot. Geschwister hat Andrea auch keine. Nur eine Tante in Fürstenfeld.

Falls die noch lebt.« Just in jener Stadt, in der Sandras Vater nach der Scheidung von ihrer Mutter den Polizeidienst versehen hatte, schweifte sie gedanklich in die eigene Vergangenheit ab. Im dortigen Landeskrankenhaus war der starke Raucher Jahre später seinem Lungenkrebs erlegen. »Andrea ist in Fürstenfeld aufgewachsen und in die Schule gegangen«, fuhr sie fort. »Außerdem müsste es noch einen Sohn von dieser Tante geben, der seit etlichen Jahren in Graz lebt. Zu ihrem Cousin hat Andrea aber meines Wissens schon ewig keinen Kontakt mehr.«

»Und wie heißen ihre Verwandten?«

Sandra schüttelte den Kopf. »Die Namen sind mir leider entfallen. Es ist schon eine Weile her, dass Andrea über sie gesprochen hat.«

»Hmm ... Vielleicht hat sie sich ja auch mit ihrem Gschamsterer gestritten, und der ist handgreiflich geworden«, überlegte Bergmann laut.

Ihre Freundin war zwar alles andere als ein armes Hascherl, das sich von Männern unterdrücken ließ, aber vor Gewaltausbrüchen waren auch selbstsichere Frauen wie Andrea nicht gefeit, überlegte Sandra.

»Wenn sie sich in keinem Krankenhaus befindet, sollten wir schleunigst diesen Zahnarzt ausfindig machen«, meinte Bergmann.

»Ich habe zu Hause einen Reserveschlüssel von ihrer Wohnung. Den hol ich mir jetzt und schau mich dann mal dort um. Vielleicht findet sich ein Hinweis auf ihren ›Doktor‹ oder die Therme, in der sie das Wochenende verbringen wollte. Oder auch irgendeine andere Spur ...« Sandra legte ihren provisorischen Fächer auf den Tisch zurück.

»Heißt das, ich soll allein hierbleiben?«

»Du bist doch gar nicht allein hier. Deine Tochter läuft dort drüben mit ihrer neuen Freundin herum. Kann Sarah eigentlich schwimmen?« Mit einer Kopfbewegung deutete Sandra zu den beiden kleinen Mädchen hinüber, die etwas abseits zwischen den Büschen und Bäumen herumtollten.

»Ja, kann sie. Warum?«

»Weil sich dort drüben ein Teich befindet«, warnte Sandra. Sie war zwar noch nie hier gewesen, doch hatte ihr Miriam diese und andere Hochzeits-Locations im Internet gezeigt, ehe sie sich fürs Plabutscher Schlössl entschied.

»Um Sarah musst du dir keine Sorgen machen«, meinte Bergmann.

Sandra nickte. Umso mehr sorgte sie sich um Andrea.

»Ich erkundige mich mal, ob es in den letzten Stunden Unfälle gegeben hat«, versprach Bergmann. »Danach rufe ich dich an. Und du meldest dich bei mir, wenn du in Andreas Wohnung auf Hinweise stößt. Keine Alleingänge, ist das klar?«

Was sollte das jetzt wieder heißen? Glaubte der Chefinspektor etwa, dass sie nicht Herrin der Lage war, nur weil es sich um ihre Freundin handelte, die mutmaßlich in Gefahr schwebte?

Wortlos wandte sich Sandra ab und stakste auf ihren ungewohnt hohen Absätzen durchs Gras – direkt auf die großgewachsene Blondine im Brautdirndl und deren Bräutigam zu. Wenigstens von ihren frischvermählten Kollegen wollte sie sich noch verabschieden und ihnen eine schöne Hochzeitsreise wünschen.

# 2.

Auf den ersten Blick konnte Sandra in der Wohnung ihrer Freundin nichts Ungewöhnliches entdecken. Das Türschloss hatte sie zweifach versperrt vorgefunden. Eingebrochen worden war demnach nicht. Wenn Andrea in einen Kampf verwickelt gewesen war, dann bestimmt nicht hier. In keinem der Räume. Die Außenjalousien waren alle heruntergelassen, um die ansonsten lichtdurchflutete Dachterrassenwohnung am Lendplatz vor der Hitze zu schützen. Sandra hatte es dabei belassen und das Licht eingeschaltet.

Nach einem ersten Streifzug durch die Räume, der sie nichts Böses vermuten ließ, nahm sie das Vorzimmer noch einmal genauer unter die Lupe. Der Autoschlüssel, der sich üblicherweise in der Schatulle auf der Kommode befand, war nicht an seinem Platz. Entweder hatte Andrea ihn woanders hingelegt oder mitgenommen, was nicht zwangsläufig auch bedeuten musste, dass sie mit ihrem Auto unterwegs war. Vielleicht hatte sie den Schlüssel ja nur aus Gewohnheit mitgenommen. Ob ihr feuerroter Mini auf dem Dauermiet-Parkplatz in der nahen öffentlichen Parkgarage stand, wollte Sandra später noch überprüfen.

Ihr nächster Blick fiel auf die schwarze Lederjacke. Ein Lieblingsstück ihrer Freundin, das an der Garderobe hängen geblieben war. Bei den hochsommerlichen Wetteraussichten für die kommenden Tage nicht weiter verwunderlich. Vielmehr hatte sich Sandra bereits heute Morgen gefragt, warum Andrea im Hochsommer in eine Therme fuhr. Wo sie doch das Meer über alles liebte. Üblicherweise hob sie sich ihre Wellnessurlaube für die kühleren Jahreszeiten auf.

Wenn es draußen ungemütlich war, genoss sie es umso mehr, im warmen Thermalwasser zu schwimmen und in der Sauna zu schwitzen. Andererseits konnte sie sich ja auch in einem Sportbecken abkühlen. Vielleicht sogar in einer Kältekammer, wie sie mancherorts zu Therapiezwecken eingesetzt wurden. Eine solche wäre Sandra momentan gerade recht gekommen. Unter dem engen Dirndlleib klebte ihre Bluse schon seit geraumer Zeit am Körper. So sehr sie Andrea um die gepflegte, üppig bepflanzte Dachterrasse mit Blick auf den Schloßberg und den Uhrturm beneidete, so unerträglich fand sie die Temperaturen, die an solchen Hundstagen in der Wohnung unter dem Flachdach herrschten. Vor allem dann, wenn es in der Stadt auch nachts nicht mehr richtig abkühlte.

Sandra nahm sich die Taschen der Lederjacke vor und fand ein Taschentuch und eine angebrochene Packung mit Kaugummis, die die Zähne aufhellen sollten. Nirgendwo war jedoch ein Autoschlüssel zu entdecken.

Der Schuhkasten, der bis zum Plafond reichte, wies etliche Lücken auf. Entweder die Schuhfetischistin hatte wieder viel zu viele Paare ins Wochenende mitgenommen, oder sie hatte sich in letzter Zeit von einigen getrennt.

Vorbei am mannshohen goldgerahmten Vintage-Spiegel begab sich Sandra ins Wohnzimmer. Sie verzichtete darauf, den Laptop der Freundin hochzufahren. Das Passwort kannte sie ohnedies nicht. Den Computer mitzunehmen, um ihn von einem IT-Experten überprüfen zu lassen, erschien ihr dann doch übertrieben. Bislang gab es keinen konkreten Hinweis auf ein Verbrechen, lediglich diesen ungeklärten Hilferuf. Der bloße Gedanke daran jagte Sandra kalte Schauer über den verschwitzten Rücken. Doch sosehr sie sich auch um Andrea sorgte, sah sie sich privat in ihrer Wohnung um. Und nicht als LKA-Ermittlerin. Jedenfalls noch nicht. Gefahr in Verzug bestand, objektiv betrachtet, keine.

Sandra musste vor allen Dingen gelassen bleiben und sich nicht in etwas hineinsteigern.

Die Hoffnung, zwischen den Zeitschriften einen Prospekt oder ein Flugblatt zu finden, die das Reiseziel der Freundin preisgaben, zerschlug sich als Nächstes. Die Suche danach wollte Sandra später im Altpapiersammelkorb in der Küche fortsetzen. Obwohl Andrea wahrscheinlich ohnehin online, telefonisch oder womöglich gar nicht selbst ihren Kurzurlaub gebucht hatte.

Zuvor aber wollte Sandra noch die Ordner im Bücherregal durchforsten. In einem fand sie Versicherungspolizzen, im anderen Dokumente und Zeugnisse, im nächsten Rechnungen und Korrespondenz. Während sie in den Belegen stöberte, musste sie mehrmals gähnen. Ein Schreiben an die Krankenkassa erweckte schließlich ihre Aufmerksamkeit. Sie überflog die erste Seite des Schriftstücks, der einige weitere zusammengeheftete Blätter folgten. »… bitte ich Sie um anteiligen Kostenersatz laut beiliegender Zahnarztrechnung vom 12. Juni 2014 …«, las sie sich die entscheidende Stelle selbst laut vor, um danach den Klemmbügel zu öffnen, den Brief zu entnehmen und umzublättern – zur Kopie einer Honorarnote. »Doktor Axel Luttenberger«, las sie weiter. »Zahnarzt in Graz … Na bitte, wer sagt's denn?« Der Anflug eines Lächelns huschte über ihr Gesicht. Wenn ihre Vermutung zutraf, hatte sie soeben Andreas Liebhaber ausfindig gemacht. Und damit hoffentlich auch ihren aktuellen Reisebegleiter.

Sandra holte ihr Handy aus der Tasche, um die Kontaktdaten der Zahnarztpraxis zu fotografieren, die im Bezirk St. Peter firmierte. Danach wählte sie die Telefonnummer. Eine weibliche Tonbandstimme verkündete die Ordinationszeiten. Am Dienstag um 13 Uhr war die Praxis wieder für Patienten geöffnet. Anrufe für Terminvereinbarungen wurden am selben Wochentag bereits ab 9 Uhr entgegengenommen. In

Notfällen solle man sich an die Ambulanz der Universitätsklinik wenden. Während Sandra noch dem Tonband lauschte, klopfte ein neuer Anruf an. »Bergmann«, las sie murmelnd vom Display ab und nahm das Gespräch an.

»Es hat heute Vormittag einen Autounfall auf der A2 bei Gleisdorf gegeben!«, verkündete der Chefinspektor ungefragt, dafür umso lauter, um die Blasmusik zu übertönen.

Der Bräutigam war selbst Trompeter bei der Polizeimusik, die dem Brautpaar wohl gerade ein Ständchen darbrachte. Sandra musste ihr Handy auf Abstand halten, wollte sie keinen Gehörsturz riskieren.

»Warte! Ich geh mal schnell rein!«, plärrte Bergmann. Die Musik dröhnte weiterhin aus dem Handy.

»Hallo? Sascha?« Sandra schickte ein Stoßgebet zum Himmel. Wenn nur Andrea nichts Schlimmes zugestoßen war.

»Hörst du mich jetzt besser?«, meldete sich Bergmann lautstark zurück. Die Musik war nur noch leise im Hintergrund zu hören.

»Ja, du musst nicht mehr schreien. Also, was ist nun mit diesem Unfall?«, fragte Sandra besorgt. »War Andrea darin verwickelt?«

»Nein. Eine Familie aus Polen und ein junger Mann aus dem Bezirk Südoststeiermark. Sind alle nur leicht verletzt beziehungsweise gar nicht.«

Sandra atmete erleichtert auf.

»Hast du irgendwelche Hinweise in der Wohnung gefunden?«, wollte Bergmann wissen.

»Ein Zahnarzthonorar. Ob es uns weiterhilft, kann ich noch nicht sagen.« Sandra berichtete ihm von den Ordinationszeiten und meinte, dass sie die Wohnung weiter durchsuchen wollte. Danach noch die Garage.

»Soll ich dir Gesellschaft leisten? Dann geht es schneller. Ich könnte Sarah ja mitbringen.«

»Bleib du schön, wo du bist. Oder willst du dich vor dem Tanzen drücken? Du hast es Sarah doch versprochen …« Sandra konnte sich ein Grinsen nicht verkneifen. Wenn es etwas gab, das der Chefinspektor noch weniger mochte, als am Steuer eines Autos zu sitzen, war es Tanzen. Überhaupt zu Volks- oder Schlagerklängen, die er ebenso sehr verabscheute wie Musicals. Jazzmusik war viel mehr nach seinem Geschmack. Dieser konnte Sandra wiederum nur bedingt etwas abgewinnen. Die bekannten, gefälligeren Nummern, die das breite Repertoire der Polizeimusik Steiermark miteinschloss, gefielen ihr. Mit atonalen Passagen fühlte sie sich jedoch akustisch überfordert.

»Danke, dass du mich daran erinnerst«, erwiderte Bergmann.

»Gern geschehen. Du könntest versuchen, die private Adresse und Handynummer von Doktor Axel Luttenberger herauszufinden. Vielleicht erreichen wir ihn heute noch«, sagte Sandra.

Bergmann versprach, sich darum zu kümmern. »Außerdem werde ich in sämtlichen Krankenhäusern nachfragen lassen«, fügte er hinzu.

»Ich schicke dir gleich die Daten der Zahnarztpraxis. Und dann hör ich mich noch im gemeinsamen Freundeskreis um«, meinte Sandra abschließend. Irgendjemand wusste vielleicht, wohin Andrea gefahren war. Oder mit wem. Falls weder Bergmann noch sie mit ihren Recherchen erfolgreich waren, wollte sie als Nächstes alle Unterkünfte im Thermenland kontaktieren. Vom nördlicher gelegenen Bad Waltersdorf bis Bad Radkersburg im Süden der Steiermark. Was keineswegs garantierte, dass sie Andrea auf diese Weise fand. Schließlich war ihr »Herr Doktor« verheiratet und wohl kaum unter seinem richtigen Namen im Hotel abgestiegen, befürchtete Sandra. Sofern ihre Freundin überhaupt mit ihm unterwegs war.

# KAPITEL 2

Ihr Körper war bleischwer, als sie zu sich kam. Gefühlt wog er eine Tonne. Der Schmerz hämmerte unaufhörlich in ihrem Schädel. Im Rhythmus ihres Herzschlags. Wumm, wumm, wumm … Direkt hinter den Augen. Sie zwang sich dennoch, sie zu öffnen.

Stiche. Wie Messerklingen durch die Augenhöhlen. Um sie herum alles schwarz.

Sie schaffte es, den Kopf zu drehen. Nach links und wieder zurück. Dann ein Stück nach rechts. Wumm, wumm, wumm …

Zwinkern. Durch den bohrenden Schmerz hindurch in die Finsternis starren.

Die Finsternis starrte zurück.

Ein muffiger Geruch. Feucht wie in einem Keller.

Ihre Gliedmaßen waren steif, gefühllos. Angebunden lag sie da. Die Beine gespreizt. Die Arme über dem Kopf fixiert.

Noch einmal zwinkern. Ins tiefschwarze Nichts.

Schmerz. Panik. Eine heiße Woge erfasste ihren Körper. Dabei hatte sie eben noch vor Kälte gezittert. Wumm, wumm, wumm … Ihr Schädel drohte zu explodieren. So fühlte es sich wenigstens an.

Der Schrei um Hilfe blieb ihr im Hals stecken. Der Mund ließ sich nicht öffnen. War er zugeklebt? Oder zugenäht?

Die nächste Panikwelle drohte sie zu ersticken. Wenn sie nicht ruhig durch die Nase atmete. Wumm, wumm, wumm …

Nachdenken. Sie musste nachdenken. Sich erinnern. Wo war sie? Was war mit ihr geschehen?

Ein Bild blitzte durch ihren Kopf. Ein Mann. Den sie schon einmal wo gesehen hatte. Aber wo? Die Erinnerung zerplatzte. Ließ sich nicht mehr zurückholen. Wie ein Traum. Eben noch real, war er im nächsten Moment schon wieder fort. Nicht mehr greifbar. Aus dem Gedächtnis gelöscht. Wumm, wumm, wumm …

Der Schmerz breitete sich weiter aus, zerrte an ihren Schultern. Am schlimmsten war, dass sie nichts sehen konnte. Außer dem schwärzesten Schwarz, das sie jemals wahrgenommen hatte. Was, wenn sie blind war? Der Gedanke traf sie mit voller Wucht. Verzweifeltes Schluchzen. Tränen liefen über ihre Wangen, in die Ohren hinein. Waren da überhaupt noch Augen? Konnte man ohne Augen weinen? Und warum taten sie so weh?

Wieder die Panik. Ringen nach Luft. Luft war alles, was jetzt zählte. Nicht weinen, nur atmen. Ein und aus. Möglichst ruhig durch die Nase. Ein und aus.

Tatsächlich ebbte die Panik ab. Die Angst aber blieb. Kalte, tiefschwarze Angst, die sie nun wieder frösteln ließ. Wie der Kellergeruch. Und die höllischen Kopfschmerzen. Wumm, wumm, wumm …

# KAPITEL 3

**Immer noch Samstag, 2. August, Graz**

Sandra lehnte am Fensterbrett ihres offenen Küchenfensters und blickte gedankenverloren auf die Straße hinunter, während sie zum wiederholten Mal dem Freizeichen im Handy lauschte.

Von den gemeinsamen Bekannten wusste niemand, wo sich Andrea aufhielt. Keiner von denen, die Sandra bisher erreicht hatte, hatte in den vergangenen Stunden mit der abgängigen Freundin Kontakt gehabt. Nirgendwo sonst, außer bei Sandra, war ein Notruf eingegangen. Sogar Sybille hatte sie vorhin angerufen, zu der sie schon seit Jahren keinen Kontakt mehr pflegte. Die sendungsbewusste Esoterikerin ging ihr schlichtweg auf die Nerven. Das Angebot, die Tarotkarten nach Andreas momentaner Situation zu befragen, lehnte Sandra dankend ab. Fehlte nur noch, dass Sybille in ihre Glaskugel schaute, um Andrea zu orten. Offenbar lebte sie mehr denn je in ihrem geisterhaften Paralleluniversum.

Zwischendurch hatte sich Bergmann bei Sandra gemeldet und ihr die privaten Daten von Doktor Axel Luttenberger durchgegeben. Außerdem wusste er zu berichten, dass weder eine Andrea Neuhold noch eine unbekannte Frau an diesem Tag in ein Krankenhaus eingeliefert worden war.

»Luttenberger?«, meldete sich die Männerstimme auf einmal so forsch, dass Sandra zusammenfuhr.

Vielleicht wäre es doch besser gewesen, Bergmann den Mann befragen zu lassen. Andererseits wollte sie ihre Freundin nicht in die Bredouille bringen. Wenn der Herr Doktor erfuhr, dass außer der engsten Vertrauten seiner Geliebten noch jemand anderer von seiner außerehelichen Affäre wusste, war er bestimmt nicht begeistert. Deshalb hatte Sandra lieber selbst zum Handy gegriffen. Doch vermutlich war ihm auch das nicht recht.

Sie holte tief Luft und wandte sich vom Küchenfenster ab, das wie alle anderen Fenster in ihrer Wohnung offenstand, um durchzulüften. Endlich wehte draußen eine Brise. Möglicherweise war ja das angekündigte Gewitter im Anmarsch, das die Hitze und damit auch den schädlichen Feinstaub aus der Stadt vertreiben würde. »Guten Abend, Herr Doktor Luttenberger«, sagte Sandra auf dem Weg ins Wohnzimmer. Ihr Glas mit Aroniasaft nahm sie mit. Erst neulich hatte sie den leicht säuerlichen, herben Geschmack der angeblich so gesunden Apfelbeere für sich entdeckt. »Verzeihen Sie bitte die späte Störung. Mein Name ist Mohr. Sandra Mohr …« Sie hielt inne, um die Reaktion des Mannes abzuwarten. Vielleicht hatte Andrea ihren Namen ja mal vor ihm erwähnt, sodass er eins und eins zusammenzählen konnte.

»Sollte ich Sie kennen? Sind Sie eine Patientin von mir?« Der Herr Doktor klang noch immer unwirsch.

»Nein, das nicht … Ich bin auf der Suche nach meiner Freundin.« Sandra stellte ihr Glas auf dem Couchtisch ab und sank aufs Sofa.

»Und die suchen Sie ausgerechnet bei mir? Am Wochenende? Um diese Uhrzeit? Woher haben Sie überhaupt meine private Handynummer?«, fragte der Mann noch einen Tick unfreundlicher.

»Andrea Neuhold heißt meine Freundin. Ich denke, Sie kennen sie …«

Schweigen.

»Sind Sie noch dran, Herr Doktor Luttenberger?«

Sandra vernahm ein Räuspern. »Ja, bin ich … Ich denke, ich kenne Frau Neuhold. Sie ist eine Patientin von mir. Ich fürchte aber, dass ich Ihnen trotzdem nicht weiterhelfen kann.«

»Sie sollten es zumindest versuchen.« Jetzt war es Sandra, die forsch klang.

»Ach ja? Und warum? Ist ihr etwas zugestoßen? Oder wollen Sie mich erpressen?«

Doktor Axel Luttenberger wusste offenbar wirklich nicht, dass sie Polizistin war. Dann sollte es vorerst auch dabei bleiben, entschied Sandra. »Nein, das will ich nicht, Herr Doktor. Wie kommen Sie darauf? Womit könnte ich Sie denn erpressen?«, erwiderte sie.

»Was wollen Sie dann von mir?«

»Unsere gemeinsame Freundin scheint in Gefahr zu sein. Sie hat heute Mittag eine Nachricht auf meiner Mailbox hinterlassen, weil sie offenbar dringend Hilfe brauchte. Seither ist sie spurlos verschwunden. Und ich glaube, dass Sie wissen könnten, wo ich nach ihr suchen soll. Muss ich noch deutlicher werden?«

»Nicht nötig. Andrea ist verschwunden, sagen Sie …« Luttenberger seufzte. »Bei mir ist sie jedenfalls nicht.«

»Dann sind Sie heute Morgen nicht mit ihr in die Therme gefahren?« Dass Andreas Auto nicht in der Tiefgarage parkte, hatte Sandra schon vor einigen Stunden festgestellt.

Wieder folgte ein Räuspern. »Nein. Wir wollten uns um 14 Uhr in Loipersdorf treffen. Ich bin aus Wien angereist, direkt von einem Zahnärztekongress. Andrea sollte aus Graz dorthin kommen.«

Loipersdorf bei Fürstenfeld, notierte sich Sandra geistig. »Was heißt, sie sollte? Ist sie denn nicht gekommen?«, hakte sie nach.

»Nein. Ich habe vergeblich im Hotel auf sie gewartet.«

»Sind Sie jetzt noch immer dort?«

Wieder verneinte der Herr Doktor. »Ich habe gegen 18 Uhr wieder ausgecheckt, weil sich Andrea bis dahin weder bei mir gemeldet hat noch an ihr Handy gegangen ist. Inzwischen bin ich wieder zu Hause.«

»Dann wissen Sie auch nicht, ob Andrea vielleicht später doch noch im Hotel angekommen ist?«

»Woher denn? Sie hat sich bis jetzt nicht bei mir gemeldet. Und ich habe es dann auch nicht mehr bei ihr versucht. Ehrlich gesagt war ich bis zu Ihrem Anruf eben ziemlich angefressen auf sie, weil ich angenommen habe, dass sie mich versetzt hat.«

Dass Andrea ihre Männer auf Abstand hielt, wenn sie sich von ihnen in die Enge getrieben fühlte, oder die Affäre gleich beendete, war Sandra bekannt. Ebenso, dass ihr Zahnarzt vor einigen Monaten verkündet hatte, sich wegen ihr scheiden lassen zu wollen, was Andrea vehement abgelehnt hatte. Sie bevorzugte das sorglose Leben der Geliebten und genoss möglichst nur die angenehmen Seiten der Liebe. Den Alltag überließ sie gern der jeweiligen Ehefrau. Dass sie zum vereinbarten Termin nicht erschien, ohne diesen vorher abzusagen, passte jedoch nicht zu ihr. »Sie haben also keine Ahnung, warum Andrea nicht gekommen ist.«

»Nein … Es sei denn, sie hatte eine Vorahnung.«

»Was denn für eine Vorahnung?«

»Nun ja, im Vertrauen und weil Sie ohnehin schon von unserer Liaison wissen, die Sie hoffentlich für sich behalten: Es hätte unser letztes gemeinsames Wochenende werden sollen«, erklärte Luttenberger. »Ich wollte die Beziehung beenden. So kann ich einfach nicht mehr weiterleben …« Wieder folgte ein Seufzen.

Das war Sandra neu. Auch Andrea hatte heute Morgen noch nichts von der bevorstehenden Trennung geahnt, glaubte sie zu wissen. Die Freundin war bestens gelaunt gewesen und hatte sich auf das Wochenende gefreut. Außerdem wäre sie zum Schlussmachen ganz bestimmt nicht extra nach Loipersdorf gefahren. Das ließ sich schließlich auch in Graz erledigen. Oder in aller Kürze übers Handy. Wie es Julius damals getan hatte, erinnerte sich Sandra an den letzten Anruf ihres Verflossenen.

Möglicherweise hatten sich Andrea und der Herr Doktor doch wie vereinbart im Hotel getroffen und miteinander gestritten, wie Bergmann spekuliert hatte. Der Streit konnte eskaliert sein, und Andrea hatte ihren Notruf bei Sandra abgesetzt. Nein, es war keinesfalls ausgeschlossen, dass Axel Luttenberger seiner Geliebten etwas angetan hatte. Immerhin waren die meisten Gewalttaten Beziehungstaten. Feinde hatte Andrea, soweit Sandra bekannt war, keine. Es sei denn, Luttenbergers Frau hatte von der Affäre ihres Mannes Wind bekommen. Dann hatte sie möglicherweise doch eine Feindin. Aber würde Frau Luttenberger ihre Nebenbuhlerin gleich verschwinden lassen? Oder Andrea aus Angst vor ihr flüchten? »Weiß Ihre Ehefrau von Ihrem Verhältnis?«, fragte Sandra.

»Um Gottes willen, nein …«

Dafür, dass er sich angeblich für seine Geliebte hatte scheiden lassen wollen, klang seine Antwort ziemlich bestürzt, fand Sandra. »Wann haben Sie Andrea denn zum letzten Mal gesehen?«

»Mittwochabend. Geschlafen habe ich dann aber zu Hause. Ich musste zeitig am Donnerstagmorgen zu diesem Kongress nach Wien aufbrechen.«

»Haben Sie sich in letzter Zeit mit Andrea gestritten?«

Luttenberger verneinte neuerlich. Dass er Sandra von seinen Trennungsabsichten freiwillig erzählte, sprach nicht gerade dafür, dass er eine Gewalttat vor ihr verbergen wollte. Immerhin gestand er damit ungefragt einen potenziellen Konflikt und ein mögliches Tatmotiv ein. Oder aber er setzte seine vermeintliche Offenheit ganz gezielt ein, um Sandra vorzugaukeln, dass er keine strafbare Tat zu verheimlichen hatte. Welchen Grund gab es sonst, das geplante Beziehungsende zu erwähnen? »In welchem Hotel sind Sie heute Nachmittag abgestiegen?«, fuhr sie fort.

»Im ›Himmelreich‹.«

»Unter Ihrem Namen?«

Nochmals Räuspern. »Ich habe für Doktor Axel Brunner und Andrea Brunner reserviert und eingecheckt.«

»Und welche Zimmernummer hatten Sie, Herr Doktor *Brunner*?« Sandra betonte absichtlich den falschen Namen, was Doktor Luttenberger ein halbherziges Lachen oder vielmehr ein Gackern entlockte.

»413«, antwortete er wieder ernst. »Darf ich mich auf Ihre Diskretion verlassen, Frau Mohr? Aus Rücksicht auf Birgit, meine *richtige* Ehefrau …«

Hätte der Mann mal lieber keine Affäre mit Andrea begonnen – aus Rücksicht auf seine *richtige* Ehefrau, dachte Sandra. Andererseits war Frau Luttenberger nicht ihr Problem, sondern ihre verschollene Freundin. »Dürfen Sie. Es sei denn, Sie haben etwas mit Andreas Verschwinden zu tun.«

»Das habe ich ganz bestimmt nicht. Würden Sie mich bitte anrufen, sobald Sie etwas Neues in Erfahrung bringen? Ich mache mir jetzt nämlich auch große Sorgen um Andrea.«

Sandra versprach Doktor Luttenberger, sich gegebenenfalls wieder bei ihm zu melden, und verabschiedete sich. Dasselbe tat er umgekehrt auch. Anschließend versuchte sie zum gefühlt hundertsten Mal an diesem Tag, ihre Freundin zu erreichen. Wiederum vergeblich. Danach suchte sie die Telefonnummer des genannten Hotels in Loipersdorf heraus und rief dort an, um sich nach Andrea Brunner, Zimmer 413, zu erkundigen.

Die Dame sei bereits abgereist, hieß es dort. Ansonsten könne man aus Datenschutzgründen keine Auskunft über Hotelgäste erteilen.

Also würde sie doch den offiziellen Weg beschreiten müssen, entschied Sandra mit Blick auf ihre Armbanduhr. Trotz der späten Stunde wählte sie Bergmanns Nummer.

# KAPITEL 4

## Sonntag, 3. August, Loipersdorf bei Fürstenfeld

### 1.

Sandra parkte den schwarzen Audi A6 auf dem Parkplatz vor dem Hoteleingang, der den Gästen des »Himmelreich« zum Aus- und Einladen des Gepäcks zur Verfügung stand. Für längere Aufenthalte gab es eine Parkgarage, an der sie eben vorbeigefahren war. Gähnend stellte sie den Motor ihres Dienstwagens ab und löste den Sicherheitsgurt. Die Sorge um die verschwundene Freundin hatte sie in der vergangenen Nacht nur unruhig schlafen und viel zu früh aufstehen lassen. Dementsprechend zeitig war sie bereits aufgebrochen, um die Suche nach Andrea fortzusetzen. Vorerst einmal ohne den Chefinspektor, den sie nicht schon im Morgengrauen hatte aufwecken wollen. Immerhin war heute sein freier Sonntag, auch wenn er sich angesichts der Lage bereiterklärt hatte, sie zu unterstützen. Noch aber war Andrea nicht zur Fahndung ausgeschrieben. Und die Befragungen im Hotel konnte Sandra genauso gut allein durchführen.

Beim Aussteigen fiel ihr Blick auf das benachbarte Gebäude, das zur weitläufigen Therme Loipersdorf gehörte – dem ältesten und größten Thermalbad in der Steiermark. Anfang der 1970er-Jahre war man auf der Suche nach Erdöl zufällig auf die erste hochmineralisierte Thermalquelle mit ihrer besonderen Heilkraft gestoßen, hatte Sandra einmal irgendwo gelesen. In den folgenden Jahren waren weitere Thermalquellen südöstlich von Graz entdeckt und erschlossen worden. Mittlerweile war das »Thermenland Steiermark« weit über die Landesgrenzen hinaus bekannt und profitierte vom Gesundheits- und Wellnesstourismus. Gäste aus nah und fern schätzten die Region, die sich von der Oststeiermark bis ins südlicher gelegene Vulkanland erstreckte. Nicht zuletzt auch wegen der zahlreichen kulinarischen Genüsse, die sie bot. Vom Wein, der auf den fruchtbaren Hügeln gedieh, über das weltbekannte steirische Kürbiskernöl und die gesunden, schmackhaften Käferbohnen bis hin zum Kren, der zu jeder steirischen Brettljausn ebenso dazugehörte wie der feine Schinken, Würste, Speck und andere Spezialitäten – ob vom Hausschwein oder von einer der wiederentdeckten alten, robusten Nutztierrassen wie dem Mangalitza- oder Turopolje-Schwein.

Sandra steuerte auf das Viersternehotel zu, in dessen Fenstern und Glasflächen sich die Morgensonne spiegelte. Die gewölbten Glasfronten im zentralen Eingangsbereich reichten über zwei Etagen. Nach oben hin setzte sich dieselbe Rundung an der vorgelagerten überdachten Holzterrasse fort, die zum Restaurant gehörte. Die beiden mehrstöckigen Wohnkomplexe mit ihren begrünten Balkonen und Terrassen wiesen wie die außenliegenden gläsernen Fahrstuhlschächte ebene Flächen auf.

Sandra betrat die Lobby durch die Drehtür. Zügig schritt sie über den sandfarbenen Fliesenboden, vorbei an einigen königsblauen Fauteuils und der freitragenden Treppe, die sich sanft geschwungen in den ersten Stock emporwand. Vor der Rezeption machte sie halt. Zu dieser frühen Stunde war sie völlig allein in der großzügigen Lobby. Personal war weder an der Rezeption zu entdecken noch in der angrenzenden Bar, die laut Dreiecksaufsteller im Eingangsbereich erst um 16 Uhr aufsperrte.

Ihr nächster Blick fiel auf den lackschwarzen Konzertflügel in unmittelbarer Nähe des Korridors, der direkt in die Therme Loipersdorf führte. Noch immer war die Lobby menschenleer.

Sandra begab sich ans rechte Ende der langgestreckten weißgetäfelten Rezeption, um durch die offenstehende Tür ins Hinterzimmer zu lugen. »Hallo?«, rief sie ins Büro. Zumindest brannte drinnen Licht. Der einzige Schreibtisch, den sie von ihrer Position aus sehen konnte, stand jedoch leer. Ihre Frage blieb dementsprechend unbeantwortet. Also machte sie wieder kehrt. Während sie noch überlegte, ob sie im Hotel anrufen sollte, hörte sie Schritte hinter ihrem Rücken und wandte sich um.

»Guten Morgen! Kann ich Ihnen helfen?« Die hübsche, zierliche Frau in der weißen Bluse – sie mochte Anfang 30 sein – strich sich eine hellblonde Haarsträhne ihrer kurzen Bob-Frisur hinters Ohr.

Sandra folgte ihr auf der anderen Seite des Rezeptionspults. »Abteilungsinspektorin Sandra Mohr, LKA Steiermark«, stellte sie sich vor, als sie beide zu stehen kamen, und zeigte ihrem Gegenüber ihren Dienstausweis. »Ich bin auf der Suche nach einem Hotelgast«, fuhr sie fort. »Genauer gesagt nach einer Frau, die gestern mit ihrem Mann hier absteigen wollte. Die beiden hatten unter Brunner reserviert. Doktor

Axel Brunner und Frau Andrea Brunner. Könnten Sie bitte einmal nachsehen, ob die Herrschaften hier waren?«

Die Angestellte zupfte am gestärkten Kragen ihrer makellos gebügelten Bluse, ehe sie sich einem der Computer am Pult widmete. »Es gibt hier eine Reservierung mit Halbpension für das Ehepaar Doktor Brunner. Vom 2.8. bis 4.8.«, bestätigte sie schließlich. »Die Herrschaften haben gestern um 14.03 Uhr eingecheckt. Den Meldezettel hat wohl der Herr ausgefüllt und unterschrieben, zumindest ist Frau Brunner als Begleitperson eingetragen. Für die Dame war außerdem eine Faszienmassage um 16 Uhr in unserem Hotel-Spa gebucht. Um 18.06 Uhr haben die Gäste wieder ausgecheckt und sind verfrüht abgereist.«

»Dann hat Frau Brunner ihren Massagetermin wahrgenommen?«, fragte Sandra.

»Das kann ich so nicht bestätigen. Nur, dass die Massage bezahlt wurde. Am besten fragen Sie mal an der Spa-Rezeption nach. Allerdings ist die erst ab 9 Uhr besetzt.«

Ein schneller Blick auf ihre Uhr verriet Sandra, dass es noch zu früh war. »Können Sie sich vielleicht an das Ehepaar Brunner erinnern? Oder wenigstens an einen der beiden?«

»Tut mir leid. Ich hatte gestern wie auch heute Frühdienst. Ab 14 Uhr übernimmt schon die nächste Schicht, die bis 22.30 Uhr Dienst hat.«

Sandra wollte gerade ihr Handy zücken, um der Frau ein Foto von Andrea zu zeigen, ließ es nach dieser Aussage aber bleiben. »Können Sie eruieren, bei welchem Ihrer Kollegen die Gäste ein- und ausgecheckt haben?«

»Ich kann gerne im Dienstplan nachsehen.« Wieder wanderten die Augen der Frau über den Bildschirm, und sie nannte ihr die Namen zweier Kolleginnen.

Sandra notierte sich diese ebenso wie die nächsten Dienstzeiten der beiden, um sie später zu befragen.

»Außer der verfrühten Abreise der Gäste gibt es da noch etwas«, sagte die Angestellte.

»Und zwar?« Sandra blickte von ihrem Notizbuch auf.

»Nach dem Auschecken wurde eine Nachricht für Frau Brunner hinterlegt.«

»Von wem?«

Die Angestellte zuckte mit den Schultern. »Sie müsste noch hier sein. Ich hol sie Ihnen mal.« Sie entfernte sich einige Schritte, um sich dann zu bücken und mit einem Briefumschlag wieder aufzutauchen, den sie Sandra überreichte.

»Frau Andrea Brunner« stand auf dem Kuvert geschrieben, das mit dem Hotellogo versehen war. Öffnen wollte Sandra den Umschlag erst nach der Zeugenbefragung. »Können Sie mir sonst noch etwas über diese Gäste sagen?«, fragte sie weiter.

»Nur, dass die Rechnung in bar beglichen wurde.«

»Kann ich mich bitte mal in dem Zimmer umschauen? Oder wurde es bereits wieder vergeben?«, fragte Sandra. Vielleicht stieß sie ja dort auf ein Lebenszeichen von Andrea.

»Einen Moment, bitte.« Die Rezeptionistin konzentrierte sich neuerlich auf den Bildschirm. »Das Zimmer ist noch frei. Ich mache Ihnen ein Chiparmband fertig. Nummer 413 im vierten Stock.«

»Wurde es schon aufgeräumt?«

»Die Stubenmädchen sind an der Arbeit, haben aber noch keine bezugsfertigen Zimmer gemeldet.«

»Sorgen Sie bitte dafür, dass das Zimmer vorerst nicht mehr belegt wird. Ich werde es polizeilich versiegeln. Die Tatortgruppe wird sich später dort umsehen«, preschte Sandra voran. Gab es bis 9 Uhr kein Lebenszeichen von Andrea, wollte Bergmann die Fahndung nach ihr rausgeben. So hatten sie es gestern spätabends am Telefon vereinbart. Sandra öffnete den Umschlag mit der Nachricht für Andrea.

*Liebe Andrea!*
*Habe das Warten satt. Fahre jetzt nach Graz. Ruf mich am Montag an. Wir müssen reden.*
*Axel.*

Die Handschrift von Zahnärzten war um nichts leserlicher als die von anderen Ärzten, stellte Sandra fest. Auf Klischees war eben Verlass. Immerhin waren sie in den meisten Fällen ein Abbild der Realität. Sie steckte das Papier ins Kuvert zurück und dieses zusammen mit ihrem Notizbuch und dem Kugelschreiber in ihre Tasche. Dann nahm sie das Chiparmband an sich, das ihr Zutritt zum Hotelzimmer, zum Spa-Bereich und zur Therme verschaffte, wobei sie darauf verzichtete, es wie üblich am Handgelenk anzulegen. Wäre die Sorge um Andrea nicht gewesen, hätte sie diesen Sonntag liebend gern im Hotel-Spa oder auch im »Schaffelbad« verbracht – dem exklusiveren und ruhigeren Teil der Therme Loipersdorf, zu dem Kinder keinen Zutritt hatten. Unter diesen Umständen kam das freilich nicht infrage. Wie sollte sie sich entspannen, wenn der Freundin weiß Gott was zugestoßen war?

Bergmann hatte zwar ermittelt, dass in keinem Krankenhaus – weder in der Steiermark noch im nahen Burgenland – eine Patientin namens Andrea Neuhold aufgenommen worden war, dennoch ließen sich ein Unfall oder eine plötzliche Erkrankung nicht ausschließen. Die Freundin konnte ja auch schwer verletzt oder krank irgendwo liegen, wo sie noch keiner entdeckt hatte, überlegte Sandra auf ihrem Weg zum Fahrstuhl. Oder aber längst tot sein.

Ihr schauderte, als sie auf den Pfeil drückte, der nach oben wies. Bald waren 24 Stunden vergangen, seitdem sie sich von ihrer Freundin in deren Wohnung verabschiedet hatte. Etwa dreieinhalb Stunden später hatte Andrea dringend ihre Hilfe gebraucht. Und sie war nicht für sie da gewesen, warf sich Sandra zum x-ten Mal vor.

Was zum Teufel war in dieser kurzen Zeitspanne vorgefallen? Und warum war Andrea schon so früh in Graz aufgebrochen, wenn sie doch angeblich erst um 14 Uhr in Loipersdorf mit ihrem Liebhaber verabredet gewesen war? Die Fahrzeit von der Landeshauptstadt hierher betrug in etwa eine Stunde, keine vier. Hatte sie sich vorher noch mit jemand anderem treffen wollen? Jemand, den sie von früher kannte? Aber mit wem? Mit ihrer Tante vielleicht, an deren Namen sich Sandra nicht erinnern konnte. Oder hatte ihr Doktor Luttenberger ein Märchen aufgetischt und sich schon viel früher mit Andrea getroffen? Was war ihrer Freundin zugestoßen? Und wo steckte sie jetzt?

Die Ankunft des Fahrstuhls unterbrach die vielen Gedanken, die in Sandras Kopf herumschwirrten. Die Türen glitten fast lautlos beiseite. Ein Paar mittleren Alters trat heraus, das so sehr ins Gespräch vertieft war, dass sie die unauffällig gekleidete Frau mit dem haselnussbraunen Pferdeschwanz kaum wahrnahmen. Unmittelbar nach ihnen bestieg Sandra die gläserne Kabine, um in den vierten Stock zu gelangen.

# 2.

Durch die einzige offen stehende Tür am langen fensterlosen Korridor fiel Tageslicht aus einem der Zimmer. Unmittelbar davor stand ein Stubenmädchenwagen. Leise Staubsaugergeräusche drangen zu Sandra herüber. Zu sehen war weit und breit niemand.

Die beigefarbene Auslegeware dämpfte ihre Schritte.

Das erste Türschild zu ihrer Linken zeigte eine gerade Zimmernummer an. Demnach waren die Balkon- und Terrassenzimmer, die nach vorne in die malerische Hügellandschaft des Thermenlandes blickten, ungerade nummeriert. Eines dieser Zimmer hatte Doktor Axel Luttenberger alias Brunner gestern bezogen. Mit oder ohne Andrea. Nur wenige Stunden später war er wieder abgereist. Wie er behauptete ebenso allein, wie er hier angekommen war.

Sandra hielt das Plastikarmband gegen den Sensor des elektronischen Türschlosses. Das grünblinkende Lämpchen und ein surrendes Geräusch signalisierten ihr, dass sich die Tür nun öffnen ließ.

Im Zimmer war es taghell. Das Doppelbett sah auf beiden Seiten unberührt aus. Der Mistkübel neben dem Schreibtisch war ebenso leer wie jener im weiß gekachelten, blitzsauberen Badezimmer. Sandra nahm sich den Kleiderschrank vor. Der leere Safe stand offen. Zehn Kleiderbügel hingen in Reih und Glied. Im unteren Fach lagen ein langer Schuhlöffel und ein fabrikneuer zusammengefalteter Plastiksack für Schmutzwäsche, die in der Wäscherei oder Putzerei gereinigt werden sollte. Ebenso wenig Auffälliges gab es in der Kommode zu entdecken. Da war nichts, was der Ermittlerin ins geschulte

Auge sprang. Fingerabdrücke und DNA-Spuren waren hier gewiss haufenweise vorhanden. Vermutlich aber kaum welche, die sich Andrea oder Doktor Luttenberger eindeutig zuordnen ließen. Gerade, weil es an Orten wie diesem nur so davon wimmelte. Die meisten Spuren überlagerten einander, womit sie unbrauchbar waren. Oder aber sie wurden durchs Putzen verwischt beziehungsweise beseitigt. Dennoch würde die Tatortgruppe das Zimmer überprüfen. Sollten Luminol und Schwarzlichtlampe etwa sichtbar machen, dass hier eine beträchtliche Blutmenge entfernt worden war, legte dies zumindest ein Verbrechen nahe.

Noch einmal ließ Sandra den Blick durch das Hotelzimmer schweifen, ehe sie es wieder verließ. Draußen sah sie ein weiteres Mal nach der Uhrzeit. Frühestens in einer Stunde würde die Fahndung nach Andrea rausgehen. Dennoch klebte sie die amtliche Siegelmarke schon einmal über das Türblatt und die Zarge. Der Wagen am Gang stand inzwischen einige Meter weiter entfernt. Eine dunkelhaarige Stubenfrau bückte sich gerade nach frischen weißen Handtüchern.

»Entschuldigung«, rief Sandra in ihre Richtung und strebte auf sie zu.

Die Frau im weinrot-beigefarbenen Kittel erhob sich mit Handtüchern unterm Arm und sah sie an.

»Haben Sie Zimmer 413 heute schon gereinigt?« Sandra deutete hinter sich.

»Ja, ist sauber«, erwiderte die Stubenfrau mit ungarischem Akzent. Viele, die in dieser Region in der Hotellerie und Gastronomie beschäftigt waren, pendelten aus dem nahen Ungarn zur Arbeit.

»Ist Ihnen dabei irgendetwas Besonderes aufgefallen? Flecken vielleicht, Gegenstände, oder war irgendetwas kaputt?«

»Nein, nix.«

»Auch nicht im Mistkübel?«

Die Stubenfrau zuckte mit den Schultern.

»Ist da auch der Müll von 413 drin?« Sandra deutete auf den Plastiksack, der am Ende des Wagens eingeklemmt war.

Die Reinigungskraft nickte.

»Gut, den Sack nehme ich dann mit.«

»Ich nix dürfen Ihnen geben«, protestierte die Frau.

»Doch, das dürfen Sie.« Sandra zückte erneut ihren Dienstausweis. »Ich bin von der Kriminalpolizei, LKA Steiermark.«

Nach einer Schrecksekunde fasste sich die Frau wieder. »Kriminalpolizei«, wiederholte sie.

Sandra wartete, bis sich der Hotelgast wieder entfernte, der eben aus dem Zimmer schräg vis-à-vis gekommen war. »Haben Sie die letzten Gäste von Zimmer 413 gestern gesehen?«, erkundigte sie sich dann weiter.

Die Stubenfrau konnte sich an niemanden erinnern.

Diesmal holte Sandra ihr Handy aus der Tasche und rief das Foto auf, das sie vor wenigen Tagen von Andrea am Schloßberg aufgenommen hatte. In der Abendsonne glänzten die langen blonden Haare der Freundin golden. Die Haut wirkte um einige Nuancen brauner, als sie war. Dennoch war Andrea ganz eindeutig erkennbar. »Haben Sie diese Frau gestern hier gesehen?«, fragte sie und streckte der Stubenfrau das Handy entgegen.

Die griff erst einmal zu ihrer Lesebrille, die an einer goldenen Kette über ihrer beachtlichen Oberweite baumelte. Einige Sekunden später folgte ratloses Schulterzucken.

Sandra steckte ihr Handy wieder in die Tasche. »Ich habe das Zimmer 413 amtlich versiegelt. Es darf bis auf Weiteres von keinem mehr betreten werden. Außer von der Polizei«, erklärte sie eindringlich. »Die Rezeption weiß schon Bescheid. Haben Sie mich verstanden?«

Die Stubenfrau nickte, während Sandra den Müllsack an sich nahm. Der Durchsuchungsbefehl war zwar noch nicht beantragt, dennoch musste sie unverzüglich handeln, wollte sie mögliche Beweisstücke sichern, die sie vielleicht auf die Spur ihrer Freundin brachten. Bevor diese mit dem Abfall unwiederbringlich entsorgt wurden.

## 3.

Sandra hatte gerade von ihrem Dinkelkäsebrot abgebissen und wollte ihr Frühstücksei aufklopfen, als ihr Handy klingelte. Sie legte den Löffel wieder ab. »Morgen, Sascha«, schmatzte sie ins Telefon. Ihr Blick schweifte übers Kukuruzfeld zum höher gelegenen Laubwald auf der Hügelkuppe hinüber. Der Bissen in ihrem Mund wanderte in die rechte Backe.

»Störe ich dich beim Frühstücken?«, fragte Bergmann.

Ja, das tust du, war Sandras spontaner Gedanke. Eigentlich hatte sie den Chefinspektor erst nach dem Frühstück anrufen wollen. »Kommt ganz darauf an«, sagte sie. »Gibt es denn etwas Neues?« Vielleicht hatte er inzwischen etwas über Andrea herausgefunden, schöpfte sie Hoffnung.

»Dasselbe wollte ich dich gerade fragen. Wollten wir heute nicht zusammen nach Loipersdorf fahren? Wann holst du mich denn ab? Oder ist Andrea in der Nacht wieder aufgetaucht?«

»Leider nein. Sie ist noch immer verschwunden«, antwortete Sandra. »Ich habe kaum geschlafen. Deshalb bin ich schon in aller Herrgottsfrüh nach Loipersdorf gefahren. So zeitig wollte ich dich nicht aufwecken.« Sandra kaute ihren Bissen weiter.

»Wie? Du bist schon in Loipersdorf? Ohne mich?«, echauffierte sich Bergmann. »Hab ich dir nicht gesagt, keine Alleingänge?«

Erneut hielt Sandra mit dem Kauen inne. »Ich führe nicht zum ersten Mal Befragungen ohne dich durch. Schließlich gab es auch eine Zeit vor Sascha Bergmann«, rechtfertigte sie sich.

»War bestimmt stinklangweilig ohne mich«, entgegnete der Chefinspektor.

Glaubte er das wirklich? Sandra schluckte den Bissen hinunter. »Kann ich nicht behaupten«, entgegnete sie. »Eher entspannt.« Wenn man vom ehemaligen Leiter der Tatortgruppe absah, der erst kürzlich aus disziplinären Gründen ins LKA Niederösterreich versetzt worden war, entsprach ihre Aussage der Wahrheit. Die Kollegen in St. Pölten konnten einem leidtun. So kompetent Manfred Siebenbrunner als Kriminaltechniker war, so überheblich behandelte er seine Mitmenschen. Vor allem Sandra hatte jahrelang unter dem Grantscherm gelitten, ehe dieser glücklicherweise aus ihrem Leben verschwunden war. Hoffentlich für immer. Sie griff nach ihrer Tasse und schob den Gedanken an Siebenbrunner beiseite. Der Kräutertee war inzwischen etwas abgekühlt.

»Apropos entspannt«, hakte Bergmann dort ein, wo sie zu reden aufgehört hatte. »Ich hatte ja gehofft, wir können das Angenehme mit dem Nützlichen verbinden.«

»Ach ja?« Sandra stellte ihre Tasse wieder ab und lehnte sich zurück. Neuerlich wanderte ihr Blick über die malerische südoststeirische Hügellandschaft. Vier Pferde samt ihren Reitern trabten auf den Wald zu.

»Eigentlich ist heute doch unser freier Sonntag«, sagte Bergmann. »Ich wollte mich vor Ort umhören und danach ein wenig in der Therme entspannen.«

»Entspannen?«, brauste Sandra auf. »Ich bin doch nicht zur Entspannung hier, sondern um nach meiner vermissten Freundin zu suchen.«

»Schon gut …«, versuchte Bergmann einzulenken.

Sandra blies hörbar Luft aus. »Überhaupt nichts ist gut«, entgegnete sie spröde.

»Hast du denn schon etwas herausgefunden?«, fragte er.

Sandra berichtete ihm, was es Neues gab. Allzu viel war das leider noch nicht.

Der Chefinspektor versprach ihr, sich um die Fahndung und den Staatsanwalt zu kümmern. »Könnte Andrea vielleicht entführt worden sein?«, fragte er dann.

»Ganz ausschließen lässt sich das nicht. Auch wenn ich es für unwahrscheinlich halte«, meinte Sandra. »Warum sollte man Andrea entführen? Sie hat doch niemanden, der Lösegeld für sie bezahlen würde. Außerdem wurde bisher keine Forderung gestellt. Oder doch?«

Bergmann verneinte. »Was ist mit ihrem Zahnarzt?«, fragte er. »Der ist doch sicherlich ganz gut betucht. Vielleicht wird er mit seiner außerehelichen Affäre erpresst.«

»Das hat er bestritten. Außerdem: Warum sollte sich jemand den Aufwand einer Entführung antun und das Risiko in Kauf nehmen, dass seine Geisel später gegen ihn aussagen könnte?«

»Und wenn er sie vorher zum Schweigen bringt? Wer …«

»Nein, Sascha«, fiel ihm Sandra ins Wort. Weder wollte sie sich ein solches Szenario ausmalen, noch ergab es einen Sinn. »Allein die Drohung, seiner Frau von der Affäre zu erzählen, hätte doch schon gereicht, um Doktor Luttenberger zu erpressen und ihn finanziell zu erleichtern. Aber das ist ja laut seiner Aussage nicht der Fall«, wandte sie ein.

»Klingt logisch«, gab Bergmann zu. »Dann hoffen wir mal, dass der potenzielle Täter ebenso logisch denkt wie du. Unsere Kunden zählen ja nicht immer zu den allerintelligentesten Zeitgenossen.«

Was sie nicht immer berechenbarer machte, musste Sandra dem Chefinspektor recht geben. »Andrea könnte an Menschenhändler geraten sein«, blieb sie vorerst bei seiner unwahrscheinlichen Entführungstheorie.

»An Menschenhändler? Andrea?« Bergmann schien diese Vorstellung zu amüsieren.

»Warum denn nicht Andrea?«, fragte Sandra.

»Sie erweckt nicht gerade den Eindruck einer leichten Beute. Mit Mitte 30 ist sie außerdem keine ganz junge Frau mehr, die sich so mir nichts, dir nichts an jedermann verschachern lässt.«

»Andrea ist 34. Das ist doch kein Alter«, empörte sich Sandra, die mit ihren 35 Jahren noch um einige Monate älter als ihre Freundin war. »Und mit Drogen kann man schließlich jedes Opfer gefügig machen. Um es zum Beispiel zur Prostitution zu zwingen«, setzte sie hinzu.

»Na schön ... Dann behalten wir mal die Möglichkeit im Hinterkopf, dass Andrea entführt wurde, um für einen Zwangsprostituiertenring anzuschaffen. Dass sie als Sklavin im China-Restaurant dienen muss, dürfen wir aber ausschließen, oder?«

Noch immer konnte Sandra sein sarkastisches Grinsen hören. »Deinen Humor möchte ich haben«, erwiderte sie säuerlich, wenngleich sie ihm schon wieder recht geben musste. Laut polizeilicher Kriminalstatistik war sexuelle Ausbeutung das häufigste Motiv für Menschenhandel. Gefolgt von sklavenähnlichen Diensten in asiatischen Restaurants, privaten Haushalten und im Baugewerbe. Kinderhandel durften sie in Andreas Fall ebenso getrost ausschließen wie

Organhandel. Ein solcher Fall war hierzulande überhaupt noch nie vorgekommen.

Ohnehin glaubte Sandra nicht ernsthaft daran, dass ihre Freundin entführt worden war, um – wofür auch immer – ausgebeutet zu werden. Doch außer vagen Theorien hatten sie derzeit kaum etwas in der Hand. Ratlos biss sie von ihrem Käsebrot ab.

»Könnte Andrea nicht auch freiwillig untergetaucht sein?«, fragte Bergmann.

»Höchstens, wenn sie sich bedroht fühlt und verstecken muss«, antwortete ihm Sandra kauend. »Aber warum sollte sie? Sie hat weder Schulden noch Feinde. Zumindest keine, von denen ich oder jemand in unserem Freundeskreis etwas weiß. Bei den meisten habe ich nachgefragt.« Freilich gab es noch einige Bekannte von Andrea, von denen Sandra nichts wusste, die sie aber hoffentlich bald ausfindig machen und befragen würden. Falls die Freundin nicht zuvor wieder auftauchte.

»Mit den Feinden wäre ich mir nicht so sicher«, wandte Bergmann ein. »Du hast mir doch von ihrer Vorliebe für verheiratete Männer erzählt. Vielleicht ist ihr die zum Verhängnis geworden.«

»Das ist mir auch schon in den Sinn gekommen. Laut Doktor Luttenberger weiß seine Ehefrau aber nichts von der Affäre.« Noch einmal griff Sandra zu ihrer Teetasse.

»Das muss erstens nicht stimmen, und zweitens könnte es noch andere betrogene und rachsüchtige Ehefrauen geben, die Andrea schaden wollen«, sagte Bergmann.

»Oder aber einen anderen Mann als Doktor Luttenberger«, sagte Sandra. »Einige Männer, mit denen Andrea zusammen war, kenne ich namentlich, zwei von ihnen sogar persönlich. Die wissen allerdings auch nicht, wo sie steckt.«

Der Chefinspektor räusperte sich.

»*Dich* habe ich *nicht* zu ihren Männern hinzugezählt«, stellte Sandra klar. »Sollte ich?«

Bergmann überging ihre Bemerkung, was Sandra nur recht war. »Und was ist mit den betrogenen Ehefrauen?«, setzte er hinzu. »Die müssen wir dann ja auch alle befragen. Na, servas. Wenn wir nicht äußerst diskret vorgehen, wird die Scheidungsquote in Graz wohl demnächst explodieren …«

»Jetzt übertreib doch nicht so! *So* schlimm war Andrea nun auch wieder nicht.«

»Nicht *so* schlimm …«, wiederholte Bergmann.

»Lass es gut sein, Sascha«, warnte Sandra ihn, ihre abgängige Freundin weiterhin schlecht zu machen.

»Ich sage sowieso nichts mehr zu diesem Thema ohne meinen Anwalt«, erwiderte Bergmann.

Womit er für Sandras Geschmack schon wieder viel zu viel gesagt hatte. Wenigstens hatte er sie diesmal nicht »Liebling« genannt. Sie steckte sich das letzte Stück von ihrem Käsebrot in den Mund und schenkte Tee nach.

»Könnte Andreas Verschwinden nicht auch in ihrer Vergangenheit begründet sein?«, kehrte Bergmann zum Fall zurück.

»Du meinst, es könnte irgendwelche dunklen Kapitel in ihrem Leben geben? Nicht, dass ich wüsste …« Wenn Sandra es recht bedachte, wusste sie gar nicht so besonders viel über Andreas Vergangenheit. Nur, dass sie als Verkäuferin und Kellnerin in der Nähe von Fürstenfeld gearbeitet hatte, bevor sie der Liebe wegen nach Graz gezogen war. Von ihrem Freund hatte sich Andrea nach wenigen Monaten wieder getrennt. Dennoch war sie in der Landeshauptstadt geblieben, um dort weiterhin als Verkäuferin in einer Modeboutique zu arbeiten, wo Sandra sie später kennenlernte.

Kurz vor Ladenschluss, als sie aus der Umkleidekabine kam, war Sandra eine andere Kundin aufgefallen, die gerade einen Gürtel in ihrer Handtasche verschwinden ließ. Kurz entschlossen sprach sie die Ladendiebin darauf an und hielt sie fest, während Andrea die Polizei rief. Als Dankeschön lud sie Sandra auf ein Glas Muskateller Sekt in der nahen Vinothek ein. Womit ihre Freundschaft besiegelt war.

»Na schön. Lass uns als Erstes diesen Zahnarzt überprüfen«, sagte Bergmann. »Seine Geschichte kann stimmen, muss aber nicht. Vielleicht hat er den Brief für Andrea einzig und allein deshalb an der Rezeption hinterlegt, damit wir ihm seine Story abkaufen. Als Akademiker ist er vermutlich cleverer als der Durchschnittsbürger. Außerdem hatte er ein mögliches Motiv, nämlich Andrea endgültig loszuwerden. Und er hatte die Gelegenheit dazu.«

Ging Bergmann davon aus, dass ihre Freundin tot war? Wenngleich Mord und Totschlag ihr Metier waren, drehte sich Sandra das Käsebrot im Magen um. »Solange wir keine Leiche haben, sollten wir nicht von einem Tötungsdelikt sprechen«, wehrte sie sich gegen die Vorstellung, dass ihre Freundin nicht mehr am Leben war. Noch gab es keinen konkreten Grund, die Hoffnung aufzugeben. Andrea konnte jeden Moment unversehrt wieder auftauchen, redete sie sich selbst gut zu. Sie wusste aber auch, dass die Wahrscheinlichkeit mit jeder Stunde, die ohne ein Lebenszeichen verstrich, geringer wurde. »Wenn ihr Doktor Luttenberger tatsächlich etwas angetan hat, müssten sich die beiden schon früher getroffen haben, als er behauptet«, konzentrierte sie sich wieder auf die wenigen Fakten, die ihnen vorlagen. »Andreas Notruf ist um 12.21 Uhr bei mir eingegangen.«

»Bleiben gut anderthalb Stunden bis zum Check-in im ›Himmelreich‹«, rechnete Bergmann ihr vor. »Zeit genug, einen Mord zu begehen und die Leiche verschwinden zu lassen.«

Sandra schluckte. »Dann sollten wir sein Alibi überprüfen. Wenn er das Hotel in Wien schon am frühen Vormittag verlassen hat, muss er vor dem Einchecken im ›Himmelreich‹ noch woanders gewesen sein. Viel länger als zwei Stunden fährt man von Wien nach Loipersdorf bei normalem Verkehrsaufkommen nicht.«

»Und von Graz nach Loipersdorf?«, fragte Bergmann, der sich in der Steiermark wohl niemals auskennen würde.

»Etwa eine Stunde«, sagte Sandra. »Ich habe mich auch schon gefragt, warum es Andrea gestern so eilig hatte, die Stadt zu verlassen.«

»Was ebenfalls bedeuten könnte, dass sie sich schon früher mit Doktor Luttenberger getroffen hat, als er zugibt«, meinte Bergmann.

»Oder aber sie war vorher noch mit jemand anderem verabredet«, wandte Sandra ein. »Entweder in Graz, auf dem Weg nach Loipersdorf oder in Fürstenfeld, von wo sie ja herstammt. Von unseren gemeinsamen Freunden kommt allerdings niemand infrage«, bezog sie sich einmal mehr auf die Telefongespräche, die sie tags zuvor geführt hatte. »Hier im Hotel kann sich auch keiner daran erinnern, sie oder Herrn Doktor Luttenberger alias Brunner gesehen zu haben. Jedenfalls niemand, den ich bisher befragt habe.« Und Andrea war im Gegensatz zu Sandra eine sehr auffällige Erscheinung, die den meisten Leuten, denen sie begegnete, im Gedächtnis blieb.

»Wir brauchen lückenlos alle Kontakte von Andrea, damit wir die ausständigen auch noch befragen können«, sagte Bergmann.

»Telefon- oder Adressbuch hab ich keines in ihrer Wohnung gefunden«, sagte Sandra. »Sie hat ihre Kontakte wohl nur in ihrem Handy gespeichert, vielleicht auch auf ihrem Laptop. Ich kann ihn ja dann aus ihrer Wohnung holen, sobald ich wieder in Graz bin.« Sandra sah auf ihre Armbanduhr. »Ich bin hier eh bald fertig. Ich versuche nur noch, an der Spa-Rezeption herauszufinden, ob sie den Massagetermin gestern Nachmittag wahrgenommen hat. Dann mache ich mich sofort auf den Rückweg.«

»Wenn Andrea tatsächlich bei der Massage war, hätte sie sich doch bestimmt vorher noch mal bei dir gemeldet und Entwarnung gegeben«, meinte Bergmann.

Sandra nahm das leise Geräusch wahr, das entstand, wenn er sich an seinem Dreitagebart kratzte. »Anzunehmen«, stimmte sie ihm zu. Dennoch wollte sie sich vergewissern, wo sie schon einmal hier war.

»Ich werde inzwischen die Ortung von Andreas Handy beantragen, außerdem die Rufdaten anfordern … Bei mir kommt gerade ein Anruf rein, Sandra. Wir treffen uns später im Büro.« Bergmann beendete das Gespräch.

Sandra griff erneut zu ihrem Löffel, um das Frühstücksei aufzuklopfen. Erstens war es für ihren Geschmack zu flüssig und zweitens bereits kalt, stellte sie fest. Außerdem hatte sie sowieso keinen Appetit mehr und schon gar keine Zeit zu verlieren. Ein letztes Mal blickte sie in die Landschaft. Was für ein traumhafter Sommertag! Leider nicht für sie. Und erst recht nicht für Andrea, wie zu befürchten stand. Mit sorgenvoller Miene wischte sie sich den Mund ab, faltete die Serviette zusammen und winkte den Kellner zum Zahlen herbei.

# KAPITEL 5

Wie besessen hatte er sie gequält. Stunde um Stunde. Tag für Tag. Gnadenlos. Je heftiger sie sich wehrte, umso härter nahm er sie ran. Längst hatte sie sich aufgegeben. Sich ihm hingegeben. Es gab kein Entrinnen. Immer wieder hatte er sie gepeinigt. Ihr Tausende winzige Stiche zugefügt. Oder gar Millionen? Die Schmerzen nahm sie hin. Die des Körpers und der Seele.

Den eigenen Anblick ertrug sie nicht mehr. Gezeichnet, bis an ihr Lebensende. Jeder konnte sehen, dass sie ihm gehörte. Mit Haut und Haar. Mit Leib, aber ohne Seele. Die würde er niemals besitzen.

Sie hasste sich selbst, weil sie ihn geliebt hatte. Sie hasste ihn dafür, dass er sie liebte. Mit jedem Tag mehr. Bis sein Werk vollendet war. Ein Kunstwerk der Schmerzen. Ihrer Schmerzen. Auf ihr hatte er sich verewigt. Wie er auch sie in seiner Kunst verewigte. Geliebte. Muse. Opfer.

Bald war es vorbei. Kein Leiden mehr. Keine Liebe. Kein Hass. Lichterloh brannte sie im lodernden Meer. Sein Kunstwerk ein Raub der Flammen. Der Körper bizarr verkrümmt. Der Schädel geborsten. Die Leiche bis zur Unkenntlichkeit verkohlt. Ihre Seele aber war ihm entkommen.

# KAPITEL 6

Immer noch Sonntag, 3. August,
Loipersdorf bei Fürstenfeld

## 1.

Ihren Massagetermin hatte Andrea Brunner nicht wahrgenommen, bestätigte die Spa-Mitarbeiterin Sandras Vermutung. Da er nicht fristgerecht storniert worden war, habe man ihn dennoch verrechnet, erklärte sie weiter.

Sandra holte ihr Handy aus der Tasche, um der Frau im weißen Kittel das letzte Foto von Andrea zu zeigen. Weder sie noch die Masseurin, die hinzukam, konnte sich an sie erinnern. Bisher sprach alles dagegen, dass Andrea jemals im »Himmelreich« angekommen war. Jedenfalls nicht im Hotel dieses Namens, wurde Sandra auf einmal die bittere Doppeldeutigkeit bewusst. Sie bedankte sich bei den Spa-Angestellten und trat den Rückweg an. Sehr weit sollte sie nicht kommen.

Schon im Stiegenhaus riss sie das Handyklingeln aus ihren düsteren Grübeleien. Wieder zeigte das Display einen Anruf von Bergmann an. »Ich bin hier jetzt fertig und fahr noch mal in Andreas Wohnung, um …«, erklärte sie ihm grußlos, als er ihr ins Wort fiel.

»Warte, Sandra! Es gibt Neuigkeiten …«, sagte er.

»Was denn? Ist Andrea wieder aufgetaucht?«, fragte sie hoffnungsvoll in seine Denkpause hinein.

Es dauerte viel zu lange, bis er antwortete. Außerdem war in seiner Stimme keinerlei Freude mitgeschwungen. Ihre Hoffnung zerplatzte jäh wie eine Seifenblase. Und plötzlich wusste sie, dass der Chefinspektor nichts Gutes zu berichten hatte.

»Es gibt einen Leichenfund in der Nähe von Loipersdorf«, verkündete er.

»Was?« Sandra hielt mitten auf der Treppe inne, die auf einmal unter ihren Füßen schwankte. Reflexartig griff sie nach dem Handlauf. Wie ferngesteuert drehte sie sich um und ließ sich auf den nächsten Stufen nieder.

»Ein Leichenfund, du hast richtig gehört«, drang Bergmanns Stimme auf einmal wie aus weiter Ferne zu ihr durch.

Umso lauter hörte Sandra den eigenen Puls schlagen. Gleichzeitig drängte das Frühstück in ihrem Magen hoch. Sie würgte es hinunter. »Andrea …«, presste sie mühsam hervor. »Ist sie tot?« Ihr graute vor Bergmanns Antwort.

»Die Leiche ist noch nicht identifiziert. Sie ist völlig verkohlt«, sagte er.

Sandras Kehle krampfte sich zusammen, während ihr die Tränen in die Augen stiegen. »Oh, mein Gott … Andrea …« Sie presste die Hand auf ihren Mund.

»Aber es ist doch noch nicht einmal klar, ob es sich bei der Brandleiche überhaupt um eine Frau handelt«, beschwichtigte Bergmann.

Und wenn schon? Man musste doch nur eins und eins zusammenzählen. Wie konnte er bloß so ruhig bleiben, fragte sich Sandra und rieb sich die tränenden Augen. »Wie ist sie verbrannt? Bei einem Autounfall? Bei einem Hausbrand?«, fragte sie weiter, um Fassung ringend.

»Die Leiche wurde unmittelbar nach dem Brand-Aus in einem Pferdestall aufgefunden. Mehr kann ich dir leider noch nicht sagen.«

Sandra fehlten die Worte. Stattdessen entkam ihr ein ungewolltes Schluchzen.

»Ich werde dich von diesem Fall abziehen, Sandra. Er geht dir viel zu nahe«, entschied Bergmann.

»Nein, Sascha! Bitte nicht … Geht er dir etwa nicht nahe?«

»Aber wir wissen doch noch gar nicht, ob es sich bei dem Brandopfer um Andrea handelt«, beschwichtigte er erneut.

Glaubte er wirklich an einen Zufall? »Vermutlich weißt du nicht, dass Andrea seit ihrer Kindheit eine leidenschaftliche Reiterin war«, sagte Sandra. Ihre Reitstiefel hatte die Freundin allerdings zu Hause gelassen, erinnerte sie sich. Wobei sie nicht ausschließen konnte, dass sie ein weiteres Paar besaß.

Bergmann schwieg.

»Du musst mich weiter ermitteln lassen, Sascha. Bitte! Ich mache mir ohnehin schon solche Vorwürfe, weil ich den Notruf nicht angenommen habe. Ich würde es mir nie verzeihen, wenn Andrea …, wenn sie …« Sandra brach mitten im Satz ab und biss sich auf die Oberlippe, um nicht loszuheulen.

Bergmann seufzte. »Na schön … Ich fahre in wenigen Minuten mit der Tatortgruppe aus Graz weg. Jörg holt mich gleich von zu Hause ab. Am besten treffen wir uns direkt am Leichenfundort«, schlug er vor und versprach, ihr umgehend eine Nachricht mit der Adresse und den Koordinaten des Einsatzortes zu senden.

Wie benommen trennte Sandra die Verbindung und starrte durch einen Tränenschleier ins Leere.

»Geht's Ihnen nicht gut?«, sprach sie plötzlich jemand von oben an.

Erschrocken blickte Sandra zu der weißen Gestalt auf, die neben ihr auf der Stufe stand.

»Kann ich Ihnen helfen?«, bot sich die Frau im Hotel-Bademantel an.

»Nein, danke …« Verschämt wischte sich Sandra ihre Tränen ab. »Es geht schon wieder.« Mühsam rang sie sich ein Lächeln ab und zog sich am Handlauf hoch. Kaum war sie aufgestanden, meldete ihr Handy den Eingang einer Nachricht. Bergmann hatte die Koordinaten geschickt.

Dass ihr die hilfsbereite Frau noch ein aufmunterndes Lächeln schenkte, bekam Sandra nicht mehr mit. Sie hatte bereits ihren Weg nach oben fortgesetzt, um unverzüglich zum Leichenfundort aufzubrechen. Vielleicht konnte sie ja an Ort und Stelle selbst herausfinden, ob es sich bei der Brandleiche um die sterblichen Überreste ihrer Freundin handelte. Was immer von dieser noch übrig war. Und wenn sie Andrea nur mehr an einem Schmuckstück wiedererkannte.

# 2.

Die ganze Fahrt über betete sich Sandra immer wieder vor, dass es sich bestimmt nicht um Andreas Leiche handelte, die in diesem Pferdestall bis zur Unkenntlichkeit verbrannt war. Dass die Freundin vermisst wurde, konnte genauso gut ein Zufall sein, klammerte sie sich an Bergmanns Worte. Nichts desto trotz zog sich der Knoten in ihrem Magen mit jedem Kilometer enger zusammen, den sie sich ihrem Ziel näherte. Dort vorne musste die Abzweigung sein, nach der sie suchte. Sandra fuhr langsamer und beugte sich nach vorne, um alle Schilder am Straßenrand lesen zu können. Schließlich folgte sie jenen, die in den Wald hinein wiesen. Gerade hatte sie anhalten und die Koordinaten ins Navigationsgerät eingeben wollen, als sie von der Hügelkuppe aus eine Funkstreife entdeckte, die ein Stück weiter unten parkte. Unmittelbar daneben waren zwei uniformierte Kollegen postiert.

Einer der beiden kam ihr auf den letzten Metern entgegen. Sein breitbeiniger, federnder Gang erinnerte Sandra an den Darsteller in einem Wild-West-Film. Bei jedem anderen Einsatz hätte sie sich das Grinsen bei seinem Anblick bestimmt nicht verkneifen können. In diesem Fall jedoch lagen ihre Nerven blank. Jeglicher Humor war ihr spätestens seit Bergmanns letztem Anruf abhandengekommen. Sie ließ das Fenster hinunter, um ihren Dienstausweis zu präsentieren. Der Brandgeruch stieg ihr in die Nase. »Sandra Mohr, LKA 1, Abteilung Leib/Leben«, stellte sie sich vor.

»Aus Graz?«, fragte er.

No na, dachte Sandra, ungeduldig nickend.

»A ganz schönes Tempo hast drauf für a Frau«, erwiderte der Jungspund mit einem anzüglichen Grinsen, das er wohl für unwiderstehlich hielt.

Hätte er nicht einen dermaßen heftigen südoststeirischen Dialekt gesprochen, wäre er glatt als Bergmanns Sohn durchgegangen. Die Machos bei der Polizei starben offenbar niemals aus, ärgerte sich Sandra über so viel Unverschämtheit. Noch dazu bei einem Einsatz. »Da ich nicht zu schnell gefahren bin, obwohl das in diesem Fall zulässig wäre, muss ich wohl annehmen, dass ich gerade angebraten werde«, erwiderte sie scharf.

Der Möchtegern-Sheriff setzte zu einer Antwort an, was Sandra zu verhindern wusste. »Schon mal was von einer Dienstaufsichtsbeschwerde gehört? Und von Geschlechterdiskriminierung?«, schnauzte sie ihn an.

»I ... Ich hab ja nur g'meint ...«, stammelte der Jüngling.

»Was ist jetzt?«, unterbrach Sandra seinen Versuch, sich herauszureden. In Fällen wie diesem ging ihr die Tatsache, dass Polizisten – egal welchen Ranges und von welcher Dienststelle – einander duzten, gehörig gegen den Strich. »Darf ich weiterfahren? Und sagst du mir auch wohin? Oder soll ich hier Wurzeln schlagen?«

Wie ein geprügelter Hund wich der zurechtgestutzte Mann beiseite, wies Sandra den Weg und ließ sie passieren.

Dabei hatte er noch Glück, dass Bergmann nicht neben ihr saß, dachte sie kopfschüttelnd. In einem Rangordnungskampf mit dem Rudelführer wäre der halbstarke Rüde bestimmt nicht so glimpflich davongekommen. Wenn er es überhaupt gewagt hätte, sie in Anwesenheit des Chefinspektors dermaßen respektlos anzusprechen.

Im Schritttempo näherte sich Sandra den Funkstreifen und Löschzügen mehrerer Freiwilliger Feuerwehren aus der Umgebung. Die Löscharbeiten waren offensichtlich beendet.

Die Feuerwehrleute packten bereits ihre Ausrüstung zusammen. Nur das Löschwasser, das sich in Lacken gesammelt hatte, und der Brandgeruch zeugten noch von der Feuersbrunst. Wie die Ruine des Pferdestalls.

Kaum war Sandra aus dem Wagen ausgestiegen, sprach sie ein älterer uniformierter Kollege an. »LKA Steiermark, nehm ich an?«

Sandra bejahte seine Frage und stellte sich ihm vor.

»Bezirksinspektor Großschädl Franz Josef, Polizeiinspektion Fehring«, erwiderte der Uniformierte und führte seine Hand ohne Hast zum Kappenrand. »Kannst Joe zu mir sagen.«

»Was wissen wir bisher, Joe?«, fragte Sandra, ganz und gar im Ermittlermodus. Die panische Angst um Andrea war auf einmal wie weggeblasen, wunderte sie sich über sich selbst.

»Die Feuerwehr ist kurz nach sieben alarmiert wor'n. Von zwei Reiterinnen aus Wien, die bei uns Urlaub mach'n. Zehn Minuten später war'n die ersten Löschzüge am Einsatzort. Die Männer und Frauen haben die Löscharbeiten unverzüglich aufg'nommen. Das Stallgebäude ist zu diesem Zeitpunkt bereits in Vollbrand g'standn. Um halb neun ham s' es dann inspiziert und die verkohlte Leich' aufg'fundn. Vorher hat niemand vermutet, dass da drin wer verbrannt sein könnt'.«

»Auch keine Pferde?«, fragte Sandra.

»Wie? Ach so, nein ... Der Reiterhof steht schon seit etlichen Jahren leer. Von dem her hat keiner mit Opfern g'rechnet«, sagte Großschädl.

Während der Landpolizist berichtete, ließ Sandra ihren Blick über den Einsatzort schweifen. Das Wohngebäude des alten Gestüts war in einem desolaten Zustand, jedoch vom Feuer verschont geblieben. Wie der größtenteils mit Efeu überwucherte Stadel, der einige Meter abseits stand. Der Pferdestall auf der anderen Seite der kleinen Matschkoppel, auf der sich im Laufe der Jahre einiges an Gestrüpp ausgebreitet hatte, war bis auf die verrußten Mauern niedergebrannt. Vom Dach waren nur noch verkohlte Dachsparren und herabgestürzte Ziegeltrümmer übrig. Auf die Weide hinter ihrem Rücken war das Feuer dank des Feuerwehreinsatzes nicht übergesprungen. Auch nicht auf den Wald dahinter. »Kann ich mir die Brandleiche einmal anschauen?«, fragte Sandra.

Großschädl winkte den Feuerwehr-Kommandanten herbei und stellte ihm dieselbe Frage.

»Von uns aus spricht nix dagegen. Die Wärmebildkamera zeigt keine verborgenen Glutnester mehr. Die Brandruine ist so weit abg'sichert und für die polizeilichen Ermittlungen freigegeben. Trotzdem sollten S' vorsichtig sein und nicht ohne Schutzhelm da eini geh'n. Atemschutz brauchen S' aber keinen mehr. Einer meiner Männer soll Sie am besten begleiten.«

Der Kommandant ließ einen Helm für Sandra bringen, während sie ihre Stiefel und die Jacke aus dem Auto holte, um sich selbst und ihre Kleidung zu schützen.

Wenig später stapfte sie hinter einem Feuerwehrmann durch die Lacken und den Matsch zur Brandruine hinüber. Ihr Begleiter betrat diese zuerst, um auf Nummer sicher zu gehen. Sandra folgte ihm erst, nachdem er grünes Licht gab.

Die Pferdeboxen waren noch an den brusthohen Mauerresten zu erkennen, die stehen geblieben waren. Im vorderen Bereich hatten auch die Deckengewölbe dem Feuer standgehalten. Weiter hinten waren sie eingestürzt. Dort vermutete Sandra den Brandherd. Vorsichtig stiegen sie über den durchnässten Brandschutt hinweg, um nicht auszurutschen oder nirgends draufzutreten und Spuren zu zerstören, die den Brandermittlern des LKA noch dienlich sein konnten.

»Dort hint' liegt die Leich! Kein schöner Anblick«, warnte sie der Feuerwehrmann und zeigte zu einer der hinteren Boxen. Als ob Sandra noch nie eine Brandleiche gesehen hätte.

Mit der flachen Hand über den Augenbrauen versuchte sie das Sonnenlicht abzuschirmen, das sie durch das eingestürzte Dach blendete. Dennoch konnte sie noch immer nicht viel erkennen. Wieder ging der Feuerwehrmann voraus, hielt inne, um die verkohlten Dachsparren über seinem Kopf zu begutachten. Dann erst ließ er die Polizistin nachkommen.

Sandra trat näher an die Leiche heran. Erstaunlicherweise ohne von ihren Gefühlen überwältigt zu werden, wie sie es auf der Fahrt hierher befürchtet hatte. Dass der völlig verbrannte menschliche Körper, auf den sie nun herabblickte, Andrea gehörte, überstieg auf einmal ihr Vorstellungsvermögen. Momentan fühlte sie nichts, was sie nicht auch sonst in einer solchen Situation empfunden hätte: angespannte Konzentration, Respekt vor dem Todesopfer und den Drang der Ermittlerin herauszufinden, was hier geschehen war. Bei jeder Kinderleiche wäre es ihr schwerer gefallen, ihre Emotionen beiseite zu lassen als bei dieser Brandleiche, die gekrümmt vor ihr auf dem geschwärzten Boden lag. Dabei ließen Statur und Brüste keinen Zweifel offen, dass es sich um den Leichnam einer Frau handelte. Entweder hatte von den Feuerwehrleuten niemand so genau hingesehen, oder die Information über das Geschlecht der Toten war nicht weitergegeben worden.

Und wenn das hier tatsächlich Andreas Leiche war? Sandra schluckte den brandigen Geschmack in ihrem Mund hinunter. Gab es irgendetwas, anhand dessen sie ausschließen konnte, dass es sich um ihre Freundin handelte? Einen dermaßen stark verkohlten Leichnam hatte sie noch nie gesehen. Außer auf Fotos zu forensischen Schulungszwecken. Beide Hände sahen durch die große Hitze wie amputiert aus. Das geschah, wenn das Gewebe an den Extremitäten verkochte und sich zurückzog, wusste sie. Auch die halb gebeugten Arme und Beine, die vom Körper abstanden, zählten zu den typischen Brandfolgen. Fechterstellung nannten die Mediziner diese

Haltung, die durch die hitzebedingte Schrumpfung der Muskeln und Sehnen zustande kam. Aus demselben Grund quoll auch die Zunge zwischen den aufgequollenen Lippen hervor. Das Gebiss der Toten kam ihr in diesem Zustand fremd vor. Die Schädelkapsel war durch den hohen Dampfdruck, der im Schädelinneren geherrscht hatte, geborsten. Die verbliebenen Kopfhaare waren von den Flammen nicht ganz so stark geschwärzt wie die Haut und stark gekräuselt.

Sandra betrachtete die Leiche noch einmal von oben bis unten. Konnte das hier Andrea sein? Auszuschließen war es jedenfalls nicht. Auch wenn die Tote kleiner als ihre Freundin wirkte. Allerdings durfte man die brandverursachten Schrumpfungen des Körpers nicht außer Acht lassen.

Vorsichtig ging sie in die Hocke, um sich das Opfer aus der Nähe anzusehen. Die Oberhaut war durch das Verdampfen des Unterhautgewebes an mehreren Stellen aufgeplatzt, sodass der bei Brandleichen übliche Eindruck von Schnittverletzungen entstanden war. Durch die offene Bauch- und die Brusthöhle waren das Herz und die Lunge sichtbar. Wahrlich kein schöner Anblick. Der Feuerwehrmann hatte nicht übertrieben.

Als Nächstes scannten ihre Augen die Leiche nach erkennbaren Textil- und Metallresten ab, wie etwa einer Gürtelschnalle oder Schmuckstücken. Doch da war nichts dergleichen. Andrea hatte bei ihrem Abschied eine auffällige Statement-Kette getragen, erinnerte sich Sandra. Auch ein breiter Ring hatte sich zuletzt an ihrem linken Ringfinger befunden. Beim Haare Flechten war ihr dieser im Spiegel aufgefallen. Dass an der Leiche jeglicher Schmuck fehlte, musste aber nichts bedeuten. Den konnte man bekanntlich auch abnehmen.

Sandra erhob sich. Eventuell befanden sich unter der Auflagefläche erkennbare Textilreste, überlegte sie. In dieser Position war der Rücken des Opfers noch am besten vor den Flammen geschützt gewesen. Umdrehen durfte sie die Leiche aber noch nicht. Erst mussten die Forensiker und die Gerichtsmedizinerin sie für die Ermittler freigeben.

»Frau Mohr?«, sprach sie der Feuerwehrmann aus der nächstgelegenen Ecke des Stalles an. »Da liegt was …«

Sandra wandte sich von der Leiche ab und dem Mann zu, der eine Latte vom Schutthaufen beseitigte. »Sieht wie ein handelsüblicher Benzinkanister aus«, sagte sie.

»Brandbeschleuniger … Außerdem könnt' auch noch Heu im Stall g'wesn sein. Das brennt dann alles wie Zunder«, meinte der Feuerwehrmann. »Aber ich will euren Brandermittlern nicht vorgreifen.«

Sandra nickte. Kopfschmerzen kündigten sich an. Ihre Augen brannten. Vermutlich von dem Brandgeruch. Sie musste raus hier.

Unterwegs blieb sie stehen. »Was ist das hier?«, fragte sie und bückte sich noch einmal, um den verbrannten zylindrischen Gegenstand näher zu betrachten.

Der Feuerwehrmann hockte sich neben sie.

»Dürfte sich um ein Kameraobjektiv handeln«, überlegte sie laut.

Der Feuerwehrmann stimmte ihr zu.

Sandra erhob sich wieder, um die Brandruine zu verlassen.

In sicherer Entfernung nahm sie den Helm ab. Gerade wollte sie ihre Jacke ausziehen, als der Feuerwehrkommandant sie ansprach.

»In dem Stadel dort steht ein Auto«, berichtete er und nahm ihr den Helm aus der Hand. »Ein roter Mini mit einem Grazer Kennzeichen.«

Sandra erstarrte mitten in der Bewegung und glotzte den Mann verständnislos an. Was hatte er eben gesagt? Sie musste sich verhört haben. »Ein roter Mini? Mit Grazer Kennzeichen?«, wiederholte sie kraftlos.

Der Kommandant bejahte ihre Frage.

Die Erkenntnis fraß sich wie in Zeitlupe, dafür umso schmerzhafter in ihr Bewusstsein. Dann lag dort drinnen doch Andreas Leiche? Einmal mehr wankte der Boden unter ihren Füßen.

»Ist Ihnen schlecht?«, fragte der Kommandant.

»Nur der Kreislauf …« Sandra griff nach seinem Arm, um ihr Gleichgewicht nicht zu verlieren und im Gatsch zu landen.

»Niedriger Blutdruck?«

Sie nickte.

»Das kenn ich von meiner Frau …«

»Wie lautet das KFZ-Kennzeichen?«, wollte Sandra wissen.

Der besorgte Blick des Kommandanten wanderte zum Stadel hinüber. »Martin!«, rief er.

»Ja?«, folgte die Antwort von drüben.

»Wie lautet das Kennzeichen von dem Mini?«

»G, acht, fünf …«

Noch ehe die Frage vollständig beantwortet war, gab es für Sandra keinen Zweifel mehr. Im Stadel stand Andreas Auto. Und im Stall lag ihre verkohlte Leiche. Ihre beste Freundin war tot. Sie taumelte dem Feuerwehrkommandanten in die Arme. »Bringen Sie mich zu meinem Auto … bitte …«, stammelte sie und ließ sich von ihm gestützt hinüberführen.

Beim Audi angelangt, konnte sie ihr halb verdautes Frühstück nicht länger bei sich behalten. Erst einmal übergab sie sich vor dem nächsten Gebüsch. Dann stieg sie in den Wagen, startete den Motor und ließ alle Fenster hinunter, um sich hernach den Mund mit einem Taschentuch abzuwischen und ihn mit bacherlwarmem Wasser aus der Plastikflasche auszuspülen.

»In Ihrem Zustand wer'n S' doch jetzt ned Autofahren?«, sprach der Kommandant sie durchs offene Fenster an.

Sandra schüttelte den Kopf.

»Soll ich einen Arzt rufen?«

Sandra verneinte auch diese Frage und stellte den Motor wieder ab. »Ich warte hier, bis die Kollegen aus Graz eintreffen«, versprach sie. Allzu lange konnte es ja nicht mehr dauern, bis die Einsatztruppe des LKA auftauchte.

Der Feuerwehrkommandant verabschiedete sich und trat den Rückzug an.

Kaum war er fort, brach Sandra in Tränen aus. Warum hatte Andrea sterben müssen? Warum nur? Warum? Und warum *nicht* Andrea, stichelte die Stimme in ihrem Kopf.

So sehr sich Sandra auch bemühte, sie konnte keinen klaren Gedanken fassen. Kaum beruhigte sie sich ein wenig, musste sie schon wieder losheulen. Ihre beste Freundin war tot. Warum nur? Warum? Immer wieder dieselben Fragen. Aber keine Antwort. Ebenso wenig nahm sie den Mann im Gebüsch wahr, der sich abwandte und im Wald verschwand.

## 3.

»Alles in Ordnung mit dir?«, sprach Bergmann sie durchs offene Wagenfenster an.

Erschrocken blickte Sandra auf. Mit dem aufgeweichten Taschentuch in der Hand trocknete sie ihre Tränen und schnäuzte sich noch einmal. Seine Frage konnte der Chefinspektor nur rhetorisch gemeint haben. Es sei denn, er wusste noch nicht, dass Andreas Auto im Stadel stand. Und ihre verkohlte Leiche in der Brandruine lag. Gar nichts war in Ordnung.

Bergmann stieg auf der Beifahrerseite in den Wagen ein. »Sandra?«, sprach er sie noch einmal an.

»Andreas Auto steht im Stadel«, berichtete sie, um gleich darauf wieder loszuschluchzen. »Warum Andrea? Warum nur?« Widerstandslos ließ sie sich vom Chefinspektor in den Arm nehmen.

»Ich weiß, dass sich ihr Auto in diesem Schuppen befindet«, sagte Bergmann und strich tröstend über ihren Arm. »Aber deswegen muss die Leiche in der Brandruine noch lange nicht ihre sein.«

Sandra löste sich aus seiner Umarmung. »Das glaubst du doch selbst nicht«, fauchte sie ihn durch ihren Tränenschleier an.

»O ja, Sandra. Das glaube ich schon. Beantworte mir eine einzige Frage …«

»Was denn?«, fragte Sandra verzweifelt.

»Andrea hat doch keine Tätowierung auf dem Rücken?«

»Was? Wovon sprichst du? Nein …« Verwirrt schüttelte Sandra ihren Kopf und zupfte ein neues Taschentuch aus der Packung, um damit die nächsten Tränen zu trocknen.

»Jutta hat die Brandleiche umgedreht«, fuhr Bergmann fort.

Sandras Blick fiel aufs Armaturenbrett. Dass sie seit fast einer Stunde hier im Auto saß und heulte, hatte sie in ihrer Verzweiflung gar nicht mitbekommen. Auch nicht, dass die Tatortgruppe und die Gerichtsmedizinerin längst ihrer Arbeit nachgingen, wohingegen die Löschzüge der Freiwilligen Feuerwehren mittlerweile abgezogen waren.

»Die Haut der Toten ist an der Auflagefläche noch recht gut erhalten«, fuhr Bergmann fort. »Und eben dort befindet sich eine ausladende Tätowierung.«

»Andrea war aber nicht tätowiert«, sagte Sandra.

»Und deshalb handelt es sich bei der Leiche dort drinnen auch nicht um ihre.« Bergmann lächelte Sandra an, während sein Daumen über seine linke Schulter nach hinten wies.

»Ist das dein Ernst?«, fragte sie skeptisch. Wehe, er pflanzte sie nur wieder.

Bergmann nickte. »Mein voller Ernst.«

Sandra konnte es noch immer nicht glauben. Andererseits würde sich in dieser Situation nicht einmal der unsensible Chefinspektor einen dermaßen schlechten Scherz mit ihr erlauben. Dann war Andrea also doch nicht tot? Noch wagte sie es nicht, sich zu freuen.

»Wie wahrscheinlich ist es, dass sich Andrea kurz vor ihrem Tod tätowieren hat lassen?«, fragte Bergmann. »Allein für die Tätowierung, die auf dem Rücken noch erkennbar ist, hätte es einige Tage gebraucht. Minimum …«, erklärte er.

»Das geht sich nicht aus«, murmelte Sandra.

»Eben. Und deshalb ist es höchst unwahrscheinlich, dass es sich bei dem Brandopfer um Andrea handelt.« Wieder wies sein Daumen über die Schulter. »Um sicherzugehen, müssen wir den Zahnstatus abwarten. Ich habe Doktor Luttenberger schon verständigt. Er hat mir versprochen, Andreas Zahnschema und die letzten Röntgenbilder umgehend in die Gerichtsmedizin zu schicken. Umgekehrt will er sich gleich den Zahnstatus der Leiche ansehen.«

Sandra fiel Bergmann um den Hals und schluchzte neuerlich los. Diesmal aus Erleichterung.

# KAPITEL 7

Ein dumpfes Geräusch aus der Ferne riss sie aus ihrem Dämmerzustand. Was war das? Eine Tür, die ins Schloss fiel?

Und was jetzt? Schreien? Um Hilfe rufen? Oder besser: Feuer! Hörten die Leute Hilferufe, befürchteten sie Ärger. Den wollten die meisten vermeiden. Bei Feuer witterten sie Gefahr für sich selbst und handelten eher. Sandra hatte ihr das erklärt.

Warum konnte sie sich an ihre Freundin erinnern? Aber nicht, wie sie hierhergekommen war? Sie lauschte in die Dunkelheit. Die Kopfschmerzen hatten nachgelassen. Die Messer bohrten sich nicht länger durch ihre Augen. Dafür war sie jetzt durstig. Hunger verspürte sie keinen.

Schritte. Sie hörte Schritte. Schritte, die näherkamen. Ihr Herzschlag galoppierte. Das Atmen fiel ihr schwer. Sie wandte den Kopf zur Seite. Blickte angestrengt ins Schwarze. Wenn sie bloß etwas sehen könnte! Würde sie jemals wieder etwas sehen?

Klacken. Scheppern. Deutlich näher als der dumpfe Schlag zuvor. Knarren. Dann das grelle Licht. Und wieder der stechende Schmerz in den Augen. Unwillkürlich schloss sie ihre Lider wieder. Dann die Erkenntnis. Und die Erleichterung. Sie war nicht blind!

Schritte. Noch näher. Ganz nah. Im Bruchteil eines Augenblicks hatte sie einen Mann wahrgenommen. Wer war die dunkle Gestalt im gleißenden Licht?

»Versprichst du mir, nicht zu schreien?«, fragte die Stimme, dicht neben ihr.

Kannte sie ihn? Hatte er sie hierhergebracht? Warum erinnerte sie sich nicht daran?

»Du sollst nicht schreien, hörst du?«

Sie nickte. Schnaufte. Die Augen noch immer geschlossen. Warum durfte sie nicht schreien? Hätte sie jemand gehört?

Blinzeln. Das Bild wurde schärfer. Er beugte sich über sie. Griff ihr ins Haar. Ja, das war der Mann. Der Mann, dessen Bild ihr früher durch den Kopf gehuscht war. Wie lange war das her? Eine Stunde? Einen Tag? Oder länger? Sie hatte ihre Erinnerung verloren. Und die Zeit. Sie musste auf die Toilette. Noch fühlte sie sich trocken an.

Mit einem Ruck riss er ihr das Klebeband vom Mund. Es brannte wie Feuer. Als hätte er ihre Oberlippe mit weggerissen. Luft! Sie bekam keine Luft mehr. Ihre Augen weiteten sich. Starrten ihn panisch an. Verzweifeltes Prusten durch den Knebel in ihrem Mund.

»Schsch! Sei ruhig …« Er schüttelte das Klebeband von seinen Fingern. Mit einer Hand drückte er ihr den Mund auf, zog mit der anderen ein Stück Stoff heraus.

Sie hustete. Rang nach Luft. Ihre Augen tränten. Nicht, weil sie weinte. Nur, weil das Licht so grell war.

»Wehe, du schreist«, drohte er.

»Nein«, krächzte sie.

Er sah sie an. »Wunderschön.« Auf einmal klang er sanft. Strich ihr über die Wange. Den Hals hinunter. »Makellos …«

Er musste verrückt sein. Ein Perverser. Wie konnte er sie in diesem Zustand schön finden? Verzweifelt grinste sie ihn durch ihre Angst hindurch an.

Es schien ihm zu gefallen. »Lass uns anfangen«, sagte er. Mit einem Lächeln.

Er war erregt. Sie konnte es durch seine Jeans sehen. Direkt vor ihren Augen. Gleich würde er seinen Gürtel öffnen. Über sie herfallen. Er wollte Sex. Nur Sex. Was sonst? Je weniger sie sich wehrte, desto eher würde es vorbei sein. Nur ein weiterer Liebhaber, redete sie sich ein. Und bei Weitem nicht der hässlichste, mit dem sie in ihrem Leben geschlafen hatte. Sie schloss die Augen.

# KAPITEL 8

## Montag, 4. August, Graz

»Und? Gibt es was Neues?«, platzte Sandra heraus, als Bergmann das gemeinsame Büro im LKA betrat.

Mit einem Kaffeehäferl in der Hand und einem blassrosa Schnellhefter aus Karton unterm Arm strebte er vorbei an Miriams verwaistem Schreibtisch auf seinen Arbeitsplatz zu. In den nächsten zwei Wochen mussten sie auf die beiden Kollegen verzichten, die einander das Jawort gegeben hatten. Ausgerechnet jetzt, da Miriam und Stefan auf Hochzeitsreise waren und Bergmanns Team unterbesetzt war, geschah ein Mord. Davon war höchstwahrscheinlich auszugehen.

»Wie ich dir prophezeit habe, handelt es sich bei der Brandleiche nicht um Andrea.« Bergmann stellte das Kaffeehäferl auf seinem Schreibtisch ab und öffnete den Hefter im Stehen. »Der Zahnstatus stimmt definitiv nicht mit ihrem überein. Den Abnutzungspuren des Gebisses nach zu urteilen, müsste die Frau aber in einem ähnlichen Alter wie sie gewesen sein, meint der forensische Zahnmediziner.« Er nahm einige Fotoprints aus dem Hefter und warf diesen auf den Schreibtisch.

Sandras Gesichtszüge entspannten sich ein wenig, wenn auch nur einen Moment lang. Andrea wurde noch immer vermisst und schwebte womöglich in Lebensgefahr, rief sie sich in Erinnerung. Kein Grund also, in einen Freudentaumel auszubrechen.

»Fest steht auch, dass die Tote keine Patientin von Doktor Luttenberger war. Wäre ihm dieses Gebiss schon einmal untergekommen, könnte er sich todsicher daran erinnern, meint er.« Bergmann näherte sich der weißen Magnettafel hinter Sandras Rücken.

Schon am Morgen hatte sie Tatortfotos dorthin gehängt. Sie drehte sich auf ihrem Bürostuhl um. »Dann ist die Tote nach wie vor unbekannt.« Sandra blickte zu Bergmann auf.

Der wandte sich dem Whiteboard zu, um dort die Fotos aus der Gerichtsmedizin anzubringen. »So ist es. Die Kollegen von der Fahndung überprüfen gerade, ob der Zahnstatus der Leiche zu einer anderen vermissten weiblichen Person passt.«

An die 160 Frauen verschwanden jährlich in Österreich, wusste Sandra. Auch, dass die Röntgenbilder und das Zahnschema des Brandopfers an die Zahnärzte aller abgängigen Frauen geschickt werden mussten. Gab es keine Übereinstimmung mit einer Patientin, erschien der Zahnstatus der Leiche in der Österreichischen Zahnärzte-Zeitung, sodass diese eventuell von einem anderen Zahnarzt identifiziert werden konnte. Lieferte diese Veröffentlichung auch kein Ergebnis, blieb noch der DNA-Abgleich. Sofern die Erbinformation des Opfers in irgendeiner Datenbank registriert war. Oder eine neue vermisste Person hinzukam, deren Zahnstatus und DNA mit jener der Brandleiche abgeglichen werden konnte. Das würde Wochen, wenn nicht gar Monate dauern. Falls es überhaupt jemals zu einer Identifizierung kam.

Bergmann betrachtete die neuen Fotos auf der Tafel schweigend. Fast hätte man meinen können, er würde der Verstorbenen, die darauf abgebildet war, eine Gedenkminute einräumen.

Sandra stellte sich wortlos neben ihn, die Arme vor der Brust gekreuzt. Am meisten interessierten sie die Tätowierungen auf dem Rücken des Opfers, die Bergmann am Einsatzort erwähnt hatte. Auf zwei der Fotos waren diese deutlich zu erkennen. Die Schwingen eines Paradiesvogels oder Phönix, dessen gelbe, orange und rote Federn wie Flammen emporzüngelten, mussten ursprünglich die gesamte Breite des Rückens eingenommen haben, vermutete sie. Der rote Kopf mit dem orangefarbenen Schnabel zwischen den Schulterblättern war am besten erhalten. Anzunehmen, dass diese Tätowierungen bei der Identifizierung der Toten hilfreicher sein würden als andere erkennungsdienstliche Merkmale, überlegte sie. Bestimmt würde sich jemand an den auffälligen Vogel erinnern können.

»Siehst du die Krähenfüße in den Augenwinkeln?«, fragte Bergmann, auf ein anderes Foto zeigend.

Sandra nickte. »Sie hat noch gelebt, als sie brannte«, kommentierte sie den eindeutigen Hinweis. Gelangte Rauch in die Augen, versuchte der menschliche Körper, diese instinktiv zu schließen. Dabei entstanden kleine Falten in den Augenwinkeln, in denen sich der Ruß nicht ablagern konnte. Diese forensisch relevante Spur hatte Sandra bei der Licht- und Schattensituation am Leichenfundort nicht erkennen können. Die Fotos, die unter den grellen Scheinwerfern am Sektionstisch entstanden waren, zeigten sie hingegen deutlich.

»Die Rußpartikel in der Lunge und im Magen sowie der hohe Kohlenmonoxidanteil im Herzblut belegen ebenfalls, dass die Frau noch gelebt hat, als sie angezündet wurde«, berichtete Bergmann weiter.

»Gibt es Fesselungsspuren?«, fragte Sandra.

»Im Gewebe haben sich keine Rückstände gezeigt, die beim Brand eingeschmolzen wären. Ganz ausschließen lässt es sich aber auch nicht. Wenn sie mit Naturfasern wie Hanf,

Baumwolle oder Leinen gefesselt war, von denen im Brandfall nur Asche übrigbleibt.«

»Hat der Täter sein Opfer betäubt?«, fragte Sandra.

»Warten wir ab, was der toxikologische Befund ergibt.«

»Lässt sich nach der Obduktion denn ausschließen, dass sich die Frau das selbst angetan hat?«, fragte Sandra weiter.

»Nein. Es gibt keine anderen Anzeichen für eine Gewalteinwirkung als die vom Feuer verursachten. Keine Stich- oder Schussverletzungen, keine Knorpelschäden oder Einblutungen, wie sie beim Erwürgen oder Erdrosseln hätten entstehen müssen. Jutta meint, dass derlei Spuren selbst an der verkohlten Brandleiche noch feststellbar hätten sein müssen. Wir können also davon ausgehen, dass wir es mit einem Brandmord zu tun haben.«

»Wenn es nicht doch ein Suizid war«, murmelte Sandra.

Bergmann sah sie an. »Du weißt aber schon, dass absichtliche Selbstverbrennungen ausgesprochen selten vorkommen. Und wenn, dann liegen meistens politische, religiöse oder soziale Motive vor. Solche Täter suchen die Öffentlichkeit, um mit ihrer Tat höchstmögliche Aufmerksamkeit zu erregen und eine Veränderung der Umstände zu bewirken. Ein verlassener Pferdestall, noch dazu ohne öffentliche Straße oder Nachbarn in Sichtweite, erfüllt diesen Zweck wohl kaum.«

»Es gibt doch aber auch schwerwiegende psychische Störungen. Vielleicht hat die Frau Stimmen gehört, die ihr befahlen, einen abgeschiedenen Ort aufzusuchen und sich dort selbst zu verbrennen.«

»Nichts ist unmöglich«, räumte Bergmann ein. »Aber solange wir einen Brandmord nicht mit Sicherheit ausschließen können, ermitteln wir auf alle Fälle weiter in diese Richtung.«

Sandra nickte, die Fotos betrachtend. »Immerhin wissen wir jetzt, dass das Feuer nicht gelegt wurde, um die Spuren eines Mordes zu vertuschen«, resümierte sie. Bisher war ihr ein sogenannter Deckungs- oder auch Mordbrand am plausibelsten erschienen. »Dennoch könnte der Täter diese Tötungsart gewählt haben, um die Identifizierung des Opfers zu erschweren und mögliche Hinweise zu vernichten, die uns auf seine Spur bringen«, sagte sie.

»Wenn das seine Absicht war, warum hat er nicht dafür gesorgt, dass die Tätowierung am Rücken der Frau vernichtet wird? Wieso hat er sie ausgerechnet in dieser Position verbrannt?«, bezweifelte Bergmann ihre Theorie.

»Vielleicht hat er nicht bedacht, dass die Flammen die Auflagefläche nicht so leicht erreichen würden wie jene Körperteile, die ihnen ungeschützt ausgesetzt sind. Außerdem könnte die Frau ja auch noch an anderen Stellen tätowiert gewesen sein, die durch den Brand vernichtet wurden. Tätowieren scheint ja auch eine Sucht zu sein. Wer einmal damit anfängt, will in der Regel immer mehr davon«, spekulierte Sandra.

Bergmann wandte sich von der Tafel ab und kehrte an seinen Schreibtisch zurück.

»Wurde sie vergewaltigt, bevor sie verbrannte?«, fragte Sandra weiter.

»Ein Sexualkontakt unmittelbar vor ihrem Tod lässt sich nicht ausschließen. Auch wenn kein Sperma in den Körperhöhlen nachgewiesen werden konnte. Vor allem im Rumpf hätten sich höchstwahrscheinlich noch Spermaspuren gefunden, meint Jutta. Diese Stellen sind durch das Körperfett am besten geschützt«, erklärte Bergmann, während Sandra an ihren Schreibtisch zurückkehrte. »Ebenso gut könnte der Brandstifter aber auch ein pathologisches Interesse am Feuer haben«, fuhr er fort.

»Ein Pyromane, meinst du? Dann wollte er sich nur an der Macht und Schönheit der Flammen ergötzen? Und an einer brennenden Frau?«, fragte sie.

»Der Täter muss ja nicht gewusst haben, dass sich jemand in diesem verlassenen Stall aufhält. Auch die Feuerwehr ist zunächst einmal nicht davon ausgegangen.«

»Und was ist mit dem Benzinkanister, der in der Nähe der Leiche sichergestellt wurde? Der ist dort keinesfalls zufällig gelegen«, sagte Sandra. Es war keine Stunde her, dass sie mit dem Leiter der Brandgruppe gesprochen hatte, wovon Bergmann aber noch nichts wusste. »Der Brandermittlerhund hat den Brandbeschleuniger am Auffindeplatz der Leiche eindeutig angezeigt«, berichtete sie. »Wer immer den Brand gelegt hat, muss es demnach im Stall, direkt beim Opfer getan haben. Sofern dieser nicht als Suizid selbst verursacht war. Einen technischen Defekt schließen die Experten als Brandursache definitiv aus.«

»Was oder wer auch immer die Frau in diesen Stall geführt haben mag und warum. Anhand ihrer Tätowierung sollte sie sich doch relativ leicht identifizieren lassen«, meinte Bergmann.

»Das denke ich auch«, stimmte ihm Sandra zu. »Eine dermaßen großflächige Tätowierung ist bestimmt irgendjemandem aufgefallen. Obwohl sich mittlerweile immer mehr Leute tätowieren lassen. Stars und Promis geben diesen Trend schon seit Jahren vor. Fußballer, Schauspielerinnen, sogar Frauen von Politikern und vermutlich die Politiker selbst sind tätowiert. Auch einige unserer Kollegen.« Bei Polizisten durften Tätowierungen allerdings nicht sichtbar sein, wenn die kurzärmelige Sommeruniform getragen wurde. »Tattoos sind längst nicht mehr den Freaks, Rockern, Seefahrern und Verbrechern vorbehalten, sondern in der Gesellschaft angekommen. Nicht nur bei den Jüngeren«, fuhr Sandra fort. »Das sieht man auch an den zahlreichen Tattoomessen und Dokumentationsserien im Fernsehen zu diesem Thema.«

»Sag bloß, du bist auch tätowiert«, sagte Bergmann.

»Und wenn ich es bin, geht es dich nichts an. Ich nehme an, Frau Doktor Kehrer konnte den Todeszeitpunkt nicht eingrenzen?«, kehrte Sandra zum Obduktionsergebnis zurück.

Dass die Totenstarre bei Brandleichen wegen der Fechterstellung verfälscht war, war ihr bekannt. Daher ließ sich daraus auch kein Todeszeitpunkt ableiten. Ebenso wenig lieferten Körpertemperatur oder Totenflecken einen Hinweis. Und Fingerabdrücke waren sowieso nicht mehr vorhanden.

Bergmann schüttelte den Kopf. »Was meinen die Brandermittler?«

»Sie gehen davon aus, dass von der Entzündung des Feuers im Stall mithilfe eines Brandbeschleunigers bis zum Flashover und zum Vollbrand des Gebäudes keine zehn, höchstens 15 Minuten vergangen sind. Die Frau kann diese hohen Temperaturen keine Minute lang überlebt haben.« Bei dermaßen großer Hitze zerkochte das Protein in den Zellen wie das Eiweiß beim Eierkochen, hatte ihr der zuständige Brandermittler recht anschaulich erklärt.

»Sie ist an einem Hitzeschock gestorben, nicht an den Rauchgasen«, bestätigte Bergmann.

»Außerdem meint der Kollege, dass das Feuer vom Vollbrand bis zum Eintreffen der Feuerwehr nicht länger als eine Viertelstunde gewütet haben kann, eher kürzer. Sonst hätte es sich wohl weiter über die Wiese in den Wald und auch auf die nahen Gebäude ausgebreitet.«

»Der Notruf ist um 7.02 Uhr bei der Feuerwehr eingegangen«, erinnerte sich Bergmann. »Demnach wurde der Brand frühesten um halb sieben gelegt, was dann ja auch ziemlich genau dem Todeszeitpunkt entsprechen müsste.«

»Zehn Minuten auf oder ab«, sagte Sandra.

»Warum hat der Täter Andreas roten Mini im Schuppen stehen lassen und ihn nicht auch angezündet?«, überlegte Bergmann laut.

»Vielleicht wollte er, dass wir ihr Auto finden«, meinte Sandra.

»Stellt sich die Frage, warum.«

Sandra drehte sich noch einmal nach dem Whiteboard um. »Außerdem stellt sich die Frage, wie Andreas Auto überhaupt in den Stadel gekommen ist«, ergänzte sie. »Ich kann mir nicht vorstellen, dass sie es selbst abgestellt hat. Was hätte sie dort denn suchen sollen? Der Reitstall ist doch schon lange nicht mehr in Betrieb.« Sandra brachte ihren Drehstuhl wieder in die übliche Arbeitsposition.

»Vielleicht war sie dort verabredet. Du hast doch erzählt, dass sie eine leidenschaftliche Reiterin war«, sagte Bergmann.

»Ausgerechnet bei einem stillgelegten Reiterhof? Mit wem denn? Und warum?«

»Keine Ahnung. Vielleicht wusste sie nicht, dass der Betrieb aufgegeben wurde. Oder sie hat das Gehöft besichtigt, um es zu kaufen«, spekulierte Bergmann.

»Andrea soll einen heruntergekommenen Reiterhof auf dem Land kaufen wollen? Niemals …«

»Sag niemals nie.« Bergmann griff zu seinem Häferl. »Ich bin ja schließlich auch in der Provinz gelandet.« Er nippte an seinem Kaffee.

»Sascha, bitte … Du lebst in Graz. Das ist immerhin die zweitgrößte Stadt Österreichs«, erwiderte Sandra.

Bergmann verdrehte die Augen und trank einen Schluck Kaffee.

Warum kehrte er nicht nach Wien zurück, wenn ihm Graz zu provinziell war, fragte sich Sandra nicht zum ersten Mal, behielt dies aber für sich, um ihm nur ja keinen Floh ins Ohr zu setzen. Sosehr sie sich manchmal über den Chefinspektor ärgerte, unterm Strich waren sie doch ein erfolgreiches Ermittlerteam. Wer wusste schon, wer an seiner Stelle nachrücken würde, sollte er dem LKA Steiermark den Rücken kehren. *Sie* war ganz bestimmt nicht für seinen Job vorgesehen. Und etwas Besseres kam bekanntlich selten nach. »Ich habe in deiner Abwesenheit auch mit dem Besitzer des Anwesens telefoniert, um ihn zu befragen«, kam sie wieder auf die Ermittlungen zurück. »Die Umstände sprechen zwar eine andere Sprache, aber er wäre ja nicht der Erste, der sein Haus warm abtragen wollte, um die Versicherungssumme zu kassieren.«

»Und?«

Sandra zuckte mit den Schultern. »Nichts und. Er kann es nicht gewesen sein. Er hat die Versicherung bereits vor acht Jahren auf die notwendige Haftpflicht reduziert, nachdem der frühere Besitzer, sein Großvater, im Pflegeheim verstorben ist und ihm den Hof vererbt hat. Außerdem hat der Mann ein hieb- und stichfestes Alibi. Er lebt seit zwei Jahren in London. Dort hat er sich auch am vergangenen Wochenende aufgehalten«, berichtete Sandra. »Angeblich können das seine Golfpartner bezeugen. Was ich allerdings noch überprüfen muss.«

»Umso eher könnte er seinen Besitz in der Steiermark doch verkaufen wollen.«

»Will er aber nicht. Er möchte in ein paar Jahren heimkehren, die alten Gebäude abreißen und neu bauen. Wenn er dann einmal eine Familie gründet.«

»Wie romantisch … Und hat er auch eine Idee, wer die tote Frau in seinem Stall gewesen sein könnte?«

Sandra schüttelte den Kopf. »Spontan hat er auf eine Obdachlose getippt, die dort vielleicht einen Platz zum Schlafen suchte. In London scheint Obdachlosigkeit ein wachsendes Problem zu sein. Erst vor Kurzem haben sich dort einige junge Männer den zweifelhaften Spaß erlaubt, einen schlafenden Sandler auf einer Parkbank mit Benzin zu übergießen und anzuzünden, hat er mir erzählt.«

»Ausgeschlossen ist das bei uns leider auch nicht«, meinte Bergmann.

»Und wie kann sich eine Obdachlose eine kostspielige Tätowierung leisten?«, fragte Sandra.

»Vielleicht stammt sie ja noch aus besseren Zeiten«, sagte Bergmann.

»Oder sie hat mal als Tattoomodel gearbeitet. Ich habe den Besitzer des Anwesens auch gefragt, ob ihm eine stark tätowierte Frau in der alten Heimat bekannt ist. Das hat er verneint. Und Andreas Name sagt ihm auch nichts«, fuhr Sandra fort.

»Gut, dann vergessen wir mal meine Theorie. Wie und warum ist Andreas Auto dann an den Tatort gelangt?«, fragte Bergmann.

»Der Täter könnte damit gefahren sein oder Andrea dorthin gelotst haben. Mit oder ohne Opfer an Bord. Vielleicht hat er Andrea als Geisel genommen. Oder sie und das Opfer sind gemeinsam in ihrem Mini zum Tatort gefahren. Und der Täter ist irgendwann dazugestoßen, beziehungsweise hat er sie dort bereits erwartet«, spekulierte Sandra.

»Dann wäre Andrea jetzt noch immer in seiner Gewalt?«

»Wo sollte sie sonst sein?«, fragte Sandra. »Wenn sie nicht festgehalten würde, hätte sie sich inzwischen längst wieder bei mir gemeldet. Außerdem hätte sie ganz bestimmt ihren Koffer mitgenommen und schon gar nicht ihr Beautycase im Kofferraum lassen.« Einmal mehr schob Sandra die aufkeimende Befürchtung, dass ihre Freundin tot sein könnte, beiseite.

»Gibt es denn tatrelevante Spuren in ihrem Auto?« Bergmann nahm einen Bleistift und seinen Spitzer zur Hand.

»Die Spurenauswertung ist noch im Gange«, erwiderte Sandra. Dass sich sowohl Bergmanns als auch ihre Fingerabdrücke im Auto befinden konnten, weil sie beide einige

Male mit der Fahrzeughalterin mitgefahren waren, hatte sie dem Leiter der Tatortgruppe im Vorfeld erklärt.

»Sie könnten sich ja auch kennen«, murmelte Bergmann nachdenklich.

»Wer? Andrea und der Täter?«, fragte Sandra nach.

»Andrea und das Opfer.« Bergmann drehte seinen Bleistift im Spitzer herum. Wie so oft, wenn er sich konzentrieren wollte und nicht wie früher zur Zigarette griff.

»Beides halte ich für möglich«, sagte Sandra. »Ebenso, dass sich alle drei kannten.« Immerhin war Andrea in der Nähe des Tatorts aufgewachsen. Und Sandra mit den Kontakten ihrer Freundin noch nicht durch.

»Wenn sie überhaupt zu dritt waren. Vielleicht waren sie auch nur zu zweit am Tatort«, sagte Bergmann. »Der Täter und sein Opfer …«

»Und Andrea?«

Bergmann hielt mit dem Spitzen inne und sah Sandra an. »Verstehst du nicht, worauf ich hinauswill?«

Sandra zuckte mit den Schultern. »Du wirst es mir bestimmt gleich verraten.«

»Es besteht doch immerhin auch die Möglichkeit, dass Andrea die Frau getötet hat und anschließend untergetaucht ist«, sagte Bergmann.

»Was?«, kreischte Sandra auf. »Das ist doch nicht dein Ernst!«

»Kannst du es denn mit Sicherheit ausschließen?« Er legte Bleistift und Spitzer weg.

»Ja, natürlich! Ich kenne Andrea …«

»Das haben schon viele geglaubt, die mit einem Mörder bekannt sind. Bis dieser der Tat überführt wurde.«

Damit hatte der Chefinspektor nicht unrecht, musste sich Sandra eingestehen. Wie oft hatte sie ähnliche Aussagen schon von Angehörigen, Freunden und Bekannten der

Täter im Zuge ihrer Mordermittlungen gehört? Dennoch schien ihr die Vorstellung, dass Andrea einen Mord begangen haben könnte, völlig absurd. Noch dazu einen so grausamen. »Und warum hat sie dann am Samstag einen Notruf bei mir abgesetzt?«, fragte sie.

»Weil sie ein Alibi gebraucht hat? Sie hat ganz genau gewusst, dass du zu dieser Zeit bei der Hochzeit bist. Und dass du ihren Anruf in der Kirche niemals annehmen würdest. So gut kennt sie dich doch«, erwiderte Bergmann.

»Du meinst, sie hat einen Notfall vorgetäuscht, um den Tatverdacht von sich zu lenken? Die Frau ist doch aber erst am nächsten Tag verbrannt«, wandte Sandra ein.

Jetzt zuckte Bergmann mit den Schultern.

Wirklich ernst meinte er seinen Verdacht wohl nicht, so hoffte Sandra wenigstens.

»Wie lange bist du mit Andrea eigentlich schon befreundet?«, wollte er wissen.

»Fast zwölf Jahre«, rechnete Sandra nach. »Lange genug, um sicher zu sein, dass Andrea ihr Auto ganz bestimmt nicht am Tatort hätte stehen lassen, nachdem sie einen Mord begangen hat. Nur, um uns freundlicherweise einen Hinweis auf ihre Täterschaft zu hinterlassen«, lieferte sie ihm ein weiteres Argument, das Andrea entlasten sollte.

»Das könnte auch ein Täuschungsmanöver sein. Wie ihr Gepäck im Kofferraum.«

»Glaube ich nicht. Wir sollten lieber Doktor Luttenberger vorladen. Ich habe heute Früh mit dem Kongress-Hotel in Wien telefoniert«, berichtete Sandra. »Anscheinend hat er dort schon am Freitagabend ausgecheckt.«

Bergmann verschränkte die Hände hinter dem Kopf und lehnte sich so weit zurück, wie es die Rückenlehne zuließ. Immerhin hatte ihm Sandra mittlerweile abgewöhnt, die Füße auf den Schreibtisch zu legen. »Demnach hätte Luttenberger schon früher in Loipersdorf gewesen sein können, als er angibt«, sagte er.

Sandra nickte. »Genau.«

»Für Samstagnacht und die Tatzeit am Sonntag hat er aber ein Alibi. Er war zu Hause bei seiner Frau«, erstickte Bergmann Sandras Theorie im Keim.

»Du hast Doktor Luttenberger nach seinem Alibi befragt?«

»Ja, als ich mit ihm wegen dem Zahnstatus telefoniert habe. Da hat es sich doch angeboten, ihn gleich danach zu fragen. Er schien ziemlich erstaunt darüber zu sein. Offenbar hat er bei deinem Anruf am Samstagabend nicht gegnissen, dass du nicht nur Andreas Freundin, sondern auch Kriminalbeamtin bist. Zuerst hat er wohl gedacht, dass ich ihn lediglich als Zahnarzt einer vermissten Patientin gebeten habe, deren Zahnstatus an die Gerichtsmedizin zu übermitteln. Entsprechend überrascht war er dann, als ich ihn auf seine private Beziehung zu Andrea angesprochen habe. Auf einmal war er sehr wortkarg und hat jedwede Aussage dazu verweigert.«

Sandra verzog den Mund. »Interessant …«

Bergmann lehnte sich wieder nach vorn, stützte die Ellenbogen auf der Schreibtischplatte ab und verschränkte seine Finger ineinander. »Interessant finde ich auch, warum du dich ihm am Telefon nicht als Ermittlerin zu erkennen gegeben hast.«

Sandra räusperte sich. »Zu diesem Zeitpunkt haben wir ja noch nicht offiziell ermittelt. Und ich dachte, er würde Andreas Freundin mehr erzählen als einer Polizistin. Wie du siehst, hatte ich damit auch recht. Immerhin hat er seine Affäre mit Andrea mir gegenüber zugegeben.«

»Von der wir offiziell aber nichts wissen, weil du ihn privat befragt hast. Du hast ihn doch bestimmt nicht über seine Rechte belehrt.«

Sandra schüttelte den Kopf. Darauf hatte sie unter den besonderen Umständen verzichtet.

»Könnten wir uns nicht darauf einigen, dass ich verdeckt ermittelt habe?«, schlug sie vor.

Noch einmal blies Bergmann die Luft zwischen seinen Lippen aus. »Erst einmal müssen wir herausfinden, wer die Tote ist«, sagte er, ohne auf ihren Vorschlag einzugehen. »Solange sie nicht identifiziert ist, lassen sich keine faktischen Zusammenhänge zwischen ihr und Andrea oder sonst wem herstellen.«

»Ich werde gleich einmal die restlichen Kontakte von Andrea durchrufen. Die IT-Abteilung hat mir vorhin die Daten aus ihrem Laptop zukommen lassen.«

»Das überlass mal schön der Fahndungsabteilung«, sagte Bergmann. »Solange wir keinen konkreten Hinweis darauf haben, dass Andrea Opfer eines Tötungsdeliktes wurde, hat der Brandmord erste Priorität für uns.«

»Was soll das heißen?«, brauste Sandra auf. Das konnte doch nicht sein Ernst sein! Sollte sie abwarten, bis Andrea offiziell ein Mordopfer war?

Bergmann sah sie aus schmalen Augen an. »Du hast mich doch verstanden, Sandra …«

»Und wenn wir es mit einem Serientäter zu tun haben?«, schoss sie ins Blaue. Noch war nicht einmal sicher, dass sie es überhaupt mit einem Mord, und nicht mit einer Selbsttötung zu tun hatten.

»Gibt es denn konkrete Hinweise auf einen Serientäter?«, fragte Bergmann.

»Du glaubst doch selbst nicht an einen Zufall, dass das Auto einer vermissten Frau ausgerechnet an einem Ort abgestellt war, an dem zur selben Zeit eine andere verbrannt ist. Was, wenn Andrea das nächste Brandopfer ist? Wir könnten sie vielleicht noch retten, während die andere Frau schon tot ist«, echauffierte sich Sandra.

»Das war jetzt aber keine Antwort auf meine Frage«, entgegnete Bergmann gelassen.

Allein für seinen überheblichen Blick wäre Sandra ihm am liebsten an die Gurgel gesprungen. Wenn es bloß etwas genutzt hätte. Tat es aber nicht. Weitaus sinnvoller war es, sachlich zu bleiben, rief sie sich selbst zur Ordnung und atmete tief durch.

»Haben sich in den Datenbanken ähnliche Brandfälle gefunden?«, fragte Bergmann noch einmal konkreter nach.

»Eine verbrannte Frauenleiche, die an der A2 in Pirka bei Graz aufgefunden wurde. Der letzte ungelöste Mordfall in der Steiermark«, sagte Sandra.

»Liegt dieser Fall nicht schon zehn Jahre zurück?«

»Neun Jahre. Und der Täter läuft noch immer frei herum. Insgesamt gibt es in Österreich sechs ungeklärte Mordbrände. Einer von 1960, der nächste aus dem Jahr 1987. Von 2005 bis 2010 gab es vier weitere Frauenleichen, die angezündet wurden. Eine in der Steiermark, eine in Kärnten und zwei in Niederösterreich. Der Modus Operandi der Taten weicht von Fall zu Fall mehr oder weniger ab. Vom Serientäter bis zu vier Einzeltätern ist alles drin. Alle Frauen, deren Leichen in Niederösterreich verbrannt wurden, arbeiteten als Prostituierte. Die beiden Opfer aus Kärnten und der Steiermark lebten in Italien, ansonsten hatten sie aber nichts gemeinsam. Ein einziger Mordbrand konnte im Burgenland aufgeklärt werden, wobei das die Beziehungstat eines Einzeltäters war.«

»Gab es auch Frauen, die bei lebendigem Leib verbrannt wurden?«

»Abgesehen von einigen Brandunfällen, gab es 2010 einen Brandanschlag auf eine Prostituierte in Wien durch einen Schutzgelderpresser. Das Opfer überlebte. Der Täter wurde zu 20 Jahren Haft verurteilt.«

»Dann sitzt er noch.«

Sandra nickte.

»Und wie sieht es in der Steiermark aus?«

»Kein ähnlicher Fall«, musste sie zugeben.

»So leid es mir tut. Ich kann beim besten Willen keinen Hinweis auf einen Serientäter erkennen. Und wir können uns nicht zersprageln. Du weißt doch, dass wir unterbesetzt sind und uns in erster Linie um einen mutmaßlichen Brandmord zu kümmern haben.«

»Auf Kosten von Andreas Leben?«, unternahm Sandra einen weiteren verzweifelten Anlauf. Wenn ihrer Freundin etwas zustieß, weil die Kollegen nicht schnell und sorgfältig genug ermittelten, würde sie sich das niemals verzeihen. Und dem Chefinspektor auch nicht.

Bergmann sah sie kopfschüttelnd an. »Ich würde dich nur ungern wegen Befangenheit beurlauben. Aber wenn du so weitermachst …«

Die spontane Antwort auf seine Drohung schluckte Sandra hinunter. Sie wusste selbst, dass sie überreagiert hatte. So heikel die Hinweisbewertung auch war, die Kollegen von der Fahndung verfügten durchaus über das nötige kriminalistische Gespür. Wäre da bloß nicht diese Angst um das Leben ihrer Freundin gewesen. Zum Teufel mit Prioritäten und Zuständigkeiten! »Dann sollten wir die Leute in der näheren Umgebung des Tatorts nach einer stark tätowierten Frau befragen«, schlug sie vor.

»Großschädl und seinen Provinzkollegen ist keine bekannt«, meinte Bergmann.

»Aber irgendjemandem muss sie in der letzten Zeit doch irgendwo aufgefallen sein.«

»Auf alle Fälle werden wir ein Foto der Tätowierung an die Medien weiterleiten und die Bevölkerung um ihre Mithilfe bitten«, entschied Bergmann.

»Wenn das Opfer eine Touristin war, könnte die Tätowierung sonst wo auf der Welt gestochen worden sein«, wandte Sandra ein. »Dass die Frau bisher nicht vermisst wird, spricht doch eher dafür, dass sie allein auf Reisen war und daheim vielleicht noch niemandem abgeht.«

Bergmann hob beide Hände. »Und? Worauf wartest du noch?«

Sandra verschwand zähneknirschend hinter ihrem Bildschirm.

»Wenn die tätowierte Frau Gast in Loipersdorf war, wird sie vermutlich auch die Therme besucht haben. Dort müsste sich am ehesten jemand an die Tätowierung erinnern können«, hörte sie Bergmann sagen, als ihr plötzlich eine Idee kam.

»Mir fällt gerade eine alte Bekannte ein, die sich mit Tätowierungen auskennt. Vielleicht kann sie diesen Tattoostil einem konkreten Künstler zuordnen. Und wenn nicht, kann sie uns möglicherweise einen Experten nennen, der das kann. Ich nehme mal an, dass die Tattooszene gut vernetzt ist. Vielleicht beschleunigt das unsere Suche.« Sandra war wieder hinter ihrem Bildschirm aufgetaucht.

Hätte sie ihren Halbbruder nicht so gut es ging aus dem Gedächtnis verbannt, wäre ihr Mikes Jugendfreundin bestimmt schon früher in den Sinn gekommen. Die wilde Mary, die eigentlich Maria hieß, hatte dem 14-Jährigen damals ohne Einverständnis der Mutter seine erste Tätowierung verpasst. Die hatte ein entsprechendes Theater gemacht, als sie dahintergekommen war. Lange hatte es jedoch nicht gedauert, bis sie ihrem heißgeliebten Sohn verzieh. Der jungen Dame, die ihm das permanente Hautbild auf seinen Wunsch gestochen hatte, trug die Mutter das gewiss heute noch nach. Dabei war der rosenumrankte Totenschädel auf Mikes Brust ausgesprochen gut gelungen. Wenn man auf derlei Motive stand und bedachte, dass sein erstes Tattoo mit äußerst laienhaften Mitteln gestochen worden war. Noch dazu von jemandem, der sich das Tätowieren gerade selbst beibrachte und über keinerlei Vorkenntnisse verfügte. Später erzählte Mike, dass Maria nach Berlin gezogen war, um dort in einem Tattoostudio zu arbeiten. Nach einigen Jahren kehrte sie heim und eröffnete in Graz ein eigenes Geschäft.

»Dann schick deiner Bekannten halt das Foto«, schlug Bergmann vor. »Wenn du alles in die Wege geleitet hast und dann noch Zeit ist, kannst du Andreas Kontakte ja auch noch höchstpersönlich überprüfen. Vor allem jene, die von früher stammen und die noch immer in dieser Region wohnen.«

Na also, der Chefinspektor war ja doch kein Unmensch. Dass sie Andrea so gut kannte, war bestimmt ein Vorteil, den sie sich zunutze machen sollten. »Ich würde mich vor allen anderen gern mit ihrer Tante unterhalten«, sagte Sandra. »Vielleicht kann die uns weiterhelfen.«

Bergmann nickte. »Von mir aus.«

Erst einmal musste Sandra herausfinden, welche Frau auf der Kontaktliste überhaupt Andreas Tante war. Aber dieses Rätsel sollte sich rasch lösen lassen, war sie nun wieder etwas zuversichtlicher.

# KAPITEL 9

»Setz dich auf«, befahl er. Ihre Fesseln hatte er gelöst.

Ihre Arme waren eingeschlafen. Zwei leblose Klumpen. Die nicht mehr zu ihr gehörten. »Ich muss dringend auf die Toilette.« Wenn er sie gehen ließ, konnte sie die Gelegenheit vielleicht zur Flucht nutzen. In ihrem Zustand? Bestimmt würde er sie erwischen. Er war größer. Stärker. Schneller als sie.

»Steh auf! Unterm Waschbecken ist ein Kübel. Dort kannst du dein Geschäft erledigen.«

»Hilfst du mir? Meine Arme sind tot.« Der Versuch, sie zu heben, scheiterte. Schon setzte der Schmerz ein. Millionen wildgewordene Ameisen krabbelten durch ihre Adern.

Mühelos hievte er sie hoch. Hob sie von der Pritsche. Hakte sie unter.

Wie sollte sie jetzt in diesen Plastikkübel machen? Sich draufsetzen? Darüber hocken? Stehen bleiben? Während er ihr dabei zusah?

»Was ist jetzt?« Er war ungeduldig.

»Dreh dich um«, sagte sie.

»Jetzt mach schon!«

»Bitte …« Ein Blick in seine Augen. So klar. Und doch abgrundtief.

Er gab nach. Trat beiseite. Wandte sich nur so weit ab, dass er sie im Augenwinkel noch wahrnahm.

Sandra hatte ihr erzählt, dass es ihr unmöglich sei, sich zu erleichtern, wenn ihr ein Fremder dabei zuhörte. Geschweige denn zuschaute. Das Schamgefühl der Freundin hatte sie belächelt. Jeder Mensch müsse seine Ausscheidungen loswerden, hatte sie ihr erklärt. Ein ganz natürlicher Vorgang. Für den sich niemand zu genieren brauche. Ob Frau oder Mann. Bettlerin oder Kaiser. Opfer oder Täter. Jetzt fand sie es selbst entwürdigend. Neben einem Fremden ihr Geschäft zu erledigen. Wenigstens schützte sie ihr weiter Rock vor seinen Blicken. Falls er zu ihr herüberschaute.

Sie hockte sich über den Plastikkübel einer Lebensmittelhandelskette. Kalter Beton unter ihren Füßen. Die Arme kribbelten noch immer. Plötzlich tauchten wieder Bilder in ihrem Gedächtnis auf. Erinnerungen an einen Traum? Sie saß am Tisch. In einer Stube. Nahm ihm ein Glas aus der Hand. Das er ihr reichte. Apfelsaft. Er schmeckte seifig. Er setzte sich zu ihr. Lächelte. Was sagte er? Sie warteten auf jemanden. Der angeblich gleich kommt. Aber wer?

»Was ist? Bist du eingeschlafen?« Noch immer stand er in der anderen Ecke. Von ihr abgewandt.

»Gleich.« Sie beeilte sich, ihr Höschen hinaufzuziehen.

Erst, als sie sich auf ihn zubewegte, wandte er sich ihr wieder zu. Ein Gentleman. Hätte er sie nicht gegen ihren Willen in diesem Keller festgehalten. In einem Raum, der sie an ein provisorisches Behandlungszimmer erinnerte. Trotz der kahlen grauen Kellerwände. Nicht annähernd so luxuriös wie Axels Hightech-Zahnarztpraxis. Aber doch.

Ihre Pritsche stand mitten im Raum. Gut ausgeleuchtet von oben. Ein schwarzer Stuhl mit Rollen. Vor einem Tisch. Darauf ein Alukoffer. Den öffnete er nun. Nahm schwarze Handschuhe heraus. Dann ein Werkzeug. Was war das? Ein Bohrer? Ein Sexspielzeug? Was hatte er mit ihr vor? Zweifellos wollte er sich mit ihr vergnügen. Sie quälen? Verstümmeln? Töten? Einen Moment lang setzte ihr Herzschlag aus.

# KAPITEL 10

## Dienstag, 5. August

### 1.

Bergmann war eingenickt, kaum, dass Sandra am Knoten Graz West von der A 9 auf die A 2 abzweigte. Sie nutzte die Gelegenheit, den Temperaturregler der Klimaanlage um zwei Grad höherzustellen und auch noch die linke der beiden mittleren Luftdüsen auf ihren Beifahrer zu richten. Bergmann fand es ohnedies immer zu warm im Auto, während sie sich in klimatisierten Räumen und Fahrzeugen leicht verkühlte. Erst recht, wenn es draußen so heiß war wie heute. Allzu lange würde sein Mittagsschläfchen ohnehin nicht mehr dauern. Die Baustelle lag bereits hinter ihnen. Ohne weitere Verkehrsbehinderung sollten sie ihr Ziel in spätestens einer halben Stunde erreichen.

Bergmanns leises Schnarchen entlockte ihr ein Gähnen. Außerdem knurrte ihr Magen. Irgendwo wollten sie unterwegs noch einen Happen essen, hatten sie vorhin vereinbart. Frisch Gekochtes schmeckte allemal besser als die halb fertigen Mittagsmenüs in der Kantine, die dort aufgewärmt und stundenlang warmgehalten wurden. Zudem war es gesünder, was für Sandra mehr zählte als für Bergmann. Er hatte nicht die Absicht, gesund zu sterben, sagte er immer. Sie hingegen schon.

Zügig überholte Sandra drei LKWs, ehe sie sich wieder auf der rechten Fahrspur einreihte. Die Uhr auf dem Armaturenbrett zeigte 12.46 Uhr. In einer guten Stunde waren sie mit Juliana Freißmuth in Fürstenfeld verabredet. Kein Grund zur Eile also. Andreas Tante war den ganzen Nachmittag in der Stadtbücherei beschäftigt. Auch wenn diese heute schon geschlossen hatte, wollte die ehrenamtliche Bibliothekarin die Bücher für den nächsten Flohmarkt aussortieren.

Während Bergmann hinter seiner verspiegelten Sonnenbrille vor sich hin schnarchte, ließ Sandra die Ergebnisse der letzten telefonischen Befragungen noch einmal Revue passieren. Andreas Bekannte, die in und um Fürstenfeld herum lebten, hatten sie schon länger nicht mehr gesehen. Keiner von ihnen war am vergangenen Wochenende mit ihr verabredet gewesen. Einer hatte Andrea zuletzt vor etwa einem halben Jahr in Graz getroffen, seither aber auch nichts mehr von ihr gehört. Eine einzige Freundin aus der Region hatten die Kollegen von der Fahndung bislang nicht erreichen können: Monique, die offiziell Monika Thaller hieß. Sandra glaubte sich zu erinnern, den Namen »Monique« schon einmal aus Andreas Mund gehört zu haben, wusste aber nicht mehr, in welchem Zusammenhang. Gut möglich, dass Monique gerade Urlaub machte und ihre Mailbox deshalb ausgeschaltet war.

Außer Andreas Tante Juliana stand noch ein Tattoostudio in Fürstenfeld auf dem Programm. Mary konnte sich gut vorstellen, dass das bunte Kunstwerk auf der Haut des

Brandopfers dort entstanden war. Der Tätowierer, dem das Studio gehörte, galt als wahrer Künstler, der sich auch auf asiatische Motive verstand. Bekannt war Laszlo Nemeth für seine Realistic Tattoos, die Königsdisziplin der Tätowierer. Vor allem in Sachen Porträts galt er als wahre Koryphäe, hatte sie Sandra am Telefon erzählt. Sie selbst war auf Old School und Graffiti-Stil spezialisiert. Laszlo Nemeth kannte sowohl die heimische als auch die internationale Szene, hatte jahrelang in den USA gearbeitet und sogar einigen prominenten Musikern und Schauspielern Tattoos gestochen, ehe er nach Fürstenfeld zurückgekehrt war, um dort ein eigenes Studio zu eröffnen. Inzwischen gehörte ihm ein weiteres in Hartberg.

Das Foto, das die Rückentätowierung des Brandopfers zeigte, war an diesem Tag in der »Kleinen Zeitung« erschienen und hatte bereits zu einigen Hinweisen aus der Bevölkerung geführt. Ob diese für die kriminalpolizeilichen Ermittlungen relevant waren, wurde von der Fahndungsabteilung überprüft.

»Fürstenfeld«, las Sandra auf dem Autobahnschild, das die Ausfahrt zur steirischen Thermenhauptstadt ankündigte. Prompt stimmte sie den gleichnamigen Hit der Popgruppe STS an. Leise sang sie vor sich hin und trommelte mit den Fingern den Rhythmus aufs Lenkrad, während sie den Blinker setzte. »I will ham nach Fürstenfeld«, sang sie den Refrain zu Ende, als sich ihr Beifahrer plötzlich regte. Sandra verstummte.

Gähnend streckte Bergmann alle viere von sich, soweit ihm dies in der Enge des Wagens möglich war. »Und? Sind wir bald da? Ich bin am Verhungern.«

Sandra nickte, der Ausfahrt folgend. »Es gibt ein gutes Brauerei-Gasthaus in Fürstenfeld, in dem wir mittagessen können«, fügte sie hinzu.

»Nichts wie hin.« Bergmann schob seine Sonnenbrille mit der Fingerspitze zur Nasenwurzel. Während er sein Smartphone zur Hand nahm, gähnte er noch einmal, ohne sich die Hand vor den Mund zu halten.

Sandra bremste den Wagen an der nächsten Kreuzung ab. Erneut setzte sie den Blinker, blickte nach links und bog dann nach rechts auf die Bundesstraße ab.

Bergmann beschäftigte sich derweil mit seinem Handy. »Neuigkeiten von Jörg«, murmelte er, den Blick noch immer aufs Display gerichtet.

»Und?«, fragte Sandra, neugierig, was der Leiter der Tatortgruppe zu berichten hatte.

Wortlos wischte der Chefinspektor am Display langsam nach oben und streckte das Handy weiter von sich, um das Geschriebene besser lesen zu können.

Warum er sich nicht endlich eine Lesebrille anschaffte, war Sandra ein Rätsel. Wohl kaum aus Eitelkeit, vermutete sie, angesichts seines schlampigen Kleidungsstils, des Drei- bis Fünftagebartes und der strubbeligen Haare, die in ihren Augen nichts dazu beitrugen, ihn attraktiver erscheinen zu lassen. Aber über Geschmack ließ sich bekanntlich streiten. Wieder fiel ihr seine angebliche Affäre mit Andrea ein. Hatte er wirklich mit ihrer Freundin geschlafen? Beide waren keine Kinder von Traurigkeit, wusste Sandra. Doch warum drehte es ihr allein bei dieser Vorstellung jedes Mal den Magen um? War sie womöglich doch eifersüchtig?

»Das Hotelzimmer im ›Himmelreich‹ ist soweit sauber«, unterbrach Bergmann ihre Gedanken. »Keine tatrelevanten Spuren bisher. Auch nicht im sichergestellten Müllsack. Die Analyse der DNA-Spuren dauert allerdings noch eine Weile. Auf alle Fälle sollen die Kollegen von der Fahndung das Hotel- und Spa-Personal befragen. Wenn sich schon keiner an Doktor Axel Luttenberger alias Brunner oder an Andrea erinnern kann, dann vielleicht an eine stark tätowierte Frau mit Phönix auf dem Rücken.«

Sandra nickte.

»Das Fabrikat des Kameraobjektivs aus der Brandruine konnte inzwischen bestimmt werden«, fuhr Bergmann fort. »Es handelt sich um ein Nikkor-Objektiv, Brennweite 70-200 Millimeter für Nikon-Kameras. Der Hersteller empfiehlt es für Reise- und Landschaftsaufnahmen. Kostenpunkt: circa 3.000 Euro.«

Sandra pfiff durch die Zähne. »Und wie kommt ein so teures Objektiv in einen baufälligen Pferdestall?«

»Dieselbe Frage habe ich Großschädl schon am Tatort gestellt.«

»Und? Was meint er?«

»Dass dort jemand fotografiert hat.«

»Aber geh ...«

»Er hat mir erzählt, dass das Gebäude vor rund einem Jahr von unbekannten Tätern beschmiert wurde«, sagte Bergmann.

»Beschmiert?«

»Man könnte es auch Graffiti nennen.«

»Ach so ...« Sandra strich sich eine Haarsträhne hinters Ohr. »Solche Gebäude werden doch gerne als Kulisse für Fotoshootings verwendet. Sieht man öfters in Modezeitschriften.«

»Lese ich selten«, sagte Bergmann.

»Würde dir aber nicht schaden«, entgegnete Sandra. Wenngleich er an diesem Tag ansehnlicher als sonst gekleidet war.

Bergmann blickte an seinem kragenlosen Hemd zur hellen Leinenhose hinunter. »Du kannst ja mal mit mir einkaufen gehen.«

Das fehlte noch. Sandra verdrehte die Augen. »Dann hat also ein Fotograf das Objektiv irgendwann im Laufe des letzten Jahres dort vergessen«, kam sie auf den Punkt zurück.

»Warum hat er es nicht wieder abgeholt, nachdem er den Verlust bemerkte? Spricht das nicht dafür, dass er es unmittelbar vor dem Brand dort liegenlassen hat?«

»Möglich. Oder aber es ist länger her, und er wusste einfach nicht mehr, wo er es vergessen hat.«

»Ein Dreitausend-Euro-Objektiv?«

»Vielleicht war's ja gut versichert.«

Einmal mehr setzte Sandra den Blinker, ehe sie auf den Parkplatz des Gasthauses abbog.

## 2.

Die Glocken der Augustinerkirche schlugen zweimal, als Sandra Mohr und Sascha Bergmann den Gewölbegang des Grazer Tors durchschritten. Den »B'soffenen Türk« am Augustinerplatz ließen sie links liegen. Eigentlich hätte die Plastik vor dem Eingang des heutigen Rathauses »B'soffener Kroat« heißen müssen, erklärte Sandra dem Chefinspektor, den das kaum interessierte. Er hätte das Kunstwerk nicht einmal wahrgenommen, hätte sie sich nicht danach umgedreht. »Das Denkmal ist den Kroaten gewidmet, die der Kaiser zur Unterstützung gegen die ungarischen Truppen schickte, die nach Fürstenfeld zogen«, fuhr sie dennoch fort. »Auf ihrem Weg von Graz suchten sie jedoch die Weinkeller auf und wurden größtenteils sturzbetrunken von den ungarischen Feinden erschlagen.« Diese Geschichte hatte Sandra seit ihrer Schulzeit nicht vergessen.

Das schmiedeeiserne Schild am angrenzenden historischen Bürgerhaus zeigte an, dass sich darin die Stadtbücherei befand. Auch die schwarze Tafel vor der Genuss-Greißlerei, die im selben Haus regionale Delikatessen anbot, wies auf das Rathaus und die Stadtbücherei hin. Und als ob das noch nicht gereicht hätte, prangte auch noch ein Schild aus Plexiglas an der weißgrauen Sgraffito-Fassade des zweistöckigen Gebäudes, dessen Eingangstür ebenso kastanienbraun gestrichen war wie die Sprossenfenster. Andreas Tante hatte Sandra schon am Telefon angewiesen, das Haus über den Innenhof zu betreten. Von dort führte rechterhand eine außenliegende Holztreppe in die »Bücherei & Mediathek« im Obergeschoß.

Oben angelangt drückte Sandra die Messingtürklinke hinunter und klopfte einige Male vergeblich an die versperrte Außentür. Sie lugte durch die Glasscheiben der grauen Doppeltür, deren Innenseiten teilweise mit Plakaten verhängt waren. Gerade wollte sie ihr Handy zücken, um Frau Freißmuth anzurufen, als sich jemand der Tür näherte.

Eine kleine, zierliche Dame mit ergrautem Pagenkopf begrüßte sie freundlich. »Entschuldigen Sie, bitte. Ich war hinten und hab Kaffee zugestellt. Unsere Espressomaschine hat wieder mal den Geist aufgegeben«, sagte Juliana Freißmuth und bat die LKA-Ermittler einzutreten.

Eine äußerliche Ähnlichkeit mit ihrer Nichte konnte Sandra nicht feststellen. Mit ihren 1,70 Meter überragte sie die Endfünfzigerin um gute 15 Zentimeter. Und Andrea war noch um etliche Zentimeter größer als Sandra. Dennoch kam ihr die zierliche Frau bekannt vor. Möglicherweise hatte ihr die Freundin schon einmal ein Foto gezeigt, auf dem ihre

Tante abgebildet war. Oder sie sah jemandem ähnlich, den Sandra kannte. Bloß wem?

Während die beiden Frauen noch beim Empfangspult standen, sah sich Bergmann bereits im Raum mit der alten Holzbalkendecke um. Zwischen den Bücherregalen und Zeitschriftenständern rechterhand lagen Perserteppiche auf dem alten Schiffboden. Interessiert beäugte er den Polster, der auf dem Türstock zu seiner Linken in Stirnhöhe befestigt war.

»Die Türstöcke sind hier sehr niedrig«, erklärte ihm Juliana Freißmuth das Offensichtliche. »Deshalb haben wir den Polster zum Schutz vor Verletzungen dort angebracht. Die Leute waren früher ja um einiges kleiner als heute. Höchstens so groß wie ich. Vielleicht fühle ich mich deshalb so wohl in diesen alten Räumen«, meinte sie mit verschmitztem Grinsen. »Aber folgen Sie mir doch bitte nach nebenan.« Sie winkte die beiden Ermittler nach rechts. Vorbei an Bücherregalen und Plastiksteigen voller Flohmarktbücher wurden sie in den nächsten Raum geführt. Am Boden lag derselbe alte Bretterboden wie nebenan. Den Sitzbereich zwischen den beiden Fenstern zierten ein weiterer Perserteppich und zwei niedrigere rote Regale mit Zeitschriften, Kaffeehäferln, Untertassen und Löffeln. Obenauf standen ein älterer CD-Player mit zwei Boxen, daneben die kaputte Espressomaschine und ein drehbares Display mit Büchern. Juliana Freißmuth bot ihnen Platz auf den roten Fauteuils an. Auf den beiden Glastischchen warteten bereits das Kaffeegeschirr, eine Wasserkaraffe und Gläser auf die Besucher. »Wenn Sie Wasser möchten, bedienen Sie sich bitte«, sagte sie. »Ich hol nur rasch den Kaffee von hinten.«

Wenig später schenkte Juliana Freißmuth für Bergmann und sich selbst Kaffee aus einer Glaskanne ein.

Sandra winkte ab. »Haben Sie seit unserem Telefongespräch etwas von Ihrer Nichte gehört?«, erkundigte sie sich.

»Leider nein.« Die Bibliothekarin nahm auf dem freien Fauteuil Platz. »Ich bin ja nur heilfroh, dass es nicht Andrea war, die in dem Pferdestall verbrannt ist. Was für ein grauenvoller Tod …«

Irgendwo auf der Welt gab es bestimmt jemanden, der heilfroh gewesen wäre, wäre nicht gerade diese Frau in den Flammen umgekommen, dachte Sandra. Nur dass derjenige vermutlich noch nichts von ihrem Tod wusste. Je länger keine passende Abgängigkeitsanzeige einging, desto wahrscheinlicher war es, dass es sich bei der toten Frau um eine Urlauberin von auswärts handelte. Andererseits vermisste bislang auch kein Beherbergungsbetrieb in der Region einen Gast.

»Ich hab ja schon das Schlimmste befürchtet, weil das doch der Reiterhof war, wo meine Nichte früher immer geritten ist«, fuhr Juliana Freißmuth fort. »Ich hab ihn im Fernsehen wiedererkannt, obwohl er inzwischen völlig heruntergekommen ist.«

Dann hatte Andrea also doch einen Bezug zum Tatort, dachte Sandra und sah Bergmann an.

Der hob seine Augenbrauen. Vermutlich nicht nur aus Überraschung, sondern auch, um ihr zu signalisieren, dass seine Theorie, Andrea habe das Anwesen vielleicht kaufen wollen, doch nicht ganz so abwegig war, wie Sandra glaubte.

»Meine Schwester hat die Andrea fast jedes Wochenende dorthin gebracht«, fuhr Tante Juliana fort. »Sie ist immer auf derselben Islandstute geritten. Lykka hat sie geheißen, was auf Isländisch so viel wie Glück bedeutet. Die Andrea war ganz vernarrt in dieses Pferd. Die Lykka war nämlich die geborene Tölterin. Ein sehr ruhiges Tier, ganz anders als meine quirlige Nichte. Aber Gegensätze ziehen sich ja bekanntlich an.«

Nicht immer, dachte Sandra und schielte zu Bergmann hinüber. »Tölt ist eine Gangart, nicht wahr?«, vergewisserte sie sich bei der Bibliothekarin. Im Gegensatz zu vielen anderen Mädchen hatte sie sich nie besonders für Pferde interessiert. Dennoch hatte sie diesen Begriff schon einmal gehört.

Juliana Freißmuth nickte. »Tölt ist eine vererbbare Gangart, die nicht mehr von allen Pferderassen beherrscht wird«, erklärte sie. »Die meisten Islandpferde tragen die Gene zum Tölten aber noch in sich. Für den Reiter ist dieser Gang sehr angenehm, weil es keine Sprungphasen im Schritt gibt, und man nicht durchgebeutelt wird wie beim Traben oder beim Galoppieren.«

»Wie alt war Ihre Nichte, als sie mit dem Reiten begann?«, unterbrach Bergmann die theoretische Ausführung, die ihn kaum interessierte.

»Lassen Sie mich überlegen … Mit zehn oder elf hat sie angefangen. Mit 15 oder 16 wieder aufgehört. Da waren ihr die Burschen dann wichtiger als die Pferde.«

»Konnten Sie inzwischen nachschauen, wann Sie Ihre Nichte zuletzt gesehen haben?«, wollte Sandra wissen.

Am Telefon befragt, hatte sich Juliana Freißmuth nicht mehr genau an den Zeitpunkt ihrer letzten Begegnung mit Andrea erinnern können. Nur, dass ihre Nichte sie zuletzt an ihrem Geburtstag im Mai angerufen hatte, war ihr im Gedächtnis geblieben. Hätte Andrea das verabsäumt, wäre es ihr bestimmt aufgefallen, hatte sie Sandra erklärt.

»Ich hab gestern noch meinen Kalender vom Vorjahr durchforstet. Andrea hat mich zuletzt im November besucht. Zu Allerheiligen und Allerseelen. Wir waren am Grab ihrer Eltern. Mein Gott, die Zeit vergeht ja so schnell …« Die kleine Dame, die keineswegs zerbrechlich, sondern zäh wirkte, seufzte. »Wir waren zusammen in der Therme. Ihre Jugendfreundin Monika war auch dort«, erzählte sie weiter.

»Sie meinen Monika Thaller?«, fragte Sandra nach.

»Ja, genau die. Sie hat erzählt, dass sie in diesem Frühjahr ihren Freund heiraten und von Unterlamm wegziehen möchte. Und sie hat Andrea gefragt, ob sie ihre Trauzeugin werden will. Die beiden waren schon seit ihrer Kindheit gut befreundet. Ach ja, da fällt mir ein, dass sie sich auf diesem Reiterhof in Oberlamm kennengelernt haben.«

Demnach hatte auch Monika Thaller einen Bezug zum Tatort. Sandra warf einen Blick in ihre Unterlagen. Offiziell wohnte die Frau noch immer in Unterlamm. Bei ihr würden sie auf alle Fälle später noch vorbeischauen. War sie nicht zu Hause, wussten vielleicht ihre Nachbarn, wo sie sich aufhielt beziehungsweise erreichbar war. »War Ihre Nichte dann die Trauzeugin von Frau Thaller?«, hakte Sandra nach. Soweit sie sich erinnern konnte, hatte Andrea nichts davon erwähnt.

Juliana Freißmuth gab an, seither nichts mehr von dieser Hochzeit gehört zu haben. Weder war sie dem Verlobten begegnet noch kannte sie seinen Namen. »Ich bin aber auch nicht mit der Monika befreundet. Sie ist 25 Jahre jünger als ich und verkehrt in völlig anderen Kreisen. Leider nicht immer in den besten, was man so hört …« Seufzend leerte sie Obers aus dem Kännchen in ihren Kaffee und rührte um. Die winzigen Finger erinnerten Sandra an die einer Puppe, wenngleich die der Frau deutlich faltiger waren.

»Ach ja? Und was hört man so?«, nahm Bergmann die letzte Bemerkung auf. Auf Dorftratsch reagierte der geborene Großstädter allergisch, wusste Sandra. Und in seinen Augen war auch eine Kleinstadt wie Fürstenfeld nichts anderes als ein Dorf.

Die Bibliothekarin legte den Kaffeelöffel auf die Untertasse und griff nach ihrer Tasse. »Monika soll früher mal unter ihrem Pseudonym ›Monique‹ im ›Sodom und Gomorra‹ gearbeitet haben – einem Etablissement für Liebesdienste in Loipersdorf«, erzählte sie, um anschließend beinahe hinter ihrer Tasse zu verschwinden, während sie am Kaffee nippte.

»Ein Bordell?«, fragte Bergmann. Als ob der Name des Lokals und die Erklärung nicht eindeutig gewesen wären.

Tante Juliana stellte ihre Tasse auf die Untertasse zurück und nickte. Ihr akkurat geschnittener Pagenkopf wippte auf und ab.

»Sofern die Dame damals volljährig war und ihre Dienste ordnungsgemäß versteuert hat, ist das ja nicht illegal«, sagte Bergmann.

»Das hab ich auch nicht behauptet«, entgegnete die bislang so freundliche Dame unerwartet streng. »Nur dass ich üblicherweise nicht in solchen Lokalen verkehre. Verstehen Sie mich nicht falsch, ich bin nicht prüde und hab kein Problem mit diesem Gewerbe. Wem's gefällt, bitteschön … Mir soll's recht sein. Aber dass die Monika meine Nichte da mit reingeritten hat, war mir schon sehr unangenehm«, fuhr Juliana Freißmuth fort.

Sandra griff zu ihrem Wasserglas.

»Wo mit reingeritten? Könnten Sie bitte konkreter werden?« Bergmann verlor allmählich die Geduld.

Die Bibliothekarin beugte sich nach vorne und antwortete leiser, als würde sie ihnen ein Geheimnis verraten. »Mein Sohn, der Thomas, hat seine Cousine in diesem Etablissement erwischt. Kurz bevor die Andrea nach Graz gezogen ist.«

Sandra glaubte, sich verhört zu haben, und verschluckte sich prompt an ihrem Wasser. Sie stellte das Glas wieder ab, hustete nach Luft ringend. Hatte sie Tante Juliana eben richtig verstanden? Behauptete sie allen Ernstes, dass Andrea als Prostituierte in einem Bordell gearbeitet hatte?

»Jössas, haben Sie sich verkutzt? Hier, bitte schön …« Die ältere Dame reichte ihr eine Serviette über den Tisch.

Offenbar hatte Andrea wirklich mehr Geheimnisse vor ihr, als Sandra glaubte. Vorstrafen hatte sie jedenfalls keine, wusste sie von den Kollegen der Fahndungsabteilung. Zumindest keine, die nicht schon aus den Datenbanken gelöscht worden waren. Während sie noch in ihr Taschentuch hustete, fand Bergmann seine Sprache wieder.

»Zwischen einer Bardame und einer Prostituierten ist aber schon ein Unterschied«, übernahm er Andreas Verteidigung. »Oder hatte ihr Herr Sohn dort mit seiner Cousine Geschlechtsverkehr?«

»Also, hören Sie mal! Mein Bub ist doch nicht pervers«, echauffierte sich Juliana Freißmuth.

»Aber ein Bordellbesucher«, meinte Bergmann süffisant.

»Na und? Das ist doch eine Ewigkeit her«, verteidigte Juliana Freißmuth ihren Sohn. »Damals war er noch alleinstehend. Mein Gott, Sie sind doch auch ein Mann …«

Bergmann schnaubte. »Ohne jemals für Sex bezahlt zu haben. Ob Sie es glauben oder nicht.«

So genau hatte es Sandra gar nicht wissen wollen.

»Ich wollte es ja auch nur erwähnt haben«, sagte die Bibliothekarin eingeschnappt. »Nicht, dass es nachher heißt, ich hätte Ihnen etwas verschwiegen, was vielleicht mit dem Verschwinden meiner Nichte zu tun hat.«

»Mir ist schon aufgefallen, dass Sie hier auch Krimis verleihen«, meinte Bergmann, nicht minder süffisant als zuvor.

Auf einmal wusste Sandra, an wen Juliana Freißmuth sie erinnerte. An diese ältere amerikanische Schriftstellerin mit dem grauen Pagenkopf, deren Kriminalromane in Venedig spielten.

»Freilich haben wir auch Krimis«, antwortete ihr Gegenüber. »Die sind sogar sehr beliebt bei unseren Leserinnen und Lesern. Überhaupt die, die in der Steiermark spielen.«

»Nun ja, Stoff dafür gibt es hierzulande ja reichlich«, konstatierte Bergmann.

Wer sollte das besser wissen als der Chefinspektor des LKA Steiermark, dachte Sandra. Strebte er womöglich eine

Zweitkarriere als Krimiautor an? Wie ein befreundeter Kollege vom LKA Salzburg, der bereits seinen dritten Kriminalroman veröffentlicht hatte? »Erzählen Sie uns bitte alles über Ihre Nichte, was Ihnen relevant erscheint«, sagte sie, da sie nun endlich nicht mehr husten musste. Vielleicht hatte Andreas Verschwinden tatsächlich etwas mit ihrer Vergangenheit zu tun. »Gibt es dieses ›Sodom und Gomorra‹ in Loipersdorf noch?«

»Das Lokal wurde geschlossen, nachdem der Geschäftsführer gestorben ist. Das hab ich damals in der Zeitung gelesen.«

Der Lokalbetreiber konnte ihnen demnach keine Hinweise mehr liefern, überlegte Sandra. Fürs Erste mussten sie sich wohl an Monika »Monique« Thaller halten.

»Hat Ihre Nichte auch noch woanders gearbeitet, bevor sie nach Graz zog?«

»Ja. Andrea ist gelernte Modefachverkäuferin. Sie hat in Fürstenfeld ihre Lehre als Textilwaren- und Bekleidungsverkäuferin abgeschlossen und danach einige Jahre im selben Geschäft gearbeitet. Das ist dann aber in Konkurs gegangen. Danach hat sie in Fürstenfeld keinen Job mehr als Verkäuferin gefunden und sich eine Zeit lang als Bardame über Wasser gehalten. Bis sie einen jungen Grazer kennengelernt hat, zu dem sie dann gezogen ist. In Graz hat sie eine Stelle als Verkäuferin in einer Innenstadt-Boutique angenommen«, erzählte Andreas Tante, was Sandra größtenteils schon wusste.

»War Frau Thaller tätowiert?«, kam sie noch einmal auf Andreas Jugendfreundin zu sprechen.

Wieder wippte der Pagenkopf auf und ab. »Ja. Wie so viele Leute heutzutage. Was man da alles sieht … Selbst die jungen Mädeln schrecken nicht vor solchen Bletsch'n zurück.« Juliana Freißmuth deutete mit ihren winzigen Händen eine große Fläche an. »Wie wird das später mal ausschauen, frag ich mich immer. Wenn die Haut schlaff ist wie meine.«

»War Frau Thaller am Rücken tätowiert?«, fragte Sandra nach.

Die Bibliothekarin überlegte kurz. »Nein. Nur am linken Oberarm. Dort war ein oranger Fisch. Und rundherum ein paar rosarote Blüten«, erinnerte sie sich.

»Nemo?«, fragte Sandra spontan.

»Nein. Kein Clownfisch. Ein Koi-Karpfen«, erwiderte die Befragte. »Ich erinnere mich jetzt auch wieder daran, dass die Monika uns erzählt hat, dass dieser Fisch in Asien als Glückssymbol gilt.«

Ob er ihr im weiteren Leben tatsächlich Glück beschert hatte, wusste Juliana Freißmuth nicht. Seither war sie Monika Thaller nie mehr begegnet. Ebenso wenig wusste sie, wer ihre Tätowierung gestochen hatte. Aber dazu würden sie Andreas Freundin demnächst persönlich befragen.

## 3.

»Lass uns am besten gleich dieses Tattoostudio aufsuchen«, sagte Sandra, den Blick auf die Google-Karte auf ihrem Handy geheftet, während sie neben Bergmann dem Hauseingang zustrebte. »Es sind nur sechs Minuten zu Fuß dorthin.«

Bergmann grinste in sich hinein. »Glaubst du, dass du dort Nemo findest?«, fragte er.

Sandra verdrehte die Augen und steckte ihr Handy wieder in die Tasche. »Was bitteschön ist daran so lustig?«, stöhnte sie und schloss die Tür hinter sich.

»Gar nix. Sarah liebt Nemo. Ich weiß nicht, wie oft sie sich diesen Film schon angeschaut hat.« Bergmann ließ die Hände in den Taschen seiner reichlich zerknitterten Leinenhose verschwinden.

»Wo ist die Kleine eigentlich?«, fragte Sandra.

»Bei ihrer Mutter in Wien.« Bergmann seufzte. Das Grinsen war aus seinem Gesicht gewichen. »Manuela will wieder heiraten.«

»Ach … Darf ich raten, wen?«, fragte Sandra, wenig überrascht.

»Das kannst du dir sparen.« Bergmann seufzte neuerlich. »Du hattest mit deiner Vermutung völlig recht. Sie vögelt mit ihrem Chef.«

Jetzt war es Sandra, die grinste. »Was du nicht sagst … Hast du ein Problem damit?« Immerhin hatte er selbst schon mit einer jungen Kollegin geschlafen, mutmaßlich auch mit der Gerichtsmedizinerin. Bei Sandra war Ähnliches ebenfalls schon vorgekommen. Seit sich Paul Stadler vom Raubdezernat von ihr getrennt hatte, waren noch keine vier Monate vergangen. Was also störte Bergmann bitteschön daran, wenn seine Exfrau mit ihrem Chef schlief?

»Womit sollte ich ein Problem haben?«, fragte er zurück. »Damit, dass du recht hattest?«

»Damit, dass deine Ex wieder heiratet«, stellte Sandra klar.

Bergmann schüttelte den Kopf. »Soll sie ruhig. Immerhin ist sie von ihm schwanger.«

»Was? Wirklich? Wie schön für sie … Dann hoffen wir mal für ihn, dass er auch tatsächlich der Vater ihres ungeborenen Kindes ist«, spielte Sandra auf die Tatsache an, dass Bergmanns Exfrau ihm ein Kuckuckskind untergejubelt hatte. Fast fünf Jahre lang hatte er Sarah für seine leibliche Tochter gehalten. Bis Manuela ihm schließlich gestanden hatte, dass sie von einem Seitensprung abstammte.

»Mir doch wurscht«, erwiderte Bergmann harsch, als sie neuerlich am »B'soffenen Türk« vorbeimarschierten.

»Echt jetzt?«

»Ob dieser Gschrapp von ihrem Chef oder von sonst wem stammt, ist wirklich nicht mein Problem«, beteuerte Bergmann. »Was mich allerdings gewaltig stört, ist, dass er Sarah adoptieren will.«

Sandra hielt mitten im Durchgang des Grazer Tors inne. »Wie bitte?«

»Du hast richtig gehört. Wenn es nach ihm und Manuela geht, soll Sarah nach der Eheschließung ebenfalls seinen Namen tragen, um nach außen hin zu signalisieren, dass sie eine Familie sind.« Bei den letzten Worten äffte Bergmann den Tonfall seiner Exfrau nach.

»Das sind aber ziemlich altbackene Ansichten. Heutzutage gibt es doch genügend Patchwork-Familien. Erst recht in einer Großstadt wie Wien. Du wirst doch einer Adoption nicht zustimmen?«

Bergmann zuckte mit den Schultern. »Du weißt ja, dass ich nicht Sarahs biologischer Vater bin.«

»Na und? Vor dem Gesetz bist du ihr Vater. Und für Sarah sowieso. Das zählt doch wohl am allermeisten.«

»Vielleicht ist ein geordnetes Familienleben für die Kleine ja wirklich besser als dieses ständige Hin und Her …« Bergmann setzte sich wieder in Bewegung, die Hände weiterhin in den Hosentaschen versenkt.

Sandra hielt mit ihm Schritt. »So ein Holler! Sarah liebt dich, und du liebst sie. Ihr beiden habt ein Recht darauf, euch regelmäßig zu sehen. Darauf wirst du doch nicht freiwillig verzichten?«

Wieder zuckte Bergmann resignierend mit den Schultern.

»Warum lasst ihr eure Tochter denn nicht selbst entscheiden, was sie möchte? Ich kann mir nicht vorstellen, dass sie einen anderen Vater als dich will.«

»Sie ist erst sieben, Sandra.«

»Und demnächst wird sie acht. Sie ist doch ein schlaues Mädchen, das sonst auch ganz genau weiß, was es möchte. Außerdem war ich noch jünger als sie, als mein Stiefvater mich adoptieren wollte. Und ich habe mich damals gegen ihn, für meinen Vater entschieden. Obwohl der längst über alle Berge war.«

»Dein Stiefvater war doch ein ziemlicher Ungustl, wenn ich mich an die Worte deiner Mutter erinnere«, sagte Bergmann.

Nur ungern dachte Sandra an ihren ersten gemeinsamen Mordfall zurück, der sie und den neuen Vorgesetzten ausgerechnet in die Steirische Krakau verschlagen hatte. Bergmann war in ihrem Heimatdorf nicht nur ihrer lieblosen Mutter, sondern auch ihrem kriminellen Halbbruder begegnet, der prompt unter Mordverdacht geriet. »Ehrlich gesagt kann ich mich nicht mehr so genau an meinen Stiefvater erinnern. Nur an die Tetschn, die ich von ihm ausgefasst habe. Aber wenn Mike nach ihm geraten ist, bin ich heilfroh, dass er uns kurz nach seiner Geburt wieder verlassen hat. Kennst du den Zukünftigen deiner Ex denn schon?«

Bergmann runzelte die Stirn. »Ich hab ihn zwei, drei Mal von meinem Fenster aus auf der Straße bei seinem Porsche gesehen. Als Manuela die Kleine bei mir abgeholt hat.«

»Ein Porschefahrer …« Sandra rümpfte die Nase. »Das

heißt ja noch nicht, dass er auch ein Ungustl ist. Auf alle Fälle solltest du den künftigen Stiefvater deiner Tochter möglichst bald kennenlernen.«

Bergmann nickte und schwieg in Gedanken versunken, bis sie das gesuchte Straßenlokal erreichten.

Als Sandra die verglaste Eingangstür aufdrückte, kündigte eine altmodische Glocke ihren Besuch an. Noch war in dem loftähnlichen Geschäftslokal niemand zu sehen. Dafür drang leises Surren aus einem der Nebenräume. Ihr Blick schweifte über die linke Seite des Raumes, der wie ein gemütliches Wohnzimmer eingerichtet war. Um den Couchtisch, der aus mehreren Euro-Paletten und einer Glasplatte bestand, war eine cognacbraune Vintage-Ledergarnitur gruppiert. Die Wand hinter dem wuchtigen Dreisitzer zierte eine Collage aus unzähligen Fotos von Tätowierungen. Über dem Sitzbereich hing ein bunter Kristallluster von der Decke, an einer der weiß getünchten Ziegelwände ein mannshoher, in prunkvollem Gold gerahmter Antikspiegel. Einen ähnlichen hatte sie zusammen mit Andrea mal auf einem Flohmarkt für deren Vorzimmer erstanden, erinnerte sich Sandra. Der Gedanke an die Freundin versetzte ihr prompt wieder einen Stich. Wo verdammt noch mal steckte Andrea? So gut es ging, schob sie diese Frage beiseite und widmete sich wieder dem Interieur des Studios.

Die Empfangstheke bildete das Zentrum, dahinter hing ein lilafarbener Samtvorhang, der wohl den Durchgang ins Hinterzimmer verhüllte. Am Boden des Lofts glänzten durchgehend dunkelgrau marmorierte Fliesen. Die rechte Raumhälfte reichte weiter in die Tiefe. Im einsehbaren Bereich standen ein Arbeitstisch mit einem großen Bildschirm, dahinter Regale. Außerdem konnte Sandra noch einige Tattooskizzen ausmachen, als plötzlich der Vorhang hinter der Empfangstheke schwungvoll zur Seite gezogen wurde.

Lächelnd präsentierte die junge Frau mit den pink gefärbten Haaren ihr Piercing am Lippenbändchen. Und das war bei Weitem nicht das Einzige, was in ihrem hübschen Gesicht glänzte. Auch an den Ohren glitzerte reichlich Metall. Die Löcher in den Ohrläppchen waren von den Tunnelohrringen so stark geweitet, dass Sandra ihren kleinen Finger hätte hindurch stecken können. Das ärmellose Ringelshirt gewährte freie Sicht auf die tätowierten Arme, die Schultern und ein Stück vom ebenso permanent wie bunt verzierten Dekolleté.

Sandra erkundigte sich nach Laszlo Nemeth, dem sie ihren Besuch telefonisch angekündigt hatte.

Die bunte Frau stellte sich als Nadine vor und erklärte jovial, aber keineswegs unhöflich, dass ihr Chef noch beim Tätowieren sei. »Möchtets einen Kaffee trinken, bis der Laszlo bei euch ist? Fair Trade – eh klar … Oder was anderes, einen Veggie-Drink vielleicht?«

»Wird es denn noch länger dauern? Wir können auch später wiederkommen«, erwiderte Sandra, ehe Bergmann seinen nächsten Kaffee bestellte.

Nadine winkte ab. »Ich glaub nicht. Ich sag dem Laszlo gleich Bescheid, dass ihr da seids.«

»Für mich einen großen fairen Espresso mit veganem Zucker.« Bergmann drehte sich am Absatz um und strebte auf die wuchtige Sitzgruppe zu.

Die Frau sah ihm lächelnd hinterher. Sarkasmus war der Glücklichen offenbar ebenso fremd wie der Chefinspektor selbst.

»Für mich nichts, danke«, sagte Sandra.

Beide Frauen folgten Bergmann in einigem Abstand. Erst jetzt fielen Sandra die tätowierten Waden auf, die unter Nadines knielangem, weit schwingendem Fifties-Rock hervorblitzten. Schließlich verschwand die junge Frau im

Nebenraum, aus dem das surrende Geräusch herkam, das zwischendurch immer wieder aussetzte.

Sandra nahm auf dem Dreisitzer neben dem Fauteuil Platz, den Bergmann besetzte, und wandte sich nach der Collage an der Wand um, die er bereits studierte.

Einige Tätowierungen waren einfarbig, andere bunt. Viele wirkten sehr realistisch, andere erinnerten in ihrer Einfachheit an die typischen Tätowierungen von Seefahrern und ähnelten Nadines Tattoos. Dazwischen hingen tiefschwarze Tribal- und Mandala-Motive. Auch zwei Kois entdeckte Sandra. Einer schwamm in leuchtendem Orangerot eine muskulöse Männerwade hinauf. Der blaue Fisch zierte einen männlichen Unterarm. Einige Phönixe und andere Vögel befanden sich ebenfalls unter den Motiven, aber keiner war mit der Tätowierung der Brandleiche identisch. Wäre ja auch zu schön gewesen, um wahr zu sein.

»Der Laszlo ist in fünf Minuten bei euch«, unterbrach Nadine ihre Beobachtungen, um kurz darauf wieder hinter dem Vorhang zu verschwinden und mit Bergmanns Kaffee zurückzukehren.

Der Chefinspektor musterte die junge Frau skeptisch. »Grauslich«, raunte er Sandra zu, kaum dass die Angestellte wieder außer Sichtweite war.

»Du hast den Kaffee doch noch gar nicht gekostet. Fair Trade mit veganem Zucker …« Grinsend schob Sandra ihm den Becher mit den Zuckerstangen hinüber. Sie wusste ganz genau, dass der Chefinspektor nicht den Kaffee verurteilte.

»Wie kann man sich nur so verschandeln?«, wurde er deutlicher.

Sandra zuckte mit den Schultern. »So lass sie doch, wenn es ihr gefällt«, sagte sie leise.

»Findest du diese riesigen Löcher in den Ohren etwa schön? Ist doch wie bei den Negern …«

»Sascha, bitte … Reiß dich zusammen«, zischte ihm Sandra zu, wenngleich auch sie den Tunnelohrringen, Piercings und zahlreichen Tattoos der jungen Frau wenig abgewinnen konnte. Aber ihr persönlicher Geschmack tat hier schließlich nichts zur Sache.

»Ist doch wahr … Außerdem ist ›Neger‹ für mich kein Schimpfwort«, rechtfertigte er sich. »Genauso wenig wie ›Mohr‹ eines ist.« Jetzt war er es, der grinste.

Sandra blickte genervt zur Decke. »Schöner Luster«, wechselte sie das Thema, während Bergmann Zucker in seinen Kaffee rieseln ließ.

»Schön kitschig«, kommentierte er ihre Aussage.

»Wenn du nicht gleich zum Sudern aufhörst, komme ich demnächst mit rosa Haaren daher.«

Bergmann lachte auf. »Du? Das glaube ich dir nie …«

Sandra sah ihn an. »Hast du was gegen Rosa? Ist doch die Lieblingsfarbe deiner Tochter …«

»Noch ist Sarah blond. Und sollte sie sich jemals solche Negerohrringe zulegen, gebe ich sie, ohne zu zögern, zur Adoption frei«, sagte Bergmann.

Sandra hörte Schritte und schluckte ihre Antwort hinunter. Sie wandte ihren Blick dem dunkelhaarigen Mann zu, der auf sie zukam. Die Durchmesser seiner schwarzen Tunnelohrringe waren noch größer als die seiner Angestellten. Alle sichtbaren Stellen des vollschlanken Mannes waren tätowiert. Außer dem Gesicht, das ein üppiger Vollbart größtenteils verbarg, wie ihn neuerdings so viele Männer trugen. Immerhin kaschierte der auch sein Doppelkinn.

Einmal mehr stellte Sandra sich und den Chefinspektor vor. Dann reichte sie Laszlo Nemeth das Foto, das den erkennbaren Teil der Tätowierung auf dem Rücken der Brandleiche zeigte. »Die Frau muss zwischen 25 und 50 Jahre alt gewesen sein, als sie verbrannt ist«, erklärte sie ihm nur das Allernötigste. »Einzig diese Tätowierung ist noch ganz gut zu erkennen. Haben Sie sie schon einmal gesehen?«

Laszlo Nemeth kniff die Augen zusammen, während er das Foto näher betrachtete. »Ein Phönix«, sagte er. »Sehr beliebtes, zeitloses Motiv. Vor allem wegen seiner Symbolik. Der Phönix steht für den Kreislauf des Lebens, Wiedergeburt nach dem Tod und Unsterblichkeit. Die meisten lassen ihn nach überstandener Krankheit, einem Unfall oder anderen Lebenskrisen stechen, um zu zeigen, dass sie wie Phönix aus der Asche auferstanden sind. Der Feuervogel, wie er ebenfalls genannt wird, symbolisiert nicht nur den Neuanfang, sondern auch die Sonne und das Licht als Grundlage des Lebens. Der Rücken ist eine beliebte Stelle dafür, weil er mit seinen Schwingen und den langen Schwanzfedern viel Platz braucht. Auch die Oberschenkel, Oberarme und die seitlichen Rippenpartien eignen sich gut dafür. Gelb, orange und rot wird bei den farbigen Varianten bevorzugt, wie auf Ihrem Foto hier. Oft gibt es ihn aber auch nur in Schwarz. Vom Stil her geht fast alles. Realistic, Old School, New School, Dotwork, Oriental, Aquarell, abstrakt … Der hier ist eine perfekte Symbiose aus realistischem und orientalischem Stil. Ausgezeichnete Arbeit …«, urteilte der Profi. »Tatsächlich kenne ich einen Schweden, der so arbeitet. Holger Erik Larsson heißt er. Die Farbverläufe sind ganz typisch für seinen Stil. Mit einem Phönix auf dem Rücken einer Frau ist er berühmt geworden. Oder besser, mit einem Video davon. Der Vogel sieht aus, als würde er fliegen, wenn sie ihre Schultern hebt und senkt.«

Von Laszlo Nemeth selbst stammte die Tätowierung des Opfers demnach nicht. Obgleich Sandra darauf gehofft hatte. »Gibt es Nachahmer von Herrn Larsson? Oder Schüler von ihm, die ebenfalls so etwas stechen könnten?«, hakte sie nach.

»Nachahmer gibt's immer. Ich kenn aber keinen, der das so perfekt hinbekommt.«

»Auch Sie nicht?«, fragte Sandra. »Sie sind doch einer der Besten im Land, habe ich gehört.«

»Vielen Dank. Das schmeichelt mir ungemein, aber ich hab doch einen etwas anderen Stil als der Erik.« Laszlo gab Sandra das Foto zurück. Sein bärtiges Kinn wies zur Collage an der Wand. »Meine Tattoos sind weniger bunt und stärker konturiert. Am liebsten arbeite ich sowieso einfarbig …« Demonstrativ strich er sich über den Unterarm, um seine Vorliebe anhand der eigenen schwarzen Tätowierungen zu verdeutlichen. Wenngleich er die bestimmt nicht alle selbst gestochen hatte. Schon gar nicht an jenen Stellen, die er nicht erreichen konnte. »Wenn ein Kunde unbedingt ein farbiges Tattoo von mir haben möchte, bekommt er es natürlich. Aber halt nicht ganz so kleschbunt wie die vom Erik«, fügte er hinzu.

»Sie sind wirklich sehr vielseitig«, meinte Sandra anerkennend. Die Wand hinter ihr zeugte von höchster Kunstfertigkeit.

»Die sind nicht alle von mir. Die Mandalas und Old School-Tattoos überlasse ich lieber der Nadine.« Laszlo wies zur Theke hinüber, wo die bunte Frau auf einem Barhocker saß und in einem Magazin blätterte. »Normalerweise ist sie nicht für den Empfang zuständig. Sie vertritt nur eine andere Mitarbeiterin, die zurzeit auf Urlaub ist.«

Nadine übte also auch den Beruf der Tätowiererin aus, für den in Österreich zwar eine bestandene Befähigungsprüfung bei der Wirtschaftskammer, jedoch keine Ausbildung erforderlich war. Nur wer selbst ein Gewerbe anmelden wollte, benötigte zur Prüfung auch noch die Bestätigung über eine gewisse Anzahl an absolvierten Lehreinheiten, wusste Sandra von der wilden Mary.

»Andere Tattoos stammen von Gasttätowierern«, fuhr Laszlo fort, den Blick auf die Fotowand gerichtet. Er zeigte auf einige Motive. »Kommst du mal her zu uns, Nadine?«, rief er in Richtung Theke.

»Ist der von dir?«, fragte die Angestellte beim Anblick des Phönix auf dem Foto.

»Hä? Schau doch mal genauer hin«, erwiderte Laszlo.

»Aber so was könntest du doch auch«, meinte sie.

Laszlo widersprach ihr. »Du kennst doch bestimmt die Arbeiten von Holger Erik Larsson, oder?«, fragte er sie.

Nadine nickte und sagte nichts mehr.

»War dieser Herr Larsson auch schon mal bei Ihnen als Gasttätowierer tätig?«, fragte Sandra.

Laszlo lachte auf. »Schön wär's. Der Erik ist ein Superstar in der Szene. Wenn Sie von dem ein Tattoo möchten, warten Sie über ein Jahr lang drauf.«

Bergmann warf die Stirn in Falten.

Sandra erkundigte sich nach der Kontaktadresse dieses schwedischen Meister-Tätowierers.

»Wenn Sie möchten, fotografier ich Ihren Phönix ab und schick ihn ihm gleich über WhatsApp. Dann sollten wir bald wissen, ob er den gestochen hat. Oder ob er eine Idee hat, von wem er stammen könnte«, schlug Laszlo vor.

Die Ermittler nahmen sein Angebot an. Dass die Anfrage von einem bekannten Kollegen kam, konnte nicht schaden. Vermutlich war das sogar der schnellere Weg, um zu einer Auskunft aus dem Ausland zu gelangen. Die Daten des Tattookünstlers in Schweden notierte sich Sandra dennoch.

»Wie lange dauert es eigentlich, bis ein ganzer Rücken in diesem Stil tätowiert ist?«, wollte sie wissen, während Laszlo mit seinem iPhone hantierte.

»Das lässt sich schwer abschätzen. Kommt auf den Artist an. Auch darauf, wie lange der Kunde durchhält. Die Schmerzunempfindlichsten schaffen vielleicht sechs, sieben Stunden. Für den ganzen Rücken braucht man schon einige solcher Sitzungen. Zwischendurch muss man der Haut Zeit geben, um zu heilen. Ungefähr zwei bis drei Wochen nach jeder Session. Tätowierungen werden ja unter die Oberhaut in die Lederhaut gestochen. Die Farbpigmente lagern sich dort ein und werden vom Immunsystem verkapselt. Sticht man zu oberflächlich, verblassen die Farben während der Heilung. Sticht man tiefer in die Unterhaut, zerrinnen sie ins umliegende Gewebe«, erklärte Laszlo.

»Dann braucht man für einen ganzen Rücken also einige Monate«, resümierte Sandra.

Laszlo Nemeth bestätigte das.

»Erinnern Sie sich daran, einer etwa Mittedreißigjährigen namens Monique oder Monika Thaller einen orangen Koi mit rosa Blüten auf den Oberarm tätowiert zu haben?«, fragte Sandra. Auch wenn sie das Motiv nicht auf der Wand hinter ihrem Rücken entdecken konnte, bestand noch immer die Möglichkeit, dass sich Monika Thaller im nächsten Tattoostudio hatte tätowieren lassen, das zudem einen exzellenten Ruf besaß.

Laszlo Nemeth schüttelte den Kopf. »Ich hab in den letzten Jahren einige Kois gestochen. Aber noch nie einer Frau. Diese japanischen Glücksfische sind eher bei Männern gefragt«, erklärte Laszlo. »Sie stehen für Stärke, Hartnäckigkeit und Erfolg. Überhaupt, wenn sie nach oben schwimmen. Die orangefarbenen versprechen zudem finanziellen Gewinn. Die Japaner glauben fest an so was. Dabei dürfen Tätowierte dort nicht einmal die traditionellen Thermal- und Schwimmbäder betreten. Tattoos gelten noch immer als Zeichen der Yakuza, der japanischen Mafia, die möglichst aus der Öffentlichkeit verdrängt werden soll.« Ein paar kurze Töne unterbrachen seinen Vortrag. »Na bitte … Wer sagt's denn? Antwort vom Erik …« Laszlo grinste sein Handy an und öffnete die Nachricht. »Von ihm stammt diese Tätowierung auch nicht«, verkündete er. »Wenn ich herausfinde, wer sie gestochen hat, soll ich ihm aber Bescheid geben, schreibt er. Er würde denjenigen sofort als Gasttätowierer engagieren.«

»Oder als Gasttätowiererin«, warf Nadine ein.

Laszlo Nemeth zuckte mit den Schultern und legte sein Handy weg. »Das Geschlecht des Tätowierers lässt sich anhand von Tattoos leider nicht erkennen«, meinte er.

Das Geschlecht des Mörders, der sein Opfer bei lebendigem Leib mit Brandbeschleuniger überschüttet und danach anzündet, leider auch nicht, dachte Sandra. Wenngleich ihr Bauchgefühl dafür sprach, dass sie nach einem Mann suchten.

»War's das?«, fragte Laszlo. »Ich sollte mich jetzt wieder um meinen Kunden kümmern. Ich möchte heute noch seinen Sleeve fertigbekommen.«

»Noch eine letzte Routinefrage«, hielt Sandra ihn auf.

»Ja?« Er plumpste zurück auf den Fauteuil.

»Wo waren Sie am vergangenen Sonntag um 6.30 Uhr in der Früh?«

»Da brauch ich nicht lange nachzudenken. In meinem Bett.«

»Gibt es dafür Zeugen?«

»Meine Freundin. Aber die schläft sonntags um diese Uhrzeit auch noch.«

Sandra notierte sich ihren Namen. Auch wenn sie derzeit keinen Grund sah, Laszlo Nemeths Alibi anzuzweifeln. Genau so wenig, hielt sie es für nötig, Nadine Rauch weiter zu befragen.

# 4.

Das Donnergrollen ließ die Ermittler zurück zu ihrem Dienstwagen eilen. Die Gewitterfront war nicht mehr allzu weit von Fürstenfeld entfernt. Über den Hügeln des Thermenlandes zuckten immer wieder Blitze am Himmel. Noch regnete es zwar nicht, aber lange konnte es nicht mehr dauern, bis sich die heranziehenden dunklen Wolken über ihnen entluden. Immerhin schafften sie es trockenen Fußes bis zum Auto. Dort angelangt wählte Sandra erneut Andreas Handynummer. Danach die von Monika Thaller. In beiden Fällen landete sie wieder nur auf den Mailboxen. »Sollen wir auf Verdacht bei Monika Thaller vorbeischauen?«, wandte sie sich an Bergmann, der auf seinem Smartphone herumwischte.

Er nickte, ohne aufzublicken. »Wenn sie nicht zu Hause ist, hören wir uns bei ihren Nachbarn um«, sagte er und fuhr sich mit dem Handrücken über die verschwitzte Stirn. »Wie wär's, wenn du endlich den Motor startest? Ich komme noch um bei dieser Affenhitze. Die hohe Luftfeuchtigkeit ist abartig«, stöhnte er.

»Beschwer dich beim Wetter-Pauli, nicht bei mir«, sagte Sandra und drehte den Schlüssel um.

»Bei wem?« Der Chefinspektor sah sie verständnislos an.

»Beim Wetter-Pauli vom Fernsehen«, erklärte ihm Sandra, während sie ausparkte. »Der Moderator, der in ›Steiermark heute‹ immer diese witzigen Sprüche bringt.«

»Ich habe gar keinen Fernseher«, erwiderte Bergmann mit aufgesetztem italienischem Akzent. Oder das, was er dafür hielt.

Sandra verstand seine Anspielung auf einen uralten Werbespot für einen Instant-Cappuccino dennoch. »Und Auto hast du auch keines, Angelo ... Zum Glück für alle anderen Verkehrsteilnehmer. Kannst du wenigstens mal unser nächstes Ziel ins Navi eingeben?«, wechselte sie das Thema und nannte ihm die Adresse des Hauses in Unterlamm, das Monika Thaller laut Melderegister allein bewohnte.

»Hast du schon wieder an der Klimaanlage herumgefummelt?« Bergmann griff nach dem Temperaturregler.

»Jetzt lass das doch«, entgegnete Sandra genervt. »Zu kalt ist ungesund. Überhaupt, wenn es draußen so drückend schwül ist wie heute und du eh schon verschwitzt bist. 22 Grad reichen völlig.«

»Dir vielleicht«, erwiderte Bergmann unbeirrt.

Auf einmal musste Sandra lachen. Ihre sich ständig wiederholenden Diskussionen klangen, als wären sie schon jahrelang miteinander verheiratet. Wenngleich es kaum ein Ehepaar gab, das so viel Zeit zusammen verbrachte wie Bergmann und sie. Doch während sich die meisten ihren Lebenspartner selbst aussuchten, war ihr der Chefinspektor ungefragt vor die Nase gesetzt worden. Damals hätte sie sich nicht im Entferntesten vorstellen können, dass sie und der überhebliche Wiener auch nur annähernd miteinander auskommen würden.

Bergmann verwirrte ihr Gelächter. »Du kannst ja die Temperatur in ein paar Minuten wieder etwas raufdrehen«, meinte er stirnrunzelnd und wandte sich dem Navi zu.

»Wie nett von dir«, säuselte Sandra, noch immer schmunzelnd. Beinahe hätte sie »Liebling« hinzugefügt. Doch das wusste der Himmel mit einem gewaltigen Donnerschlag gerade noch zu verhindern.

# KAPITEL 11

»Setz dich und trink!« Er streckte ihr den Becher entgegen.

Sie nahm auf der Pritsche Platz. Auf die ein weißes Leintuch gespannt war. Ihre Füße baumelten einen Meter weit über dem Boden.

Er setzte ihr den Becher an die Lippen. Aus dem sie gierig trank. Etwas Flüssigkeit ging daneben. Tropfte ihr kalt in den Ausschnitt. Sie schmeckte Salz. Und ein wenig Seife. Wie sein Apfelsaft. Aber das Wasser stillte ihren Durst.

Er stellte den leeren Becher auf den Tisch. Neben den Koffer. Richtete sich vor ihr auf. Groß und mächtig. Lächelte auf sie herab.

Wenn sie ihm jetzt mit voller Wucht ins Gemächt trat, hatte sie vielleicht eine Chance zu entkommen. War die Tür versperrt? Wo war der Schlüssel? Er steckte nicht im Schloss.

Zu spät. Er drängte sich zwischen ihre Beine. Knöpfte ihre Bluse auf. Zog sie ihr über den Kopf. Dann fasste er hinter sie. Öffnete ihren BH. Mit geübten Händen. Sein heftiges Atmen verriet ihr, dass er erregt war. Und der Ständer in seiner Hose. »Makellos«, wiederholte er. Strich zärtlich über ihre Brüste. Weiter über den Bauch hinunter.

»Ich heiße Andrea.« Wenn es ihr gelang, eine Beziehung zu ihm aufzubauen, war sie nicht länger sein anonymes Opfer. Vielleicht verlor er dann die Lust an ihr. Auch das wusste sie von Sandra. Ihrer Freundin. Der Polizistin. An die konnte sie sich erinnern. Warum nicht daran, wie sie hierhergekommen war? Wo befand sie sich? Und was war geschehen?

»Ich weiß, dass du Andrea heißt«, antwortete er. »Erinnerst du dich nicht an mich?«

Sie schüttelte den Kopf. Ihr wurde schwindlig. Und übel. Sie ließ sich zurück auf die Pritsche fallen. Die Augen geschlossen. Der Hammer in ihrem Schädel setzte wieder ein. Wumm, wumm, wumm … Gleich würde er explodieren.

»Du wirst mich schon noch kennenlernen.«

Sie fühlte, dass er an ihrem Rock zerrte. Es war ihr egal. Die Messerklingen in ihren Augen waren schlimmer. Und die Kopfschmerzen. Wumm, wumm, wumm … Sollte er doch mit ihr machen, was er wollte.

# KAPITEL 12

**Immer noch Dienstag, 5. August**

Während der Fahrt entlud sich das Gewitter mit voller Wucht. Unzählige Blitze zuckten über den Himmel, der sich bedrohlich verfinstert hatte. Die Baumwipfel entlang der Landstraße bogen sich im böigen Wind. Dicke Regentropfen trieben beinahe horizontal auf die Windschutzscheibe zu. Dort zerplatzten sie nicht ganz so lautstark wie auf dem schwarzen Karosserieblech des Audis. Selbst auf höchster Stufe vermochten die Scheibenwischer die Sicht nur unwesentlich zu verbessern. Dabei zuckelte Sandra ohnehin schon die längste Zeit hinter dem silberfarbenen Skoda her, dessen Fahrer es mit der Vorsicht übertrieb. Die Überlegung, ihren Vordermann auf der nassen Straße zu überholen, verwarf sie dennoch wieder, um kein Aquaplaning zu riskieren.

Kommentarlos schaltete sie den Temperaturregler der Klimaanlage auf 21,5 Grad Celsius hinauf. Das fehlende halbe Grad Celsius zu ihrer Wohlfühltemperatur schenkte sie ihrem Beifahrer. Der war längst wieder mit seinem Handy beschäftigt und nahm ohnehin keine Notiz von alledem.

Für eine Strecke, die normalerweise in einer guten Viertelstunde zu bewältigen war, benötigte sie bei diesem Unwetter mehr als die doppelte Fahrtzeit. Wenigstens regnete es nicht mehr ganz so heftig, als sie an der gesuchten Adresse aus dem Wagen stiegen. Kurz erwog Sandra, ihre Regenjacke aus dem Kofferraum zu holen, entschied sich dann aber dagegen. Das Gartentor stand offen und schlug im Wind auf und zu, sodass sie die wenigen Meter bis zum schützenden Vordach an der Eingangstür erreichen konnten, ohne bis auf die Knochen nass zu werden. Sandra lief am roten Toyota Yaris vorbei, der in der Einfahrt parkte, dicht gefolgt von Bergmann. An der Tür klingelte sie mehrmals. Vergeblich. »Kriminalpolizei!«, rief sie. »Ist jemand zu Hause?« Wieder keine Reaktion. Sie wandte sich um. Der Chefinspektor stand im Schutz des Vordaches direkt hinter ihr, sodass sie ihm prompt auf die Zehen stieg.

»Aua«, beschwerte er sich und trat einen Schritt zurück.

»Tschuldigung … Warum steht das Gartentor offen, wenn niemand da ist?«, fragte sie. Ihr nächster Blick blieb an einem Fenster des Nachbarhauses hängen. Ein älterer Mann mit Halbglatze im weißen Unterleiberl beobachtete sie. Er hatte sogar ein Fernglas auf sie gerichtet.

»Was weiß ich?«, entgegnete Bergmann. »Vielleicht hat die Bewohnerin keine Angst vor Einbrechern. Oder der Gewittersturm hat das Gartentürl aufgedrückt.«

Der Mann am Fenster bemerkte, dass Sandra ihn entdeckt hatte, und verschwand hinter dem geblümten Vorhang.

»Oder aber es ist doch jemand da. Ob der Yaris Monika Thaller gehört?«, fragte sie sich. Das würden sie rasch herausfinden.

Noch immer prasselten Regentropfen auf das Vordach, wenn auch nicht mehr ganz so heftig und laut wie vorhin im Auto. Der nächste, schon etwas leisere Donnerschlag bestätigte ihr, dass sich das Gewitter allmählich verzog. »Hier ist schon länger nicht mehr gemäht worden«, stellte sie fest.

»Der Briefkasten neben dem Gartentor quillt auch über«, sagte Bergmann. »Die Post ist patschnass.«

»Lass uns ums Haus herumgehen und kontrollieren, ob alles in Ordnung ist«, schlug Sandra vor.

»Bei diesem Schütt?«, fragte Bergmann.

»Wie wäre es, wenn du unsere Regenjacken aus dem Auto holst?«, fragte Sandra, mit den Augen klimpernd.

»Ich?« Bergmann schien ehrlich entrüstet über ihren Vorschlag zu sein.

Sandra seufzte. »Lass mich vorbei«, entgegnete sie ihm unwirsch, den Autoschlüssel in der Hand.

Bergmann bäumte sich grinsend vor ihr auf und verlagerte sein Gewicht von einem Bein auf das andere, sodass sie nicht an ihm vorbeikam.

»Was soll das?«, fragte Sandra genervt.

»Ich hole die Jacken«, lenkte er ein. »Sperr mir den Wagen auf. Auf die Plätze, fertig, …« Der Chefinspektor drehte ihr den Rücken zu.

Aus ihrer geschützten Position unterm Vordach öffnete Sandra den Kofferraum. »Los«, vollendete sie seinen Spruch.

Bergmann rannte zum Dienstwagen. Mit dem Kopf tauchte er unter den Kofferraumdeckel und kramte eine Weile nach ihren Regenjacken. Als er sie endlich gefunden hatte und den Kofferraum wieder zuschlug, bemerkte Sandra, dass seine helle Leinenhose im oberen Gesäßbereich nass und damit transparent geworden war. Trug der Mann etwa keine Unterhose, fragte sie sich. Glücklicherweise bedeckte die Jacke, die er anzog, seinen nassen Hintern.

Sandra bedankte sich überschwänglich, dass er ihre Jacke geholt hatte, und zog sie unterm Vordach an. Etwas Lob konnte nicht schaden. Vielleicht motivierte es ihn ja, beim nächsten Mal selbst auf die Idee zu kommen, nach den Benimmregeln zu handeln. Auch wenn aus ihrem Vorgesetzten niemals ein Kavalier werden würde. Doch die Hoffnung starb bekanntlich zuletzt. »Können wir?« Sandra setzte ihre Kapuze auf.

»Du links, ich rechts« erwiderte Bergmann und machte auf dem Absatz kehrt.

Sandra bewegte sich an der Hausfassade entlang in die andere Richtung. Schon der Blick durchs erste Fenster alarmierte die Ermittlerin. Die Küche war verwüstet. Einiges Geschirr lag teils zerbrochen auf dem Fliesenboden. Etliche Meter zerfetzter Küchenrolle schlängelten sich quer durch den Raum. Ein gelber Teppich lag zusammengeschoben in einer Ecke. Eine Verletzte oder gar Tote konnte Sandra nicht entdecken. Auch keine Blutspuren. Sie beeilte sich, durchs nächste Fenster zu blicken. Auch im Wohnzimmer hatte offensichtlich jemand gewütet. Zerrissene Seiten einer Tageszeitung bedeckten den Holzboden. Zwischendrin lag eine umgestürzte Vase mit verwelkten Blumen.

An der Rückseite des Hauses lugte Bergmann durch die Terrassentür.

»In der Küche sieht's noch schlimmer aus«, sprach Sandra ihn von hinten an, während er einige Zigarettenstummel vom vollen Aschenbecher auf dem Fenstersims eintütete, der durch den Balkon im Obergeschoß vor dem Regen geschützt war. »Gefahr in Verzug?«, fragte sie.

»Schaut ganz danach aus. Vielleicht finden wir die Hausbewohnerin ja oben.« Bergmann verschloss den Plastikbeutel und steckte ihn in seine Jackentasche. Dann trat er zurück und deutete zu jener Seite des Hauses, von der er gekommen war. »Ums Eck ist ein gekipptes blickdichtes Fenster. Wahrscheinlich befindet sich dahinter die Toilette oder das Badezimmer. Stinkt ziemlich grauslich heraus dort.« Bergmann rümpfte seine sensible Nase.

»Verwesungsgeruch?«, fragte Sandra nach.

»Viel schlimmer«, erwiderte er.

Was gab es Schlimmeres als das, fragte sich Sandra. Dass der geruchsempfindliche Chefinspektor mit Verwesungsgeruch klarkam, während er um jede Parfümerie einen Bogen machte, verwunderte sie immer wieder. Andererseits hatte er viele Jahre und etliche Leichen lang Zeit gehabt, sich an den Geruch des Todes zu gewöhnen. »Sollen wir das Fenster aushebeln?«, fragte sie, dort angelangt.

Bergmann nickte.

Ein Blick zum Himmel bestätigte Sandra, dass die Regenwolken wieder der Sonne wichen. Vor ihren Augen spannte sich ein leuchtender Regenbogen über den Himmel. »Diesmal gehe ich«, sagte sie und kehrte wenig später mit der Brechstange und Handschuhen zurück.

Der Fäkalgeruch stieg ihr erst so richtig in die Nase, als Bergmann das Fenster ausgehebelt und vollständig geöffnet hatte. Er selbst trat einige Schritte zurück, um abseits frische Luft zu schnappen, während Sandra den Reißverschluss ihrer Jacke aufzog und nach der Dienstwaffe in ihrem Hüftholster griff. Auch wenn es danach aussah, als würde sich niemand im Haus aufhalten, durfte sie nichts riskieren. »Ich geh jetzt hinein. Bist du bereit?«, fragte sie leiser. Nur für den Fall, dass außer ihnen doch noch jemand anwesend war.

Bergmann wandte sich zu ihr um und öffnete ebenfalls seine Jacke, um im Ernstfall unverzüglich an seine Dienstwaffe zu gelangen.

Dass er sie als Erste durch das offene Fenster ins Badezimmer klettern ließ, war weder ein Akt der Höflichkeit noch der Sicherheit. Vielmehr wollte er selbst so spät wie möglich zur Quelle des Gestanks vordringen, ahnte Sandra. »Scheiße«, sagte sie und meinte es ausnahmsweise wörtlich. Beinahe wäre sie mitten in die übervolle Katzenkiste getreten. Vorsichtig rutschte sie vom Fensterbrett, sodass sie daneben zu stehen kam. »Pass auf! Da unten ist ein Katzenklo«, warnte sie Bergmann, der hinter ihr das Fensterbrett bestieg.

»Deshalb stinkt's hier so bestialisch. Ich hätte es wissen müssen«, sagte er am Fensterbrett verharrend und tastete nach seiner Dienstwaffe. »Das Viech soll mir bloß nicht in die Quere kommen«, drohte er.

Dass Bergmann seine Katzenhaarallergie überwunden hatte, änderte kaum etwas an seiner Abneigung, wusste Sandra. Katzen waren ihm viel zu eigensinnig. Er hielt sie für durchtrieben und unberechenbar, ja bösartig. Als sie ihren Blick wieder senkte, fiel ihr auf, dass die Badematte ebenso zerknüllt wie der Teppich in der Küche war. Möglicherweise hatte die Katze beides als Toilette benutzt, weil ihre Kiste voll war, überlegte sie und bückte sich, um nachzusehen. Volltreffer. Sandra wich zurück und erhob sich wieder. »Die Katze hat sich auf der Badematte erleichtert und dann die Exkremente darin zu vergraben versucht«, stellte sie fest.

»Katzenpisse ist das Letzte«, ekelte sich Bergmann.

»Mein Gott, Sascha. Was hätte das arme Tier denn bitte schön machen sollen, wenn keiner sein Kisterl ausräumt?«, fragte Sandra. Außerdem stand der Gestank, der nur im Vorbeigehen aus so manchem Pissoir drang, dem hier um nichts nach, fand sie, behielt diesen Vergleich aber für sich. Stattdessen trat sie mit der Schuhspitze die Badezimmertür auf, die einen Spaltbreit offen stand.

Der Geruch ließ im Flur nach. Die Spuren der Verwüstung setzten sich im Wohnzimmer fort. Augenscheinlich stammten die Hinterlassenschaften auf dem Sofa ebenfalls von einer Katze. Wie die Zeitung vom 9. Juli, die wohl aus Unmut zerfetzt worden war, und die zerbrochene Vase samt verwelkter Pfingstrosen, die auf dem Holzboden verstreut lagen. Vielleicht hatte das Blumenwasser dem Tier als Durstlöscher gedient, ehe es verdunstete, überlegte Sandra. »Sieht für mich nach einer vernachlässigten Katze aus, nicht nach einem Verbrechen«, stellte sie fest und steckte ihre Waffe in das Holster zurück. Für ebenso unwahrscheinlich hielt sie es nunmehr, dass sich eine Leiche oder ein Verbrecher im Haus aufhielt. Allerhöchstens rechnete sie mit einem oder mehreren Tieren, die hier gewütet hatten. Bisher hatte sich jedoch kein einziges gezeigt.

Bergmann folgte Sandra in die Küche. Außer dem zerwühlten Teppich, der zerfetzten Küchenrolle und dem zerbrochenen Geschirr lag noch eine angebrochene Trockenfutterpackung auf dem Boden. Sandra hob sie auf und stellte fest, dass kaum mehr etwas drinnen war. Offenbar hatte sich hier jemand selbst bedient, war jedoch nicht bis zu den allerletzten Brocken vorgedrungen. Futterschüssel und Wassernapf aus Edelstahl waren leer.

Sandra leuchtete mit ihrer Miniaturtaschenlampe am Schlüsselanhänger unter die Küchenbank und wurde fündig. Die Katze kauerte im hintersten Winkel und funkelte sie aus leuchtenden Augen an. Auf allen vieren unter dem Küchentisch hockend redete sie auf das Tier ein, versuchte, es mit sanfter Stimme aus seinem Versteck zu locken. Ohne Erfolg. Die vor Angst erstarrte Katze fauchte sie mehrmals an, rührte sich aber nicht von der Stelle. »Füll doch mal ihre Schüsseln an«, sagte sie zu Bergmann, den sie noch immer in der Küche vermutete. Was er hinter ihrem Rücken murmelte, konnte sie nicht verstehen. Wahrscheinlich war das auch besser so. Im Rückwärtsgang kroch sie unter dem Tisch hervor, bemüht, sich ihren Kopf nicht anzuschlagen.

»Ich bin dann mal oben«, hörte sie Bergmann noch sagen. Als sie aufstand und sich umdrehte, war er bereits aus der Küche verschwunden.

Sandra goss Wasser in die Schüssel und leerte die spärlichen Reste aus der Futterpackung in den Napf. Anschließend suchte sie in den Hängeschränken nach mehr Katzenfutter und wurde im dritten Anlauf fündig. Vor dem Öffnen schüttelte sie die neue Packung mit dem Trockenfutter, um der Katze zu signalisieren, dass es gleich etwas zu fressen gab. Dann füllte sie den Napf randvoll.

Wenn das Haustier unter der Bank das einzige war, überlegte Sandra, musste es tage-, womöglich sogar wochenlang gehungert, gedurstet und gewütet haben. Gab es mehrere Katzen im Haus, entsprechend kürzer. Aber würde es in diesem Fall nicht auch mehrere Futterschüsseln und Katzenklos geben? Sie wartete eine Weile, dass das Tier hervorkam. Noch einmal kroch sie unter den Tisch, um ihm gut zuzureden. Offenbar war die Katze aber zu verschreckt, um ihren Hunger und Durst in Gegenwart einer Fremden zu stillen. Sandras letzter Versuch, sie unter der Bank zu fassen und hervorzuziehen, hätte ohne die Einweghandschuhe blutig geendet. So war nur ihr rechter Handschuh zerfetzt und ein feiner Kratzer zog sich über ihren Handrücken. Sie gab es auf und verließ die Küche, nicht ohne die Tür hinter sich zu schließen, damit das Tier nicht flüchten konnte.

Im Vorzimmer konnte Sandra keine weitere Katze ausmachen. Auch im Wohnzimmer wurde sie nicht fündig. Einen Keller gab es in diesem Haus nicht. Auch keine Katzentür, die ins Freie führte. Sie trat den Weg nach oben an.

»Sehr weit verreist kann die Hausherrin nicht sein«, meinte Bergmann, den Sandra im Schlafzimmer antraf. Er winkte ihr mit einem Reisepass. Die Schublade der Kommode, die er eben durchsuchte, stand weit offen. »Sie könnte aber auch mit einem Personalausweis innerhalb der EU verreist sein. Oder sie macht in Österreich Urlaub. Dafür reicht auch ein Führerschein«, spekulierte er weiter, während er die Seite mit dem Passfoto und den persönlichen Daten fotografierte.

»Und während sie Urlaub macht, sperrt sie ihre Katze wochenlang zu Hause ein?«, fragte Sandra. »Hier war ganz bestimmt schon länger keiner mehr, der sich um das Tier gekümmert hat. Die letzte Zeitung in der Küche ist beinahe vier Wochen alt.«

»Da haben wir aber schon ganz andere Dinge erlebt«, spielte Bergmann auf einen alten Fall mit verwahrlosten Hunden auf einem Hof an, die ohne Wasser und Futter qualvoll verendet waren.

»Ist dir noch ein weiteres Tier irgendwo untergekommen?«, fragte Sandra.

Bergmann verneinte ihre Frage.

Sandra suchte den Raum mit ihren Blicken ab. Dann ging sie auf die Knie, um unter dem Doppelbett nachzusehen und festzustellen, dass die Katze in der Küche wohl tatsächlich das einzige Haustier war. »Anscheinend gibt es nur eine Katze hier«, sagte sie im Aufstehen. »Und wie es aussieht, gleich zwei verschwundene Frauen, die einander kannten.«

»Dazu noch ein Brandopfer, das bis jetzt niemandem abgeht«, erwiderte Bergmann, der gerade eine weitere Schublade öffnete.

»Genau wie Monika Thaller. Vielleicht ist sie ja das Brandopfer«, zog Sandra ihre Schlüsse, insgeheim erleichtert, dass die Tote nicht Andrea war. Was aber, wenn ihrer Freundin dasselbe Schicksal drohte? Einmal mehr drehte sich ihr Magen um.

»Könnte sein«, sagte Bergmann und zog mit spitzen, behandschuhten Fingern einen roten BH aus der Schublade.

»Aber warum vermisst sie keiner? Dass eine Frau in ihrem Alter keine Familie, enge Freunde oder Arbeitskollegen hatte, denen sie abgeht, ist doch ziemlich unwahrscheinlich.«

Damit hatte er nicht unrecht, wusste Sandra. Nicht wenige von Andreas Freunden und Bekannten bombardierten sie beziehungsweise den Journaldienst mit Nachfragen, ob sie denn schon aufgetaucht sei. Sie alle wurden vertröstet und gebeten, nur dann wieder anzurufen, wenn sich Andrea bei ihnen meldete.

Bergmann betrachtete den BH vor seiner Nase. »85 D«, sagte er. »Sauber …«

Ob er sich auf die Reinheit des Wäschestücks oder die Größe der Brüste, für die es gekauft worden war, bezog, hinterfragte Sandra lieber nicht. »Soll ich die Fahndung nach Monika ›Monique‹ Thaller rausgeben?«

»Lass uns erst im Haus umschauen und danach noch die Nachbarn befragen.« Bergmann legte den BH in die Schublade zurück.

»Vielleicht können die sich ja um die Katze kümmern«, sagte Sandra.

»Ansonsten rufst du halt im Tierschutzhaus an«, erwiderte Bergmann, der nun einen roten Spitzenslip aus der Schublade fischte.

»Der Nachbar hat uns vorhin von seinem Fenster aus mit dem Fernglas beobachtet«, sagte Sandra.

»Aha …« Bergmann inspizierte den Slip, der im Schritt offen war. Interessiert zog er den Schlitz noch weiter auseinander. »Sehr praktisch. Meinst du, es handelt sich um Berufskleidung?«, fragte er.

Sandra verdrehte die Augen. Woher sollte sie das wissen?

»Größe M«, kommentierte Bergmann das Etikett.

»Ich nehme mir mal den Kasten vor.« Kopfschüttelnd schob Sandra eine der beiden verspiegelten Schwebetüren zur Seite, um die Kleidung zu überprüfen. Auf den ersten Blick konnte sie darin kein Männergewand entdecken. Auch bei genauerer Betrachtung nicht. Besonders gut bestückt war der Kleiderschrank nicht.

»Alle Wäschestücke haben dieselbe Größe«, meldete sich der Chefinspektor nach einer Weile wieder zu Wort.

»Im Kasten habe ich bisher auch nur Frauenkleidung in Größe 40 beziehungsweise M gefunden«, berichtete Sandra und schob einen weiteren Kleiderbügel beiseite. »Wenn hier nicht eine zweite Frau mit derselben Kleidergröße lebt, ist Monika Thaller wohl wirklich alleinstehend. Ich schau mich dann noch unten im Vorzimmer nach Schuhen um.«

»Sieh doch vorher im Badezimmer nebenan nach, ob du Hinweise auf einen Mitbewohner findest«, sagte Bergmann. Er selbst wollte sich rasch noch die beiden anderen Räume im Obergeschoß vornehmen.

Das Haus war ziemlich groß dimensioniert für eine einzige Bewohnerin, überlegte Sandra auf dem Weg ins Badezimmer. Hatte Monika Thaller wirklich allein, nur mit ihrer Katze, hier gelebt? Andreas Tante hatte doch von einer bevorstehenden Hochzeit gesprochen. War diese etwa geplatzt?

Wie im Kleiderschrank fehlten auch im Badezimmer Hinweise auf einen Mitbewohner. Die Borsten der einzigen gebrauchten Zahnbürste waren staubtrocken, was einmal mehr dafür sprach, dass Monika Thaller nicht in den Urlaub gefahren war. Es sei denn, sie besaß eine eigene Reisezahnbürste, die sie mitgenommen hatte. Sandra zog einen Plastikbeutel aus ihrer Jackentasche und stellte die Zahnbürste sicher, um die DNA auf den Borsten mit der des Brandopfers abgleichen zu lassen. Wenn das Labor schnell arbeitete, wussten sie frühestens Ende dieser Woche, ob es sich bei Monika Thaller um das Brandopfer handelte oder nicht. Leider waren sie keine Darsteller in einer dieser forensischen Fernsehserien aus den USA, in denen komplexe Analysen und Befunde in wenigen Stunden erledigt waren. Diesem sogenannten CSI-Effekt war es auch zu verdanken, dass sie immer wieder ungeduldige Angehörige von Opfern vertrösten und auf die Realität verweisen mussten.

Ansonsten fanden sich vorerst keine verwertbaren Hinweise im Haus. Auch kein Handy oder Computer. Vielleicht war Monika Thaller doch im Urlaub und hatte beides mitgenommen. Oder aber jemand anders hatte alles verschwinden lassen, was auf seine Identität hinwies.

Sandra sah sich noch die Damenschuhe im Schuhschrank an. Allesamt Größe 39, stellte sie fest. Weder gab es Hinweise auf einen Mitbewohner im Haus noch konkrete Spuren eines Verbrechens. Was nicht zwingend bedeutete, dass Monika Thaller noch am Leben war.

# KAPITEL 13

»Dreh dich auf den Bauch!«

Sie öffnete die Augen. Blinzelte. Sah einen schwarzen Latexhandschuh vor ihrem Gesicht.

Sie gehorchte ihm. Als wäre ihr Wille ausgelöscht. Irgendetwas war in diesem Wasser. Etwas, das sie schläfrig machte. Und wie ein Orkan in ihrem Kopf tobte. Wumm, wumm, wumm …

Auf dem Bauch liegend musste sie ihm wenigstens nicht in die Augen schauen. Wenn er sie von hinten nahm. Sie würde ihm vormachen, dass es ihr gefiel. Vielleicht ließ er dann von ihr ab. Oft war es die Angst ihrer Opfer, die Psychopathen antrieb. Und erregte. Den Gefallen, ihm ihre Furcht zu zeigen, machte sie ihm nicht.

Ein surrendes Geräusch bohrte sich durch den zähen Schleim ihrer Gedanken. Mühsam wandte sie den Kopf zur Seite. Blickte einmal mehr ins schmerzhaft grelle Licht.

Er saß auf dem Drehstuhl neben ihr. Rollte noch näher an sie heran. Drückte ihre Schulter auf die Pritsche. »Entspann dich, sonst muss ich dich anbinden.« Das Surren hatte aufgehört. Es herrschte wieder Stille. Abgesehen von dem Hämmern in ihrem Schädel. Wumm, wumm, wumm …

Er beugte sich über sie.

Sie spürte etwas Kaltes auf ihrem Rücken. Was tat er da? Warum wischte er ihr den Rücken ab?

»Wie wär's mit etwas Musik zur Entspannung?«, fragte er.

Sie hörte ihn fortrollen. Plötzlich dröhnte die Musik los. Ausgerechnet ein E-Gitarrensolo. Und das bei ihren Kopfschmerzen. Sie blickte auf. Sah das weiße Papier in seinen schwarzen Händen. Darauf schwarze Konturen. Wollte er sie tätowieren? Warum? »Was machst du?«, wimmerte sie schwach.

Er konnte sie nicht hören. Das Schlagzeug war viel zu laut. Und die Gitarren. Der Gesang. Oder das Gegröle. Nicht schreien, hatte er gesagt. Und dann das. Wumm, wumm, wumm …

»Burn baby burn …«, sang er den Refrain mit. Gab es nicht eine Disconummer mit diesem Titel? Die hätte ihr besser gefallen als dieser Punk. Viel zu laut. Viel zu hart. Viel zu schnell hämmerte die Musik mit den Kopfschmerzen um die Wette. Wumm, wumm, wumm …

Ein leichter Druck auf ihrem Schulterblatt. Die Maschine stach ihr unaufhörlich Farbe unter die Haut. Mit der Zeit tat es weh. Und plötzlich schoss ein neues Bild durch ihren Kopf. Ihre Freundin Monique. Hier in diesem Keller.

Auf einmal wusste sie wieder, wer der Mann war. Ahnte, welches Schicksal ihr drohte.

# KAPITEL 14

**Immer noch Dienstag, 5. August**

Die Abkühlung, die das Gewitter versprochen hatte, war nur von kurzer Dauer. Kaum hatten sich die Wolken verzogen, strahlte die Sonne bereits wieder so kräftig vom Himmel, dass das Regenwasser im Nu verdampfte und die Luft fast so schwül war wie vor dem Unwetter.

Sandra und Bergmann verstauten ihre Regenjacken im Kofferraum, um wenig später an der Tür des schmucklosen Nachbarhauses mit der beigebraunen Fassade und dem grauen Satteldach zu klingeln, das in den 1960er-Jahren erbaut worden sein musste.

Eine ältere ergraute Frau öffnete die Haustür einen Spaltbreit und löste die Sicherheitskette erst, nachdem sie ihre Brille geholt und die Dienstausweise der Kriminalbeamten kontrolliert hatte. Heutzutage könne man gar nicht vorsichtig genug sein, meinte sie und hatte damit nicht unrecht.

Immer häufiger wurden vor allem betagte Leute auch am helllichten Tag zu Hause überfallen und ausgeraubt. Oftmals ließen die Täter ihre Opfer gefesselt und verletzt zurück. Manchmal endeten diese sogenannten »Home Invasion«-Fälle sogar tödlich. Zumindest aber blieb bei den Opfern die Angst, fast immer ein unsicheres Gefühl in den eigenen vier Wänden zurück.

Die Ermittler folgten der Frau in der ärmellosen geblümten Kleiderschürze, die Sandra an ihre Mutter erinnerte. Fast hätte sie darauf gewettet, dass sie im Vorzimmer gebeten würden, ihre Straßenschuhe auszuziehen. Diese Wette hätte sie allerdings verloren.

Kaum öffnete die Frau die Wohnzimmertür, plärrte ihnen eine wohlbekannte Stimme entgegen. Der dickbäuchige Hausherr – derselbe, der sie vorhin am Fenster beobachtet hatte – saß im ärmellosen Unterleiberl, karierten Shorts, weißen Socken und braunen Schlapfen auf der Couch und sah sich die Vorabendsendung im Fernsehen an. Ein Anrufer sollte erkennen, hinter welchem der drei Kinderbilder sich der gesuchte Schauspieler verbarg, dessen Name Sandra überhaupt nichts sagte. Der Anblick des altmodischen Wandverbaus aus dunklem Holz kam ihr dagegen bekannt vor. Ein ähnliches Monstrum war früher in ihrem Elternhaus gestanden. Dass es heute noch das heimische Wohnzimmer zierte, bezweifelte sie. Angeblich hatte Mike das Haus in der Krakau verpfändet und war mit dem Erlös nach Thailand ausgewandert. Je weiter weg er war, desto besser, fand Sandra. Ob er ihre Mutter nach der Entlassung aus der Nervenklinik zu sich geholt hatte, war ihr nicht bekannt. Nur, dass ihr Haus inzwischen versteigert worden war.

»Jetzt dreh doch endlich die depperte Glotzn ab! Die Herrschaften sind von der Kriminalpolizei«, keppelte die Frau und schaffte es problemlos, die Stimme der blonden Fernsehmoderatorin zu übertönen, die wochentags täglich um diese Uhrzeit zu Gast in Hunderttausenden österreichischen Wohnzimmern war. Sofern sie Dienst hatte, den sie sich im Wochenrhythmus mit anderen Moderatoren teilte.

Endlich fand der Dickbäuchige den Aus-Knopf auf der Fernbedienung, und es kehrte Stille ein. Mühsam richtete er sich auf und versuchte, auf seinen spindeldürren Beinen aufzustehen, um die ungebetenen Gäste zu begrüßen.

»Bleiben Sie ruhig sitzen«, hielt Sandra ihn von seinem Vorhaben ab. »Wir stören Sie nicht lange.«

Der Mann sackte zurück auf die Couch.

»Ich hab einen frischen Schwarzbeertopfenstrudel gebacken. Wollen S' ein Stück kosten?«, fragte die Frau kaum leiser als zuvor. Entweder hörte ihr Mann schlecht, oder sie war es schlichtweg gewöhnt, gegen den Fernseher anzuplärren. Auch, wenn dieser nicht mehr lief.

Bergmanns zusammengezogene Augenbrauen verrieten Sandra sein Unbehagen. Ihr angedeutetes Schulterzucken sollte ihm umgekehrt signalisieren, dass er da durchmusste. Erstens waren sie nicht zu ihrem Vergnügen hier, und zweitens hatten sie schon weitaus üblere Zeitgenossen befragen müssen. Das Strudelangebot lehnten beide ab.

Die Frau sammelte den leergeputzten Teller ihres Mannes samt Kuchengabel, ein ausgetrunkenes Glas und die zerknüllte Papierserviette vom Couchtisch ein.

»Könnte ich vielleicht ein Glas Wasser haben?«, fragte Sandra. Erst jetzt fiel ihr auf, wie durstig sie war.

»Ich hätt auch eine selbstg'machte Zitronenlimonade für Sie, wenn S' so was mög'n?«, schrillte die Stimme zurück.

»Gerne«, antwortete Sandra reflexartig lauter als sonst. Sie wunderte sich, dass Bergmann ebenfalls nach einer Limonade und nicht wie üblich nach Kaffee verlangte. Dabei war es bereits über zwei Stunden her, dass der Koffeinjunkie seinen letzten Espresso getrunken hatte.

»Mir bringst jetzt aber a Mischung« sagte der Hausherr in Zimmerlautstärke. »Das Zitronen-Gschloder hängt mir schon überall außi.«

Die Frau rollte mit den Augen. »Von mir aus«, meinte sie wenig begeistert, dafür umso lauter.

Ihr Mann sah ihr die ganze Zeit über beim Aufräumen seiner Hinterlassenschaften zu und kratzte sich währenddessen fortwährend am feingerippten Bauch. Noch immer verfolgte er seine Gattin mit Blicken, bis diese aus dem Wohnzimmer verschwand.

In Momenten wie diesen war Sandra heilfroh, dass sie Single war. Wäre da nicht ihr Kinderwunsch gewesen, hätte sie die Suche nach dem Richtigen sowieso längst aufgegeben. Wenn nicht bald ein Wunder geschah, würde sie wohl bis ans Ende ihrer Tage kinderlos bleiben. Vielleicht war es ohnehin besser so. Oder sollte sie es doch noch mal mit Online-Dating probieren? Immerhin hatte sie auf diesem Weg einen Partner für ihren Exfreund Paul gefunden. Ob die beiden noch immer zusammen waren, schweifte sie gedanklich immer weiter ab.

»Was woll'n S' denn eigentlich von uns?«, holte der Mann sie aus ihren privaten Überlegungen in sein altmodisches Wohnzimmer zurück.

Sandra nahm ungefragt auf dem einzigen Fauteuil Platz, sodass Bergmann gezwungen war, sich entweder neben den Hausherrn auf die Couch zu setzen oder stehen zu bleiben. Offenbar bevorzugte er die zweite Variante.

»Wir möchten Ihnen ein paar Fragen zu Ihrer Nachbarin Monika Thaller stellen«, erklärte Sandra. »Aber warten wir besser, bis Ihre Frau wieder hier ist.«

»Wegen der Monique san S' da, aha … Hat s' leicht was mit der verbrannten Frau zu tun? Oder ist sie's am End gar selber?« Der Mann schien eher neugierig denn beunruhigt zu sein. Sein schwergewichtiger Oberkörper blieb regungslos auf der Lehne der Couch kleben, die Fernbedienung noch immer fest in seiner Hand.

Während seine Fragen unbeantwortet im Raum stehen blieben, holte sich Bergmann einen Stuhl vom nahen Esstisch und platzierte ihn zwischen dem Couchtisch und dem Fernseher, sodass er dem Hausherrn nun gegenübersaß.

Sandra fiel auf, dass der Mann den Griff um die Fernbedienung zwar lockerte, sie aber erst beiseitelegte, als seine Frau ihm das Glas mit seiner Weinmischung reichte.

»Schaut aber schon sehr dünn aus«, reklamierte er den Weißen Spritzer, argwöhnisch gegens Licht durchs Henkelglas stierend.

»Ist ja auch ein Sommerspritzer«, erklärte ihm seine Frau. Ein strenger Blick genügte, dass er sich geschlagen gab und den Ermittlern zuprostete, die ihrerseits Zitronenlimonade serviert bekamen.

Den picksüßen Saft hätte Sandra am liebsten wieder ins Glas zurückgespuckt, wovon sie jedoch aus Höflichkeit absah. Stattdessen würgte sie den ersten Schluck hinunter, fest entschlossen, keinen weiteren mehr zu trinken. Selbst dann nicht, wenn sie hier verdursten sollte.

Bergmann schien die Süße nichts auszumachen. Dank der vielen gezuckerten Kaffees, die er sich tagtäglich einverleibte, war er wohl daran gewöhnt. Der drahtigen Figur des 40-Jährigen hatte das bisher kaum etwas anhaben können. Zum einen lag das wohl an seinen Genen, zum anderen joggte er fast jeden Morgen. Neuerdings hielt er sich auch wieder mit Taekwondo fit, hatte er Sandra erst kürzlich verraten. Auch, dass er es in dieser Kampfsportart als junger Mann bis zum braunen Gürtel gebracht hatte. Der höchste Grad vor dem Meister, der den schwarzen Gürtel tragen durfte. Gesund war der viele Zucker, den er konsumierte, trotzdem nicht. Aber das war sein Problem.

Die Frau ließ sich neben ihrem Mann nieder.

»Wohnt Frau Thaller allein im Haus nebenan?«, begann Sandra mit der Befragung.

»Ja«, bestätigte sie in unverminderter Lautstärke. »Eine

Weile hat s' mit einem Mann z'ammeng'lebt. Aber der ist längst wieder über alle Berge«, erzählte sie.

Vielleicht war es ja die Frau, die schlecht hörte und deswegen so laut sprach, überlegte Sandra. »Verheiratet waren die beiden nicht miteinander?«, fragte sie nach.

Die Frau verneinte. »Ich will ja nicht schlecht über die Monika reden, aber früher hat die ihre Männer öfter als der meinige die Unterhos'n g'wechselt«, erzählte sie.

»Ist das so?«, hakte Sandra nach.

»Na ja, wenn sich eine schon ›Monique‹ nennt. Muss ich Ihnen mehr sagen?« Wieder rollten ihre Augen im Kreis, ehe sie sich pikiert abwandte.

»Sprechen Sie ruhig aus, was Sie meinen«, griff Bergmann ihre Andeutung auf.

Die Frau sah ihn händereibend an. Endlich drosselte sie ihre Lautstärke ein wenig. »Die Monika war früher mal eine Professionelle … Sie wissen schon«, wurde sie etwas deutlicher.

»Sie hat als Prostituierte gearbeitet?«, brachte es der Chefinspektor auf den Punkt.

Die Alte nickte jetzt mit einem Gesichtsausdruck, als wäre ihr der Beruf ihrer Nachbarin über alle Maßen peinlich. Vermutlich war er ihr das sogar. Als ob man sich die Nachbarn oder gar deren Beruf hätte aussuchen können.

»Die Monique war in einem Nachtclub in Loipersdorf. Bis sie ihren Freund kenneng'lernt hat«, erklärte der Mann, ebenfalls in verschwörerischem Tonfall.

Für Sandra klang es, als hätte er dort selbst schon das Vergnügen mit seiner Nachbarin gehabt.

Der missbilligende Blick seiner Frau bekräftigte diesen Eindruck. »Du sollst sie doch nicht mehr ›Monique‹ nennen«, rügte sie ihn und schlug ihm mit der flachen Hand auf den dürren Oberschenkel, dass es nur so klatschte.

»Wie lange wohnt Frau Thaller schon nebenan?«, fragte Sandra.

»Es ist ihr Elternhaus, in dem sie aufg'wachsn ist«, erwiderte die Frau. »Mit 18 ist sie aus'zogn und vor einigen Jahren wieder ein'zogn, nachdem ihr Vater g'storbn ist und ihre Mutter in eine kleinere Wohnung in Fehring übersiedelt ist. Vier Jahre muss das jetzt her sein.«

Sandra notierte sich den Namen der Mutter. »Und womit hat Ihre Nachbarin zuletzt ihr Geld verdient?«, fragte sie.

»Angeblich war sie beim Exfreund angestellt, einem Gärtner ... Seit der weg ist, aber nimmer. Dafür schaut der Garten da drüben jetzt aus, dass einer Sau graust. Obwohl die Monika jetzt eh arbeitslos ist und genügend Zeit hätt', sich darum zu kümmern. Na ja, einmal Schlamp'n, immer Schlamp'n. Lange dauert's bestimmt nicht, bis die wieder anschaffen geht. Wenn sie es nicht eh schon längst wieder tut. Aber eines sag ich Ihnen: Sollt' ich draufkommen, dass die nebenan als Hur' arbeitet, zeig ich sie an. Schließlich wohnt auf der anderen Seite eine Familie mit kleinen Kindern. Die sind aber grad in den Ferien.«

»Von mir aus brauchen die gar nimmer z'ruckkommen. Was die für einen Krach machen auf dem depperten Trampolin. Ich sag ja nix, wenn's leise hupfen. Aber Fußball spielen in dem Käfig und stundenlang umanandplärren. Direkt neben meiner Terrasse. Da geht ma des G'impfte auf«, beschwerte sich der Mann.

»Frau Thallers Exfreund ist Gärtner?«, unterbrach Sandra seine Tirade.

»Er hat eine Firma in Fürstenfeld. ›Grünräume‹ oder so ähnlich«, erläuterte der Mann.

»Er ist Ausländer«, betonte die Frau. »Also nicht, dass mich das grundsätzlich stört. Ich mein, sind ja auch Menschen. Aber dieser Mufti wollt sich einfach nicht intrigier'n bei uns.«

»*In-te-grie-r'n*«, verbesserte sie der Mann.

»Von mir aus … Auf alle Fälle wollte er nix mit uns zu tun ham«, meinte sie.

Das konnte Sandra nachvollziehen.

»Er war ein Perser oder so was«, erklärte der Mann.

»Hab ich ja g'sagt, ein Mufti«, wiederholte die Frau. Ob sie nun wusste, dass ein Mufti ein islamischer Rechtsgelehrter war, oder nicht, der Begriff war zweifelsfrei abwertend gemeint.

»Wenigstens hat er sich nicht in den Streit um unsere Kirchenglock'n eing'mischt«, sagte der Mann.

»Das wär ja noch schöner … Ich mein, was geht einen Antichristen wie den unsere Kirche an?«

Wieder ein Wort, das die Frau falsch benutzte.

»Nix. Außerdem ist er den Lärm ja eh g'wöhnt. So ein Muezzin, der den ganzen Tag von der Moschee owiplärrt, is ja a ned grad leise«, sagte er und lachte über seinen Witz, den nur er lustig fand.

»Was denn für eine Moschee?«, herrschte seine Frau ihn an. »Wir sind hier noch immer katholisch. Und das wird auch so bleiben.«

In Ewigkeit, Amen, dachte Sandra und ließ sie weiterreden.

»Seit wir unsere Lourdes-Grotte und den Weg der Heiligen Bernadette ham, sind wir sogar ein Wallfahrtsort. Beides ham wir unserm alten Herrn Pfarrer zu verdanken«, erklärte die Frau stolz. »Genau wie die neuen Kirchenglock'n. Wer hätt' sich denn denken können, dass ausgerechnet die ihn am End' aus'm Dorf vertreiben?« Der Begeisterung folgte ein Stoßseufzer. »Was das für ein großartiger Pfarrer war«, fuhr sie fort. »Seine Gottesdienste war'n immer bummvoll. Sogar unsere Jugend hat er wieder in die Kirch'n 'bracht«, ereiferte sie sich.

»Und ned nur die, auch die Pilger sind busseweise ang'reist«, fügte der Mann hinzu. »Aber damit ist es leider vorbei. Wegen die paar Tocker, denen unsre neuen Glock'n zu laut läut'n … *Die* hätt'n fortgeh'n soll'n und ned unser Herr Pfarrer.«

»Sie ham doch bestimmt schon von unserm singenden Pfarrer g'hört?«, fragte die Frau.

Bergmann warf die Stirn in Falten, wohingegen Sandra nickte. Der »singende Pfarrer« von Unterlamm war weit über die Grenzen der Steiermark hinaus bekannt. Nicht nur, weil er die Volksmusik-Charts gestürmt und vor einigen Jahren sogar den dritten Platz beim Grand Prix der Volksmusik belegt hatte. Auch wegen des Streits um die neuen Kirchenglocken, die er angeschafft hatte. Einigen Anrainern läuteten diese nämlich zu oft und zu laut, weshalb sie sich veranlasst sahen, den überaus beliebten wie auch beneideten Gottesdiener zu verklagen. Die Mehrheit der Bevölkerung stand zwar hinter ihm und seinen – für das kleine Dorf überdimensionierten – Kirchenglocken, dennoch oder gerade deshalb eskalierte der Streit, der die Bewohner spaltete. Selbst der einschreitende Diözesanbischof aus Graz-Seckau vermochte nicht mehr zu schlichten. Und so kam es, wie es kommen musste. Der umstrittene Herr Pfarrer warf das Handtuch, zog fort und sorgte nunmehr für die ihm anvertrauten burgenländischen Seelen. Seither hatte Sandra weder von dem Priester noch von seinen populären, aber wenig standesgemäßen Sangeskünsten gehört, die vor allem in Kirchenkreisen für Zwiespalt sorgten.

War es möglich, dass dieser Zwist mit dem Verschwinden zweier Frauen und einer Brandleiche in Oberlamm zusammenhing? Auch wenn der Pfarrer längst über alle Berge war, schwelte der Konflikt um die Kirchenglocken offenbar noch immer in der Bevölkerung. »War Frau Thaller auf der Seite des Pfarrers? Oder auf der gegnerischen?«, erkundigte sich Sandra.

»Die Monika hat sich da außig'haltn«, antwortete der Mann.

»Wundert dich das? Wann hast sie denn das letzte Mal in der Kirch'n g'sehn?«, fragte die Frau schnippisch.

Der Mann zuckte mit den Schultern. »Wahrscheinlich hat ihr's der Mufti verboten. Aber seit unser Herr Pfarrer fort ist, geh ich ja auch nimmer in die Kirch'n.«

»Dann war Frau Thaller also nicht in diesen Konflikt involviert?«, fragte Sandra.

Der Mann schüttelte den Kopf, wohingegen seine Frau die Frage ignorierte.

Demnach gab es keinen Grund, warum ausgerechnet Monika Thaller wegen dieses Glockenstreits hätte verschwinden oder gar getötet werden sollen, überlegte Sandra. Und Andrea hatte ganz bestimmt nichts mit dieser Angelegenheit zu tun.

»Die Monika war eigentlich a recht a Liabe«, unterbrach der Mann ihre Gedanken.

»Dir g'falln ja alle jungen Weiber. Sogar eine Hur', die von oben bis unten peckt is wie die. Pfui Deixel«, keppelte die Alte schon wieder drauf los.

Der Mann warf dem Chefinspektor einen Hilfe suchenden Blick zu, der an diesem reaktionslos abprallte.

Sandra zog derweil das Foto der Tätowierung des Brandopfers aus der Tasche und streckte es der Frau entgegen. »Haben Sie diese Tätowierung schon einmal gesehen? Vielleicht auf dem Rücken Ihrer Nachbarin?«

Das Foto betrachtend, schüttelte sie den Kopf. »Und was sagst du dazu? Du hast die Monika ja immer beobachtet.« Während sie das Foto an den mutmaßlichen Schwerenöter an ihrer Seite weiterreichte, bedachte sie ihn über ihren Brillenrand hinweg mit einem giftigen Blick.

»Ich hab die Monika schon seit Wochen nimmer g'sehn«,

wehrte sich der Hausherr, ohne das Polizeifoto eines Blickes zu würdigen. Stattdessen legte er es vor sich auf den Couchtisch und griff zu seinem Spritzerglas.

»Wahrscheinlich ist sie auch auf Urlaub«, meinte die Frau.

»Ihr Auto steht aber vorm Haus«, wandte der Mann ein und drückte seiner Frau das leere Glas in die Hand.

Die stellte es kommentarlos auf dem Couchtisch ab. »Sie kann ja auch den Zug oder den Flieger g'nommen ham«, entgegnete sie.

»Oder sie ist tot.« Der Mann blickte von Bergmann zu Sandra und wieder zurück.

»Tot?«, kreischte die Frau auf. »Was red'st denn für einen Schmarr'n? Wieso denn tot? Stimmt das? Ist unsre Nachbarin tot?«, wandte sie sich an die Ermittler.

»Setzen Sie bitte keine Gerüchte in die Welt«, warnte Sandra. »Wir wissen nicht, wo sich Frau Thaller derzeit aufhält. Deshalb sind wir ja hier. Gehört der rote Toyota Yaris Ihrer Nachbarin?«

Das Ehepaar nickte synchron. Wenigstens in dieser Frage waren sie sich einig.

»Wann genau haben Sie Frau Thaller zuletzt gesehen?«, wollte Sandra wissen.

»Vor vier Wochen circa«, meinte der Mann. »So genau kann ich das nicht sagen.«

Seine Frau stimmte ihm neuerlich zu.

Zur Höhe des Grases im Garten nebenan passte diese Aussage, überlegte Sandra. Wie auch zum Datum der zerfetzten Zeitung. »Wer kümmert sich eigentlich um ihre Katze, wenn sie verreist ist?«

»Keine Ahnung, wer sich um das Drecksviech kümmert«, erwiderte der Mann. »Wir ganz g'wiss ned.«

»Wir ham der Monika schon im letzten Sommer verbot'n, dass s' die Katz' zu uns umi lasst«, erläuterte die Frau.

»Die hat uns den ganzen Garten zug'schissn und die Beete um'grabn. Drei Vögel hat's ab'kraglt … Auf mei'm Grund und Boden«, echauffierte sich der Mann, was nicht ohne sichtbare Folgen blieb.

Sein Kopf lief dermaßen rot an, dass Sandra befürchtete, er könnte jeden Moment explodieren. Er wäre nicht der erste Zeuge gewesen, der während einer Befragung einen Infarkt erlitt. Deshalb wechselte sie lieber das Thema. Sie würde später im Tierschutzhaus anrufen, damit sich jemand um die Katze kümmerte. »Und wann haben Sie den ehemaligen Lebensgefährten von Frau Thaller zuletzt gesehen?«, wandte sie sich an die Frau.

»Seit er weg'zogn ist nimmer«, sagte sie.

Diesmal war es der Mann, der zustimmend nickte.

»Und wann war das?«, fragte Sandra.

Die beiden Eheleute sahen einander an.

»Das muss im Dezember g'wesn sein«, antwortete die Frau als Erste. »Kurz nachdem unser Herr Pfarrer fort ist. Erinnerst dich noch?«

Der Mann bejahte ihre Frage. »Stimmt. Das war vor Weihnachten«, bestätigte er.

»Diese Muftis feiern ja kein Weihnachten. Die arme Monika …« Die Frau zeigte unerwartet Mitgefühl.

»Hat dieser Herr Mufti auch einen bürgerlichen Namen?«, mischte sich Bergmann genervt ein.

»Amir Mera … Merziradi«, antwortete die Frau.

»Merizadi«, korrigierte sie der Mann schon wieder.

»Ich kann mir diese ausländischen Namen so schlecht merken«, entschuldigte sich die Frau, während Sandra sich den richtigen Namen notierte.

Sie war zuversichtlich, dass sie den Unternehmer rasch finden würden. Falls er sich nicht ebenso in Luft aufgelöst hatte wie Andrea und deren Freundin Monika. »Ist Ihnen in letzter Zeit irgendetwas Verdächtiges aufgefallen? Waren fremde Leute nebenan? Oder ist wer ums Haus geschlichen? Haben Sie vielleicht ungewöhnliche Geräusche wahrgenommen? War irgendetwas anders als sonst?«, fragte sie. Wenn jemand etwas beobachtet hatte, dann bestimmt dieser Mann. Doch der schwieg. Und schielte nicht zum ersten Mal auf das Foto, das vor ihm lag.

»Seit der Muf … Merzarani aus'zogen ist, ist die Monika immer komischer wor'n. Wir ham dann auch Probleme mit ihr g'habt, wegen ihrer lauten Musik. Aber in den letzt'n Monaten war sie ja kaum noch daheim. Und seit ein paar Wochen dann gar nimmer«, berichtete die Frau.

»*Me-ri-za-di*«, dozierte der Mann erneut.

»Ist doch wurscht.«

Bei diesen Nachbarn wunderte es Sandra nicht, dass Monika Thaller nicht oft daheim war. Die beiden wären für sie Grund genug gewesen fortzuziehen. Sie war froh, dass sie in der Stadt lebte, auch wenn Graz in Bergmanns Augen nur ein Dorf war. Ihre Nachbarn sah Sandra jedenfalls nur selten. Am häufigsten noch die alte Frau Gangl. Und die verhielt sich wie die übrigen Nachbarn, die sie kannte, stets unverbindlich freundlich. »Haben Sie diese Tätowierung an Ihrer Nachbarin schon einmal gesehen?«, wiederholte sie ihre Frage und tippte auf das Foto. »Oder haben Sie irgendetwas anderes beobachtet?«, ließ sie nicht locker.

»So red schon, wennst was zum sagen hast«, forderte ihn seine Frau auf. »Früher oder später erfahr ich's ja eh.«

Bergmann stellte sein leeres Limonadenglas auf dem Couchtisch ab und sah auf die Uhr. »Wir können Sie auch zu einer hochoffiziellen Einvernahme nach Graz vorladen, wenn Ihnen das lieber ist«, schlug er vor. »Es ist ohnehin schon spät.«

Schnaufend setzte der Mann seine Brille auf, um das Foto genauer zu betrachten. »Na schön … Am Rücken von der Monika war das nicht«, meinte er.

»Sicher nicht?«, fragte Sandra.

»Ich hab's noch nie g'sehn.«

»Das ist doch ein Vogel.« Die Frau tippte mit dem Zeigefinger auf das Foto.

»Na und?«

»Na und?«, wiederholte Bergmann ungeduldig.

»Na nix und … Oder doch: Nach dem Merizadi hat's einen neuen Kerl geb'n, der's der Monika besorgt hat. Und zwar anständig«, erzählte der Mann und reichte das Polizeifoto an seine Frau weiter, die es wiederum Sandra zurückgab.

»Sie meinen, sie hatte einen neuen Freund, nachdem Herr Merizadi ausgezogen ist?«, fragte sie.

Der Mann nickte.

»Wahrscheinlich war's ein Freier«, mischte sich die Frau schon wieder ein.

Der Mann zuckte mit den Schultern. »Auf alle Fälle hat sie ihren Spaß mit ihm g'habt.« Mit dem Handrücken wischte er sich den Schweiß von der Stirn.

»Erinnern Sie sich noch, wie oft und wann der Mann zu Besuch bei Ihrer Nachbarin war?«, hakte Sandra nach.

»Dreimal war er bei ihr im Dezember. Dann ist er nimmer kommen. Und sie war auch nur mehr selten z'aus.«

»Zug'schaut hast ihnen, du Saubartl. Und mich greifst schon seit Jahr'n nimmer an …« Die Frau stieß ihrem Mann den Ellenbogen in die gut gepolsterten Rippen.

»Aua! Das geht doch niemand was an«, protestierte er.

»O ja, mich geht's was an«, entgegnete die Frau.

Sandra räusperte sich. »Und es war immer derselbe Mann, der mit Ihrer Nachbarin intim war?«, ging sie dazwischen.

Schmollend nahm die Frau ihre Brille ab.

»Ja.«

»Wie sieht er aus?«

»Noch ärger 'peckt wie sie. Am Rücken hat er einen Vogel g'habt, glaub ich. Der war aber nicht so bunt wie der da. Eher schwarz.« Der Mann deutete auf das Foto.

»Können Sie sich noch an andere Motive erinnern?«

Der Mann überlegte.

»Der hat doch bestimmt nur auf die Monika g'schaut«, unkte die Frau erneut.

»Wie alt war der Mann ungefähr?«, beeilte sich Sandra, dem drohenden Ehestreit zuvorzukommen.

»Ende 30, Anfang 40, schätz ich. Groß war er und stark. Auch untenrum, wenn Sie versteh'n, was ich mein' ... Dunkle Haare hat er g'habt und einen Vollbart«, antwortete der Mann. »Auf solche Typen ist die Monika offenbar g'standn.«

»Muss ich mir das eigentlich anhör'n?«, fragte seine Frau auf einmal weinerlich.

»Wie schon gesagt: Wir können Sie gerne auch getrennt voneinander in Graz befragen«, wiederholte Bergmann.

»Jetzt reg dich ab. Schau'n is ja wohl ned verboten. Hätten s' halt die Vorhänge zu'zogn«, sagte der Mann.

Die Frau schüttelte gequält den Kopf.

Sandra las noch einmal die Beschreibung des Mannes von ihren Notizen ab, die sie spontan an Laszlo Nemeth erinnerte. Wenngleich diese recht vage war, und es in letzter Zeit immer mehr Männer mit Vollbart und Tätowierungen gab. »Sie sagten, der Mann war stark. Meinen sie übergewichtig?«

Der Mann verneinte. »Eher so ein Cornetto.«

»Muskulös also. Hatte er Piercings? Oder Ohrringe?«, fragte sie weiter

»Könnt schon sein. Aber eher nicht.«

»Sie haben nicht zufällig ein Foto oder ein Video von dem

einen oder anderen Schäferstündchen Ihrer Nachbarin?«, fragte Bergmann.

Der Mann wäre nicht der erste Spanner gewesen, der seine Beobachtungen festhielt, um sich jederzeit daran erfreuen zu können. Manch einer verkaufte derlei pornografisches Material sogar unter der Hand, ohne dass die Protagonisten etwas davon mitbekamen.

Die Frage war dem Mann sichtlich unangenehm. »Was? Ich bin ja kein Perverser«, protestierte er.

»Sagt wer?«, erwiderte seine Frau wie aus der Pistole geschossen.

»Ich hielte es tatsächlich für besser, wenn Sie jetzt das Zimmer verlassen, damit wir Ihren Mann allein weiterbefragen können«, sagte Bergmann streng.

Ohnehin hatte es vergleichsweise lang gedauert, bis sein Geduldsfaden gerissen war, fand Sandra.

»Ich sag eh nix mehr«, lenkte die Frau ein, wieder in diesem beleidigten, weinerlichen Tonfall, der sie an ihre Mutter erinnerte.

Der Mann versicherte beim Leben seiner Frau, kein Bildmaterial der Nachbarin oder von deren sexuellen Handlungen zu besitzen. Er hatte auch keinen blassen Schimmer, wer dieser Mann war oder woher er kam. Er wusste nur, dass er einen schwarzen Volvo fuhr. Keinen Kombi, sondern eine Limousine. Älteres Modell. Mit einem FF-Kennzeichen für Fürstenfeld. An das sich weder er noch seine Frau genau erinnern konnte. Immerhin grenzte sein Hinweis die Fahrzeuge ein, deren Halter zu überprüfen waren.

»Und Sie haben diesen Mann nie gesehen?«, wandte sich Sandra an die Frau.

»Ich? Na ja … Wenn Sie mich so direkt fragen, ein-, zweimal schon.«

Also doch. Und warum musste man ihr das erst aus der

Nase ziehen? Allmählich verlor auch Sandra die Geduld. »Können Sie noch etwas zur Beschreibung des Mannes beitragen?«, fragte sie.

Wieder beleidigtes Kopfschütteln.

»Die Monika hat g'raucht. Womöglich Haschisch«, fiel dem Mann noch ein.

Im Haus der Nachbarin waren die Ermittler zwar auf handelsübliche Zigaretten gestoßen. Drogen waren ihnen jedoch keine untergekommen. Die konnten aber auch so gut versteckt sein, dass sie erst auftauchten, wenn die Tatortgruppe das Haus gründlich auseinandernahm.

Die vermisste blonde Frau auf dem Handyfoto, das Sandra herzeigte, wollte der Mann nicht wiedererkennen. Auch nicht, als sie erwähnte, dass Andrea früher einmal als Bardame im »Sodom und Gomorra« gearbeitet hatte. Vor seiner Frau bestritt er vehement, dieses Etablissement jemals in seinem Leben betreten zu haben. Ob das nun der Wahrheit entsprach oder nicht: Zwischen damals und dem Handyfoto von letzter Woche lagen mindestens 14 lange Jahre. In einem solchen Zeitraum vergaß jeder das eine oder andere Gesicht, das er seither nicht mehr gesehen hatte. Der Mann konnte sich aber an das blonde, großgewachsene Mädchen erinnern, mit dem Monika Thaller früher im Garten gespielt hatte. Vor allem Gummihüpfen hatte es ihnen angetan. Dem alten Spanner vermutlich auch.

Dafür glaubte die Frau, sich an die erwachsene Andrea erinnern zu können. Nach einem Arztbesuch wollte sie sie zusammen mit Monika Thaller in einem Kaffeehaus in Fürstenfeld gesehen und wiedererkannt haben. Angesprochen hatte sie die beiden aber nicht. Wann das gewesen war, konnte sie leider auch nicht mehr sagen. Irgendwann im letzten Herbst, schätzte sie. Ganz sicher wusste sie hingegen, dass ihr Mann zur Tatzeit noch in ihrem Ehebett geschlafen hatte, während sie in der Küche Kaffee getrunken und die Zeitung gelesen hatte.

Ohnehin hielt Sandra keinen der beiden für tatverdächtig. Und wenn sie noch so bösartige, streitlustige Zeitgenossen waren. Einen Menschen zu ermorden, war noch mal eine ganz andere Geschichte. Sie legte ihre Visitenkarte auf den Tisch. Für den Fall, dass ihnen doch noch etwas einfiel.

Vor dem Haus blies Sandra hörbar Luft aus.

»Was für ein reizendes Ehepaar«, meinte Bergmann, als sie nebeneinander auf den Dienstwagen zustrebten.

»Ich rufe das Tierschutzhaus an«, sagte Sandra, ohne auf seine Bemerkung einzugehen.

»Meinst du, dass sie die beiden aufnehmen?« Bergmann zeigte hinter sich.

»Die werden sich hüten.« Sandra entriegelte die Türschlösser und stieg in den Wagen ein. Drinnen wählte sie die Nummer des Tierschutzhauses, während Bergmann die Fahndung nach Monika Thaller in die Wege leitete.

»Und jetzt?«, fragte sie, nachdem beide Gespräche beendet waren. »Meinst du, es könnte sich um Laszlo Nemeth handeln, den die beiden bei ihrer Nachbarin gesehen haben?«

»Dann müsste er in den letzten Monaten aber einige Kilos zugelegt haben«, sagte Bergmann und griff nach seinem Sicherheitsgurt. »Überprüfen wir doch mal sein Alibi.«

»Bei dieser Gelegenheit werde ich seine Freundin auch gleich fragen, ob er einen Vogel auf dem Rücken hat.« Sandra schnallte sich ebenfalls an und startete den Motor.

»Lass uns rasch noch was essen, bevor wir heimfahren«, sagte Bergmann.

»Buschenschank?«, fragte Sandra.

»Von mir aus. Ich tippe ja auf einen ganz anderen Täter.«

Sandra sah den Chefinspektor an. »Amir Merizadi?«

Bergmann nickte.

»Warum?«

»Na, der Mörder ist doch immer der Gärtner.« Bergmann verzog keine Miene.

Sandra verdrehte die Augen und fuhr los. Wenn Andrea nicht noch immer spurlos verschwunden gewesen wäre, hätte sie über seinen Witz vielleicht lachen können.

»Auf alle Fälle sollten wir uns diesen Merizadi schleunigst vornehmen«, setzte Bergmann hinzu.

»Ich kümmere mich gleich morgen früh um seine Einvernahme«, sagte Sandra und bremste den Wagen an der Kreuzung ab.

Bergmann begrüßte den Staatsanwalt.

# KAPITEL 15

Sie fühlte sich wie gerädert, als sie erwachte. War es Tag oder Nacht? Das Licht war eingeschaltet. Ihr Magen knurrte. Außerdem war sie durstig. Aber alles war besser als diese Kopfschmerzen. Momentan pochten sie nur ganz leise in ihrem Hinterkopf.

Ihre Position war unbequem. Sie lag auf dem Bauch. In einem weißen Nachthemd. An die Pritsche gebunden. Keine Chance, sich umzudrehen. Sie musste eingeschlafen sein. Oder hatte sie von den Kopfschmerzen das Bewusstsein verloren.

Was hatte dieser Irre mit ihr vor? Warum tätowierte er sie? War er der Mann, den Monique heiraten wollte?

Sie hätte nicht hierherkommen dürfen. Sondern sich an ihre Pläne halten sollen. Sie würde jetzt am Pool liegen. Mit einem eisgekühlten »Steirermadl« in der Hand. Oder sich massieren lassen. Sex haben. Und fein essen.

Stattdessen hatte sie ihm geglaubt. Sich von ihm überreden lassen. Auf einmal war es zu spät gewesen. Sie hatte gerade noch Sandra anrufen können. Als er ihr das Handy aus der Hand schlug. Danach Filmriss.

Etwas musste in diesem Apfelsaft gewesen sein. Der nach Seife schmeckte. Wie das Wasser, das er ihr später zu trinken gab. Etwas, das entsetzliche Kopfschmerzen auslöste. Sie durfte nichts mehr davon trinken. Wie lange konnte ein Mensch ohne Flüssigkeit überleben? Drei Tage, eine Woche? Sie hatte nicht vor, es am eigenen Leib herauszufinden.

Da! Da waren sie wieder. Die Schritte. Dann der Schlüssel, der sich im Schloss umdrehte.

Plötzlich ein himmlischer Duft nach Gebackenem. Schnitzel? Backhendl? Halluzinierte sie schon?

Er stellte das Tablett auf den Tisch. Löste ihre Fesseln. »Du musst was essen«, sagte er. »Wir haben heute noch viel vor.«

Sie setzte sich auf. Rieb sich die Handgelenke. Was auch immer du planst, dachte sie. Zuerst esse ich dieses Backhendl.

Er füllte ihr Glas aus der Mineralwasserflasche.

»Ist da wieder dieses Mittel drin? Ich kann das nicht trinken. Es macht mir schreckliche Kopfschmerzen.«

Er schüttelte den Kopf. »Trink!«

Was blieb ihr anderes übrig? Ängstlich trank sie den ersten kleinen Schluck Wasser.

# KAPITEL 16

## Mittwoch, 6. August

### 1.

Sandra telefonierte, als Bergmann zu seinem Arbeitsplatz schlich. Sein Blick ließ sie nichts Gutes erahnen. Entweder hatte er von Generalmajor Stickler gerade eine auf den Deckel bekommen, oder es war etwas anderes passiert, an dem er augenscheinlich zu kiefeln hatte. Möglicherweise beschäftigte ihn ja die Adoption seiner Tochter.

»Gut. Ich danke Ihnen für die Auskunft«, sagte Sandra und verabschiedete sich von der Zeugin, die sich auf den gestrigen Zeitungsaufruf bei der Hotline gemeldet hatte. Für heute war sie die letzte Anruferin, die sie zurückrief, um einen Hinweis zur Tätowierung des Mordopfers genauer zu hinterfragen. Doch auch dieses Gespräch konnte sie getrost ad acta legen, da die Frau das Tattoo des Phönix vor zwei Tagen an einem Mann in der Therme Loipersdorf gesehen haben wollte, den sie noch dazu nicht namentlich kannte. Momentan blieb den Ermittlern nicht viel übrig, als auf andere Zeugen zu hoffen, die ihnen brauchbare Hinweise lieferten, um die Tote endlich identifizieren zu können.

Eine passende Vermisstenmeldung war noch immer nicht eingelangt. Weder das Brandopfer noch Monika »Monique« Thaller schien jemandem abzugehen. Wenn es sich dabei nicht ohnehin um ein und dieselbe Person handelte, was Sandra für immer wahrscheinlicher hielt.

Am Nachmittag hatte sie mit Monika Thallers Mutter telefoniert. Den Kontakt zu ihr habe die Tochter nach einem Streit zu Weihnachten abgebrochen, nachdem sie ihr die geplatzte Hochzeit vorgeworfen habe, erzählte die Frau. Ein feiner Kerl sei er gewesen, der Amir. Einen besseren hätte die Monika gar nicht finden können, war die Mutter überzeugt. Noch dazu mit dieser Vergangenheit! Daraus, dass sie sich noch immer für die Berufswahl ihrer Tochter schämte, machte sie keinen Hehl. Trotzdem liebe sie die Monika und habe sie auch einige Male nach ihrem letzten Zerwürfnis angerufen, um sich mit ihr zu versöhnen. Doch sie sei nicht ans Telefon gegangen. Von Tätowierungen wollte die Mutter nichts wissen. Auch nicht von jener am Oberarm der Tochter. Zu Weihnachten habe sie einen langärmeligen Pullover getragen und auch zuvor niemals etwas von einem Tattoo erwähnt. Daher war Frau Thaller bisher auch nicht auf die Idee gekommen, bei der Brandleiche könne es sich um ihre Tochter handeln. An Andrea Neuhold konnte sie sich noch gut erinnern. Früher waren die Mädchen Busenfreundinnen gewesen, die vor allem die Liebe zu den Pferden verband. Von Monika wusste Frau Thaller, dass Andrea später nach Graz gezogen war. Ansonsten hatte sie nichts mehr von ihr gehört oder gesehen, bestätigte aber, dass sie als Monikas Trauzeugin hätte fungieren sollen. Sandra bat die Frau um einen Anruf, falls sich ihre Tochter bei ihr meldete. Umgekehrt wollte sie Frau Thaller anrufen, sobald es etwas Neues gab.

Die polizeiliche Fahndung nach Andrea war bislang ebenso ergebnislos verlaufen wie der Zeitungsaufruf. Dafür bestätigte Laszlo Nemeths Freundin, dass er am Sonntagmorgen zur Tatzeit zu Hause neben ihr geschlafen hatte. Außerdem sei auf seinem Rücken kein Vogel tätowiert, sondern ein Krieger, der mit einem Drachen kämpfte. Und übergewichtig sei er immer schon gewesen. Laszlo selbst versicherte neuerlich, keine Monika oder Monique Thaller zu kennen, geschweige denn, sie zu Hause besucht zu haben.

Der vielleicht wichtigste Zeuge weilte zurzeit im Ausland. Amir Merizadi verbrachte seine dritte Urlaubswoche in einer Finca auf Ibiza, hatte Sandra von seiner Assistentin erfahren. Bis zum kommenden Sonntag wollte er dort noch mit seiner neuen Freundin bleiben. Die Assistentin war sich ganz sicher, dass ihr Chef sich dort aufhielt, hatte er sich doch mehrmals zwischendurch bei ihr gemeldet. Außerdem hatte sie die Flugbuchungen selbst vorgenommen.

Sandra notierte sich die Flugdaten und kündigte ihren Besuch am Montagvormittag an, um den Firmenchef ehestmöglich nach seiner Rückkehr befragen zu können. Auch wenn er wegen dieses Auslandsaufenthaltes als Täter nunmehr ausschied, konnte er ihnen vielleicht neue Hinweise zu seiner Exfreundin liefern.

Inzwischen gab es weitere Neuigkeiten, von denen Bergmann noch nichts wusste. Sandra wollte ihm diese noch mitteilen, dann ihren Arbeitstag beenden. »Ich habe die Rufdaten von Andreas Handybetreiber bekommen«, berichtete sie. Ebenso die Auskünfte von Andreas Bank, die belegten, dass seit ihrem Notruf zwar die üblichen Abbuchungen durchgeführt worden waren, jedoch keine Zahlungen mit ihrer

Bankkarte getätigt oder auch Bargeldabhebungen stattgefunden hatten. Zuletzt hatte Andrea am vergangenen Samstag um 10.14 Uhr in Graz vollgetankt, einen Coffee-to-go, ein Käseweckerl und Zuckerl im Tankstellen-Shop gekauft, ehe sie ins Thermenland weitergefahren war.

Bergmann warf seine Stirn in Falten. »Und? Hast du mir dazu etwas zu sagen, oder muss ich raten?«, erwiderte er ungewohnt schroff.

Was war dem denn über die Leber gelaufen, fragte sich Sandra einmal mehr, den Blick auf die Protokolle gerichtet, die ausgedruckt und mit Notizen versehen vor ihr auf dem Schreibtisch lagen. Als der Chefinspektor das Büro verlassen hatte, um seinen Termin mit dem Landespolizeidirektor wahrzunehmen, war er für ihren Geschmack noch viel zu gut gelaunt gewesen. »Andrea hat am Samstag um 11.31 Uhr auf der Fahrt von Graz ins Thermenland ihre Freundin Monika am Handy angerufen und etwa zwei Minuten lang mit ihr telefoniert, während sie sich ihr von Großwilfersdorf über Söchau näherte«, blieb Sandra bei den Fakten, um Bergmann nicht weiter zu provozieren.

»Söchau …« Bergmanns Finger trommelten ungeduldig auf die Tischplatte.

»Wir sind gestern Abend dieselbe Strecke in die entgegengesetzte Richtung gefahren«, erläuterte Sandra.

»Ja und weiter?«

»Diese Route und das Telefongespräch mit der Freundin sprechen dafür, dass Andrea sie unterwegs treffen und erst danach nach Loipersdorf weiterfahren wollte. Andernfalls wäre sie vermutlich über Fürstenfeld ins Hotel Himmelreich gefahren. Das ist die direkte Strecke von Graz dorthin«, erklärte Sandra.

»Dann war Andrea also mit ihrer Freundin verabredet, bevor sie sich mit ihrem Gschamsterer in Loipersdorf treffen wollte«, rekapitulierte Bergmann, während er schon wieder auf sein Handy blickte, das keinen Ton von sich gab.

Als würde er auf eine wichtige Nachricht warten oder ständig nach der Uhrzeit sehen, dachte Sandra. Irgendetwas Wesentliches beschäftigte ihn gedanklich. So viel war sicher.

»Beim Haus ihrer Freundin in Unterlamm war Andrea aber nicht«, fuhr sie fort. »Eine knappe Viertelstunde nach diesem Telefongespräch, um 11.45 Uhr, war ihr Handy in Oberlamm eingewählt. Das war ihre letzte Station.«

»Und was schließt du daraus?«, fragte Bergmann.

»Andrea könnte auch mit jemand anderem beim Tatort verabredet gewesen sein.«

»Und warum hat sie ihre Freundin dann angerufen?«

»Entweder wollte sie Monika dorthin lotsen, oder sie waren bereits verabredet und Andrea hat ihr kurzfristig abgesagt. In Unterlamm war sie jedenfalls nicht. Auch mich hat sie etwa eine halbe Stunde später aus Oberlamm angerufen.«

Bergmann massierte sich beide Schläfen.

Vielleicht waren ja Kopfschmerzen die Ursache für seine miese Laune, überlegte Sandra.

»Andrea könnte ihre Freundin also am Tatort getroffen haben. Dort, wo sich die beiden in ihrer Jugend kennengelernt haben. Oder jemand anders«, fasste er zusammen. »Was ist mit den Handydaten von Monika Thaller?«

»Bekommen wir hoffentlich morgen.«

»Dann werden wir ja sehen, ob die beiden zum selben Zeitpunkt am Tatort waren.«

»Oder in der Nähe des Tatorts. Womit wir aber noch immer nicht wissen, ob Andrea dort auch ihren Entführer getroffen hat, der gleichzeitig auch der gesuchte Brandstifter und Mörder ihrer Freundin sein könnte.«

Bergmann schürzte die Lippen und nickte. »Zumindest wissen wir jetzt, dass nicht nur Andreas Auto, sondern auch sie selbst dort war. Oder wenigstens ihr Handy«, meinte er nachdenklich.

»Rund 19 Stunden vor dem Brand … Was ist in der Zwischenzeit passiert?«, fragte Sandra.

»War Andreas Notruf an dich denn ihr letzter Anruf?«, wollte Bergmann wissen.

»Ja«, bestätigte Sandra. »Danach war das Handy ausgeschaltet. Es könnte auch bei einem Kampf zu Bruch gegangen sein – so hat es sich für mich angehört. Oder der Akku wurde unmittelbar nach ihrem Notruf aus dem Gerät entfernt. Dass er plötzlich leer war, glaube ich am allerwenigsten.«

Bergmann starrte schon wieder auf sein Smartphone. »Sonst noch relevante Erkenntnisse?«, fragte er.

»Durchaus. Da wären noch zwei höchst interessante Telefonverbindungen wenige Tage, bevor Andrea verschwunden ist. Birgit Luttenberger hat sie zweimal angerufen. Am 28. und am 31. Juli.«

Bergmanns Blick wanderte von seinem Handy zu Sandra. »Moment mal, die Frau von Doktor Axel Luttenberger hat Andrea angerufen?«, fragte er überrascht.

Sandra nickte, während ihr suchender Blick und ihr Zeigefinger Zeile für Zeile über das Protokoll glitten. »Das erste Gespräch hat drei Minuten 42 Sekunden gedauert. Das zweite war mit 46 Sekunden deutlich kürzer«, berichtete sie.

»Da drängt sich einem doch die Frage auf, was die Ehefrau und die Geliebte des Herrn Doktor miteinander zu besprechen hatten«, meinte Bergmann.

»So ist es.«

»Dann knöpfen wir uns die Dame doch mal vor. Und ihren Gatten gleich dazu«, meinte Bergmann. »Gibt es sonst noch verdächtige Telefonverbindungen?«

Sandra überflog noch einmal die Liste und schüttelte den Kopf. »Soweit ich das beurteilen kann, nicht. Die Kollegen sind dabei, alle Kontakte von Andrea durchzurufen, die noch nicht befragt wurden.«

»Der Grundstücksbesitzer, der zur Tatzeit in London gewesen sein will, steht nicht zufällig auch auf dieser Liste?«

Sandra verneinte. »Überhaupt keine ausländischen Nummern.«

»Und wenn er außer seinem britischen noch ein heimisches Handy besitzt?«

Sandra schüttelte den Kopf. »Jedenfalls keines, das auf seinen Namen angemeldet ist. Außerdem ist sein Alibi wasserdicht. Ich habe zwei der Zeugen erreicht, einen weiteren um Rückruf gebeten. Beide Männer haben mir bestätigt, dass sie den Sonntag mit ihm zusammen im St. James Golf- und Countryclub verbracht haben. Auch der Clubmanager will unseren Grundbesitzer am Sonntagvormittag beim Abschlag gesehen haben. Mit dem konnte ich ebenfalls kurz sprechen.«

»Dann scheidet der Mann wohl endgültig als Verdächtiger aus. Und wenn Andrea einen Immobilienmakler am Tatort getroffen hat?«

Sandra schüttelte den Kopf. »Anni hat schon nachgeforscht, ob das Anwesen über einen Makler oder im Internet zum Verkauf angeboten wird. Fehlanzeige.«

Bergmann starrte schon wieder auf sein Smartphone.

Sandra erzählte ihm noch von ihrem Gespräch mit Monika Thallers Mutter. »Eigentlich hat sie mehr über ihren Beinahe-Schwiegersohn gesprochen als über ihre Tochter. Tatsächlich ist Monika Thaller seit Anfang Jänner arbeitslos gemeldet, hat aber seit März keine Kontrolltermine im AMS mehr wahrgenommen. Deshalb wurde ihr bis auf Weiteres das Arbeitslosengeld beziehungsweise die Notstandshilfe gestrichen. Bisher ist dort anscheinend noch niemand auf die Idee gekommen, dass der Frau etwas zugestoßen sein könnte.«

»Wundert dich das?«, fragte Bergmann. »Stell dir mal vor, die melden jeden Arbeitslosen abgängig, der einen Termin verpasst.«

Sandra zuckte mit den Schultern. »Die Nachbarn haben uns doch erzählt, dass Monika Thaller vor ihrem Verschwinden kaum noch beziehungsweise gar nicht mehr zu Hause war. Wenn sie keiner Arbeit nachgegangen ist, wo war sie dann? Bei ihrem neuen Freund?«

»Du meinst, beim mysteriösen Vogelmann, der sie gevögelt hat? Kann schon sein. Der muss aber noch lange nicht ihr Mörder sein. Warten wir mal ihre Handydaten ab. Vielleicht helfen die uns weiter«, meinte Bergmann.

»Und warum verzichtet sie auf das Arbeitslosengeld, das sie zuvor beantragt hat?«, fragte Sandra weiter.

»Vielleicht hat sie im Lotto gewonnen. Oder sie hat sich ihrer früheren, vermutlich lukrativeren Einnahmequelle besonnen und die Notstandshilfe nicht mehr nötig«, spekulierte Bergmann.

»Du glaubst, sie schafft wieder an?«, fragte Sandra. »Angemeldet ist sie nirgends. Das hat der Kollege von der Fahndung schon überprüft.«

»Das muss erstens nichts heißen. Und zweitens führt mich das wieder zu meinem Entführungsszenario zurück. Vielleicht wurden beide Frauen entführt, um als Zwangsprostituierte zu arbeiten«, meinte Bergmann.

Sandra konnte dieser Theorie noch immer nichts abgewinnen. »Das ›Sodom und Gomorra‹ wurde übrigens neu übernommen. Das Lokal firmiert jetzt als Gogo-Bar namens ›Pascha‹.« Pascha wie Sascha, dachte sie. War Bergmann privat wirklich noch nie in einem Bordell gewesen?

»Es hätte mich auch sehr gewundert, wenn sich keiner findet, der ein gut eingeführtes Rotlichtlokal übernimmt.«

»Ach ja?«

»Es gibt doch nirgendwo so viele Puffs und Laufhäuser wie in der Steiermark. Mal abgesehen von der Millionenstadt Wien«, sagte Bergmann und hatte damit recht. Kein anderes Bundesland konnte mit so vielen Bordellbetrieben und Rotlichtlokalen aufwarten wie das »grüne Herz Österreichs«. Was auch immer der Grund dafür sein mochte. Dafür existierte der Straßenstrich hierzulande so gut wie gar nicht mehr. »Ich kaufe dem alten Spanner-Nachbarn übrigens nicht ab, dass er ›Monique‹ nicht gevögelt hat. Auch wenn es schon ein paar Jährchen her sein mag«, setzte er hinzu. Wieder fiel sein Blick auf sein Smartphone.

»Spielt das denn eine Rolle?«, erwiderte Sandra und versuchte, das Bild des ungepflegten dicken Mannes mit den spindeldürren Beinen beim Sex aus ihrem Kopf zu verdrängen. »Einmal angenommen, es handelt sich bei dem Brandopfer um Monika Thaller, traust du dem alten Mann zu, dass er seine Nachbarin in den Pferdestall gelockt und bei lebendigem Leib angezündet hat?«, fragte sie.

»Wenn ihm seine Alte dabei geholfen hat, die unliebsame Nachbarin zu beseitigen, warum nicht? Zumindest hätten die beiden ein Motiv gehabt.«

»Du meinst ihre laute Musik? Ihr angebliches Lotterleben? Die Katze, die den Garten vollgackt? Ich weiß nicht …«

»Was ist mit Laszlo Nemeth?«

»Er hat zwar ein Alibi, aber kein besonders starkes.«

»Und sein Tatmotiv?«, fragte Bergmann.

»Beziehungstat? Vielleicht hatte er was mit Monika Thaller«, meinte Sandra. »Wir sollten uns seinen Rücken ansehen. Der angebliche Drache könnte ja doch ein Vogel sein. Oder aber der Alte hat sich geirrt und den Drachen für einen Vogel gehalten.«

»Mit Drachen müsste der sich doch bestens auskennen«, spielte Bergmann auf die Frau des Spanners an. »Was ist mit Merizadi? Ist der auch tätowiert?«, fuhr er fort.

»Seine Assistentin sagt, nein. Außerdem hat er im Gegensatz zu Laszlo Nemeth ein wasserdichtes Alibi.« Sandra erzählte Bergmann vom Telefongespräch mit Merizadis Assistentin. Für alle weiteren Informationen zu seiner Person blätterte sie in den Unterlagen. Auch wenn sie von der Lösung des Falles noch meilenweit entfernt zu sein schienen, waren die Akten bereits auf einen beachtlichen Umfang angewachsen. »Ach, da ist er … Amir Merizadi ist tatsächlich iranischer Abstammung. Er wurde 1970 in Teheran geboren«, berichtete sie. »Seine Eltern flüchteten1979 während der iranischen Revolution mit ihrem einzigen Sohn nach Österreich und suchten um Asyl an. Zuerst lebte die Familie in Wien, wo auch Amirs Schwester geboren wurde. 1983 zog die Familie Merizadi dann nach Graz. Der Vater fand dort eine Anstellung in der Grünraumpflege bei den Grazer Stadtwerken – der heutigen Holding Graz. Seinem Asylantrag war zu diesem Zeitpunkt bereits stattgegeben worden. 1988 wurde allen Familienmitgliedern die österreichische Staatsbürgerschaft verliehen. Im selben Jahr bestand Amir die Matura am Gymnasium. Nach dem Bundesheer studierte er dann an der BOKU in Wien Landschaftsplanung und Landschaftsarchitektur. Als fertiger Ingenieur kehrte er nach Graz zurück, arbeitete in den folgenden Jahren bei zwei privaten Unternehmen und machte sich schließlich in Fürstenfeld selbstständig. Zusammen mit seinem Partner betreibt er dort die Firma ›Grünträume‹, die in der Landschafts- und Gartenplanung sowie der Pflege von Grünanlagen tätig ist. Unter anderem zählen auch einige Thermen zu seinen Kunden.«

»Demnach ist der *Mufti* hier ja bestens *intrigiert*«, benutzte Bergmann noch einmal die Worte der bildungsfernen Zeugin aus Unterlamm, ohne dabei eine Miene zu verziehen.

Sandra musste grinsen. »Merizadi ist ein unbescholtener Staatsbürger. Es sind keine Vorstrafen registriert.«

»Wahrscheinlich hat der Herr Diplomingenieur noch nicht einmal eine Anzeige für Schnellfahren oder Falschparken auf dem Kerbholz«, meinte Bergmann.

»Den Brandmord kann er jedenfalls nicht begangen haben«, bezog sich Sandra noch einmal auf sein Alibi. »Dennoch hoffe ich, dass er uns etwas mehr über seine Exfreundin erzählen kann. Ich habe uns für Montag um 10 Uhr in seinem Büro in Fürstenfeld angekündigt.«

»Gut«, murmelte Bergmann und blickte erneut von seinem Handy auf.

Gut? Warum bedachte sie der Chefinspektor dann noch immer mit einer Leichenbittermiene, dass ihr angst und bang wurde. »Sag mal, was ist eigentlich los, Sascha? Warum starrst du dauernd auf dein Handy?«, fragte Sandra.

»Wolltest du nicht Feierabend machen?«, fragte Bergmann zurück.

»Ja, gleich … Ist etwas mit Sarah?«, blieb Sandra beharrlich.

»Nein, nein … Gar nichts ist los«, wiegelte Bergmann mit einer Handbewegung ab, ehe er hinter seinem Bildschirm Deckung suchte.

Von wegen gar nichts. Das konnte er seiner Großmutter erzählen. Sie spürte doch die ganze Zeit, dass ihn etwas bedrückte. Es musste Neuigkeiten geben, die er ihr verschwieg. Etwas, das sie nichts anging. Oder von dem er nicht wusste, wie er es ihr beibringen sollte. Etwas über Andrea? »So red endlich, Sascha. Bitte …«, forderte Sandra ihn auf.

Zögerlich tauchte Bergmann wieder hinter seinem Monitor auf. »Na schön, du erfährst es ja doch … Es gibt schon wieder einen Brand in Oberlamm«, rückte er endlich mit der schlechten Nachricht heraus.

»Was? Oh mein Gott …« Sandra fasste sich an den Mund. »Andrea?«

»Ich weiß noch nichts Konkretes, Sandra. Sobald es am Brandort etwas Neues gibt, werde ich umgehend verständigt.« Er hob demonstrativ sein Smartphone in die Höhe. »Bitte beruhig dich wieder und fahr nach Hause. Geh joggen, hab Sex oder lenk dich irgendwie anders ab.«

Beruhigen? Joggen? Sex haben? Während womöglich noch jemand verbrannte? Vielleicht sogar Andrea? Sandra sprang von ihrem Stuhl auf, um ihre Tasche zu holen. »Die Adresse«, presste sie hervor.

Wieder massierte Bergmann seine Schläfen. »Das bringt doch nichts, Sandra. Verdammt, ich hätte es dir nicht sagen sollen …«

»Die Adresse!«, setzte Sandra nach, während sie hastig in ihr ballonseidenes Blouson schlüpfte. »Ich fahr dort jetzt hin. Du brauchst ja nicht mitzukommen.«

Bergmann seufzte erneut und erhob sich nun ebenfalls von seinem Stuhl. »Kommt gar nicht infrage. In diesem Zustand fährst du nirgendwo ohne mich hin. Ich komme mit. Auch wenn das Feuer noch nicht gelöscht ist. Und wir gar nicht wissen, ob ein Mensch zu Schaden gekommen ist.«

»Du hältst es doch nicht für einen Zufall, dass es in Oberlamm schon wieder brennt?« Die eigene Stimme klang auf einmal fremd für Sandra, beinahe hysterisch. Sie musste sich zusammenreißen. Es nutzte niemandem etwas, wenn sie durchdrehte. Am allerwenigsten Andrea.

Bergmann schüttelte den Kopf und seufzte. »Nein, es ist kein Zufall. Das habe ich Stickler vorhin auch erklärt. Deshalb gibt es ab sofort eine SOKO, die sich morgen um 8 Uhr treffen wird. Anni wird das Team heute noch zusammentrommeln.«

Beim letzten Satz war Sandra bereits aus dem Büro gestürmt.

## 2.

Der Himmel war ebenso trüb wie die Gedanken, die Sandra einmal mehr ins Thermenland trieben. Die rasante Autofahrt durch den anfangs dichten Abendverkehr – wo erforderlich mit Blaulicht und Martinshorn – forderte ihre volle Konzentration und lenkte sie zumindest ein Stück weit ab. Bergmann bot ihr an, den Dienstwagen zu lenken, was Sandra vehement ablehnte. Ihre Nerven waren ohnehin schon zum Zerreißen gespannt. Da brauchte es nicht noch einen ungeübten, ortsunkundigen Fahrer, der sie mit seinem Fahrstil in den Wahnsinn trieb.

Unterwegs funkte der Chefinspektor den Einsatzleiter vor Ort an, der ihm bestätigte, dass der Brand noch immer nicht gelöscht war. Durch den Wind hatte sich das Feuer auf den umliegenden Wald ausgebreitet und drohte nun auf eine Siedlung überzugreifen. Soeben seien Löschhubschrauber zur Unterstützung angefordert worden, berichtete er. Auch wenn es ansonsten nichts Neues am Brandort gab, bestand Sandra darauf, hinzufahren. Sie konnte nicht in Graz bleiben und einfach abwarten.

Die ganze Fahrt über schwieg sie, während Bergmann abwechselnd auf den Verkehr, dann wieder besorgt zu ihr herüberblickte.

Die Rauchsäulen entdeckte Sandra zuerst. »Dort vorne.« Sie näherte sich der Windschutzscheibe, um den aufsteigenden Qualm in der Ferne besser sehen zu können. Ein Löschhubschrauber flog direkt darauf zu. In einer guten Stunde ging die Sonne unter. Spätestens dann mussten die Löscharbeiten aus der Luft wieder eingestellt und auf den nächsten Morgen vertagt werden, überlegte sie.

Auch Bergmanns Nase klebte nun an der Windschutzscheibe. »Bist du deppert … Was für ein Inferno! Dort drüben fliegt noch ein Heli«, kommentierte er das Geschehen.

Sandra schluckte und krallte ihre Hände fester um das Lenkrad, bis die Knöchel weiß hervortraten. Der Chefinspektor sollte nicht bemerken, dass ihre schweißnassen Hände jetzt auch noch zitterten.

An der ersten Polizeiabsperrung hielt sie an und sprang aus dem Wagen. Der Geruch, der ihr in die Nase stieg, war noch beißender als am letzten Brandort. Ihre Augen brannten nach wenigen Schritten. Aber das lag wohl auch am Schlafmangel. Selbst hier, in sicherer Entfernung zu den Flammen, spürte sie die Hitze. Der Hubschrauber, der über sie hinwegflog, toste in ihren Ohren. Zu allem Überfluss erkannte sie nun auch noch »Django« am Absperrband wieder.

»Stopp!«, schrie er ihnen entgegen und hob sein Funkgerät in die Höhe, als wäre es eine Handgranate, die er werfen wollte, falls sie sich seinem Befehl widersetzten.

Sandra ignorierte ihn und tauchte unter dem Absperrband hindurch. Vorzustellen brauchte sie sich dem Jungspund ja nicht mehr. Ganz bestimmt konnte er sich noch an sie erinnern.

Bergmann ließ sich von dem Provinzpolizisten erst recht nicht beeindrucken. Er folgte Sandra, während sich der Hubschrauber immer weiter entfernte. Und mit ihm der Lärm seiner Rotorblätter. Der zweite Helikopter schwebte in einiger Entfernung am Himmel, um seine Ladung wenig später über den Rauchschwaden zu vergießen.

»Bleibts steh'n!«, schrie Django sie neuerlich an, während sich Bezirksinspektor Großschädl ihnen näherte.

»Keine Sorge. Wir haben nicht vor, uns da drinnen grillen zu lassen«, meinte Bergmann, die Hände in den Hosentaschen seiner Jeans versenkt.

»Gibt's was Neues, Joe? Sind Menschen gefährdet oder zu Schaden gekommen?«, wandte sich Sandra an Großschädl.

»Bisher wiss' ma nix von Verletzten oder Toten. Die Wohnhäuser und Höfe im Umkreis hama schon evakuiert. Auch den Buschenschank.«

»Wie wär's mit noch mal nachfragen, ob es Neuigkeiten gibt?« Sandra zeigte auf das Funkgerät in der Hand des jungen Möchtegern-Sheriffs.

Der sah seinen Vorgesetzten an.

»Passt schon, Kevin«, meinte Großschädl. »Funk sie an.«

»Kevin … Und wie das passt …«, bezog sich Bergmann auf den Vornamen, der gerne verhaltensauffälligen jungen Männern zugeschrieben wurde. Weder diesem selbst noch seinem Vorgesetzten fiel diese Anspielung jedoch auf.

Minuten später wussten die LKA-Ermittler, dass das Feuer vermutlich bei einem Stadel auf einer Lichtung im Wald ausgebrochen war. Von dort hatte es sich auf die Bäume ausgebreitet. Trotz des Hagelunwetters, das gestern Nachmittag in der Region niedergegangen war und einige Ernteschäden hinterlassen hatte, war der Wald nach den letzten heißen Tagen so trocken, dass er wie Zunder brannte. Dazu kam noch der Wind, der die Flammen immer wieder von Neuem entfachte.

»Es ist sinnlos, hier zu warten, bis der Brand gelöscht ist«, sagte Bergmann zu Sandra gewandt.

»Ich rühre mich nicht von der Stelle, bis ich weiß, ob Andrea da drin ist«, sagte sie. »Und wenn ich die ganze Nacht hier stehen bleiben muss.«

Wieder sah Kevin seinen Vorgesetzten an. Der zuckte gelassen mit den Schultern. Schon beim letzten Einsatz am Sonntag hatte sich die Kriminalpolizistin aus Graz auffällig verhalten. Warum sollte es heute anders sein, schienen sich die beiden Männer einig zu sein. Wenn auch aus unterschiedlichen Gründen. Dem einen hatte Sandra eine Dienstaufsichtsbeschwerde angedroht, vor den Augen des anderen war sie am Tatort fast zusammengeklappt. Wenigstens hatten sie nicht mitbekommen, dass sie eine Stunde lang heulend im Dienstwagen gesessen war.

»Wo sind die evakuierten Anwohner?«, erkundigte sich Bergmann.

»Einige steh'n dort drüben. Auch Schaulustige, Buschenschankgäste und Presseleut' sind drunter.« Großschädls ausgestreckter Arm wies zu den Menschen hinter dem ersten Absperrband, von denen einige um ihre Häuser bangen mussten.

Sandra zählte insgesamt 21 Leute. Ihr Blick blieb an einem älteren Paar hängen. Kein Zweifel. Dort drüben standen auch Monika Thallers Nachbarn. Sie stupste Bergmann an, um ihn auf die beiden aufmerksam zu machen.

Er verdrehte grunzend die Augen.

»Kennen Sie das ältere Ehepaar dort drüben?«, wandte sich Sandra noch einmal an Großschädl.

Der Bezirksinspektor nickte. »Natürlich kenn ich die. Das sind die Nachbarn von der abgängigen Thaller Monika«, erklärte er ihr, was die LKA-Ermittler ohnehin schon wussten.

»Und wie sind die so?«, gab sich Sandra weiterhin unwissend.

»Na ja, wennst mich so fragst ... Das sind zwei alte Streithansln. Legen sich's mit Gott und der Welt an. Na ja, mit Gott vielleicht grad ned. Für unsern alten Herrn Pfarrer und seine Kirchenglock'n ham sie sich nämlich anständig ins Zeug g'legt. Dafür ham ihre Gegner nix zum Lachen. Außerdem ham sie sich auf ihre Nachbarn eing'schossn. Rufen ständig bei uns an, um sich wegen Ruhe- oder Besitzstörung zu beschweren.

Die Kirchenglock'n sind ihnen ned z' laut, dafür aber die spielenden Nachbarskinder und die Musik von der Monika. Vor ein paar Monaten ham s' behauptet, sie arbeitet als Prostituierte, weil s' Männerbesuch g'habt hat. Und wer zu schnell an ihrem Haus vorbeifahrt, der wird sowieso an'zeigt. Bei solchen Nachbarn brauchst echt kane Feind' mehr«, stöhnte er.

»Hat Monika Thaller außer den beiden noch andere Widersacher?«, fragte Sandra.

»Ihr wissts wahrscheinlich eh schon, dass die Monika früher in einem Bordell in Loipersdorf g'schöpft hat.«

Sandra nickte. »Andrea Neuhold hat dort auch kurz als Bardame gearbeitet.«

Großschädl war ihr nie begegnet. »Loipersdorf zählt ja nimmer zu meinem Revier.« Dafür waren die Kollegen in Fürstenfeld zuständig.

»Trotzdem weißt du vielleicht, woran der Bordellbesitzer damals gestorben ist«, sagte Sandra.

»Herzinfarkt. Mit Ende 50. Der hat aber auch nix aus'lassn, was Gott verbot'n hat. Alkohol, Drogen, Weiber sowieso.«

»Hat er Monika Thaller damals einfach so ziehen lassen?«, fragte Sandra. Kündigungen erwiesen sich in diesem Milieu ja oftmals als problematisch.

»Angeblich hat der Monika ihr Freund sie freigekauft. Das ist aber nur ein unbestätigtes Gerücht.«

»Amir Merizadi?«

»Genau der. Mit dem ist sie aber nimmer zammen«, sagte Großschädl.

»Hat sie jetzt einen neuen Freund?«

»Nehm ich an. Ich weiß aber nix Genaues.«

»Keinen Namen? Oder einen Verdacht?«

Großschädl schüttelte den Kopf.

»Lass uns die evakuierten Anwohner befragen«, wechselte Bergmann das Thema.

»Es gibt da noch ein paar andere, die schon fort sind«, erklärte Großschädl. »Die sitzen mit Kind und Kegel im Gasthof Schmidlechner und warten d'rauf, dass s' in ihre Häuser z'ruck dürfen. Aber wie's jetzt ausschaut, wird das heut nix mehr. Die wer'n vermutlich dort übernachten müss'n.«

»Kommst du mit, Sandra?«, fragte Bergmann und wies mit einer Kinnbewegung zu der Menschengruppe am Absperrband.

Allemal besser, die Zeit für Zeugenbefragungen zu nutzen, als hier tatenlos herumzustehen, fand Sandra und folgte dem Chefinspektor, während zwei Fotografen und ein Kameramann sie bereits anvisierten. »Machen Sie Platz da und behindern Sie den Einsatz nicht!«, schnauzte Bergmann zuerst einmal die Pressevertreter an. »Weg mit den Kameras! Sie werden zu gegebener Zeit von der Presseabteilung des LKA informiert.«

Von den Umstehenden wollte keiner am Brandort gewesen sein, als das Feuer ausbrach. Weder an diesem Tag noch am vergangenen Sonntag. Niemand hatte etwas Verdächtiges beobachtet oder einen Fremden bemerkt. Dennoch notierte sich Sandra die persönlichen Daten aller Personen. Auch jener, die nur aus Neugierde hier standen, ohne selbst direkt vom Feuer betroffen zu sein. Den Anrainern galt ihr besonderes Interesse. Zu ihnen zählte ein Ehepaar mit Teenager-Tochter, die hauptsächlich mit ihrem Smartphone beschäftigt war. Außerdem ein jüngeres kinderloses Paar, das erst vor wenigen Wochen ins gemeinsame Haus in derselben Siedlung eingezogen war. Die Frau heulte Rotz und Wasser, während der Mann sie festhielt und streichelte. Dann war da noch ein großer, gut aussehender Anrainer in Jeans mit Baseballkappe und blauem Blouson aus Ballonseide – ähnlich jenem, das Sandra an diesem Abend in Olivgrün trug. Der Künstler lebte allein in seinem Haus, etwas abseits der Siedlung, und hatte laut Großschädl den größten Grund zur Sorge. Seinem Haus waren die Flammen am nächsten gekommen. Entsprechend nervös verhielt er sich auch.

Alle gefährdeten Anwohner waren vor gut vier Stunden in ihren Häusern von der Polizei aufgesucht und mit einigen wenigen Habseligkeiten evakuiert worden, die sie in aller Eile hatten zusammenpacken müssen. Vom Brand, der am Sonntag ganz in der Nähe ein Todesopfer gefordert hatte, hatten freilich alle gehört. Allein die Sirenen der vorbeibrausenden Feuerwehrwagen waren niemandem entgangen. Seither war der Brand Gesprächsthema Nummer 1 in der Umgebung. Spätestens jetzt, da es zum zweiten Mal innerhalb weniger Tage brannte, ging die Angst vor dem Feuerteufel um. Fast allen stand sie ins Gesicht geschrieben. Die Boulevardmedien würden das Ihre dazu beitragen, um die Ängste der Menschen noch weiter zu schüren, war sich Sandra sicher. Wieder zeigten die Ermittler ihre Fotos her und befragten einen Anwohner nach dem anderen. Die meisten kannten Monika Thaller nur flüchtig. Allerdings war sie in den letzten Wochen und Monaten niemandem mehr begegnet. Andrea war keinem bekannt. Doch das Foto ihres Autos erregte die Aufmerksamkeit der Teenager-Mutter. »Der Mini ist mir am Samstagvormittag entgegen'kommen, wie ich einkaufen g'fahrn bin«, sagte sie.

»Sind Sie sicher, dass es genau dieses Auto war?«, fragte Sandra auf einmal hellwach.

»Auf alle Fälle war's ein roter Mini mit einem Grazer Kennzeichen und einer blonden Frau am Steuer. Das könnt' die hier g'wesen sein.« Sie zeigte auf das Bild von Andrea. »Sie ist viel zu weit in der Straßenmitte g'fahrn. Wenn ich nicht aufs Bankett ausg'wichn wär, hätt's voi 'tuscht.«

»Wie spät war es denn, als Ihnen das Auto entgegengekommen ist?«, fragte Sandra.

»Viertel vor zwölf ungefähr. Ich hab mich beeilen müssen, damit ich beim Greißler noch ein Schlagobers bekomm, bevor er zusperrt. Das hab ich im Supermarkt vergessen zum kaufen.«

Ihre Aussage bekräftigte, was die Ermittler bereits vermuteten. Nämlich, dass Andrea zu dieser Zeit in Oberlamm gewesen war. »Ist noch jemand in dem Wagen gesessen?«, erkundigte sich Sandra.

Die Frau verneinte, ohne zu zögern.

Demnach war Andrea allein nach Oberlamm gefahren. Ohne den Mann, der sie später bedrohte. Und der möglicherweise auch der Brandmörder war, der vielleicht ihre Freundin auf dem Gewissen hatte. Und der mutmaßlich ein zweites Feuer gelegt hatte. Langsam verzweifelte Sandra an den vielen Optionen und den wenigen brauchbaren Fakten, die ihnen vorlagen.

»Wie lange steh'n wir noch hier rum, Papa? Ich hab Hunger ...« Das Mädchen hob quengelnd ihr Handy in die Höhe. »Und mein Akku ist fast leer. Außerdem hab ich mein Ladekabel zu Hause vergessen.«

»Ich hab eins im Auto«, sagte der Vater und legte den Arm um die Schulter seiner Tochter.

»Und wo soll ich das Handy bitteschön im Wald aufladen?«, fragte sie genervt.

»Beim Schmidlechner. Wir fahren jetzt mal dorthin was essen«, antwortete der Vater. »Glauben Sie, dass wir heute noch zurück nach Hause können?«, wandte er sich an Sandra.

»Bezirksinspektor Großschädl wird Sie dann informieren, ob und wann Sie in Ihre Häuser zurückkehren können«, sprach Sandra alle umstehenden Anrainer noch einmal an. Dabei fiel ihr auf, dass einer von ihnen inzwischen fehlte. Der Mann im blauen Blouson war wohl schon in den Gasthof gefahren. Auch die meisten evakuierten Buschenschankgäste konnte sie in der fortgeschrittenen Abenddämmerung nirgends mehr entdecken. Monika Thallers Nachbarn waren ebenfalls fort. »Ist Ihnen sonst noch was aufgefallen? Irgendetwas? Oder irgendjemand? Denken Sie bitte noch einmal scharf nach«, wandte sie sich an die verbliebenen Leute, erntete aber nur Kopfschütteln.

Abschließend verteilte sie noch Visitenkarten des Journaldienstes. »Falls Ihnen doch noch etwas einfällt, kontaktieren Sie bitte das Landeskriminalamt oder die nächste Polizeidienststelle«, sagte sie, ehe sie sich von den Leuten ab- und dem Wald zuwandte. Mittlerweile war es fast finster und deutlich kühler. Sichtbare Flammen schlugen keine mehr in den Himmel. Die Hubschrauberflüge waren inzwischen eingestellt worden.

»Weißt du, wo dieser Gasthof ist?«, fragte Bergmann, als hinter ihrem Rücken die Polizeischeinwerfer angingen.

Sandra nickte.

»Dann lass uns hinfahren und die restlichen Anrainer befragen. Außerdem können wir dort was essen«, sagte er.

»Ich frag noch schnell bei Joe nach, ob es etwas Neues gibt«, sagte Sandra.

Großschädl berichtete ihr, dass der Brand inzwischen unter Kontrolle war. Brandopfer waren noch immer keine bekannt. Dennoch konnte man nicht ausschließen, dass noch welche gefunden wurden, wenn das Gelände nach dem Brand-Aus gründlich abgesucht wurde. Sicher war jedoch, dass das Feuer auf keines der Wohnhäuser, Höfe oder den Buschenschank übergegriffen hatte. Dennoch blieb den Anwohnern nichts anderes übrig, als im Gasthof zu übernachten, ehe sie voraussichtlich im Laufe des nächsten Tages in ihre Häuser zurückkehren durften. Sofern dann auch die letzten Glutnester im Wald erloschen waren.

# KAPITEL 17

Es roch anders als sonst. Und es war stockfinster. Sie reckte ihre Nase in die Höhe, schnupperte. Es roch nach Holzrauch. Kein Zweifel. Ein Kaminfeuer? Ein Lagerfeuer? Genauso hatte es gerochen, als sie ihren ersten Kuss bekommen hatte. Damals auf der Schullandwoche. Von Christian. Dem Schwarm aller Mädchen. Der sie am nächsten Tag nicht mehr beachtete und danach mit Irmgard ging. Ausgerechnet mit dieser eingebildeten Ziege. Mein Gott, war das alles lange her. 21 Jahre? Oder 22? Dieser Geruch hatte sich in ihrem Gedächtnis eingeprägt.

Jetzt war er noch intensiver. Stickig, beißend. Qualm stieg ihr in die Nase. Ließ sie husten. Sie musste Licht machen. Aufstehen und nachsehen, kamen ihr die nächsten Schritte in den Sinn. Doch kein einziger wollte ihr gelingen. Ihr Körper war bleischwer.

Ein fernes Knistern drang an ihre Ohren. Dann ein bedrohliches Fauchen. Gefolgt von lautem Knacken. Es war nun heller im Raum. Von irgendwo kam Licht her.

Dort! Unter dem Türspalt. Ein schmaler, greller Lichtstreifen in der Dunkelheit. Es brannte! Im Raum nebenan. Sie musste raus hier. Doch sie konnte sich noch immer nicht bewegen. Gleich würde sie ersticken. Sie bekam kaum noch Luft. Angst. Verzweiflung. Panik.

Die züngelnde Flamme direkt über ihr fraß sich in Windeseile weiter. Schon brannte die ganze Decke. Die Feuerwalze erfasste nun auch die Wände.

Es war heiß. Unerträglich heiß. Sie rang nach Luft. Hustete. Atmete Feuer. Alles in ihr glühte. Sie wollte schreien. Konnte nicht mehr. Lichterloh brannte sie im Flammenmeer.

# KAPITEL 18

## Donnerstag, 7. August

### 1.

Sandra röchelte. Schweißgebadet rang sie nach Luft. Der Albtraum fesselte sie noch immer an ihr Bett. Sie musste aufwachen. Bloß nicht weiterträumen! Endlich erlangte ihr Bewusstsein wieder die Kontrolle über Körper und Geist. Ob sich die Frau, die bei lebendigem Leib verbrannt war, ebenso gefühlt hatte? Und Andrea? War sie bei dem zweiten Waldbrand umgekommen? Oder lebte sie noch?

Im Dunkeln tastete Sandra nach ihrem Handy auf dem Nachttisch. 2.28 Uhr. Dabei war sie nach den Anrainerbefragungen im Gasthof erst nach Mitternacht ins Bett gekommen. Eine neue Nachricht war inzwischen eingegangen. Von Bergmann. *»Brand aus. Keine Opfer. Gute Nacht.«*

Andrea war also nicht in den Flammen ums Leben gekommen. Gott sei Dank! Aber wo zum Teufel steckte sie?

Sandra war jetzt hellwach, zog das Ladekabel aus ihrem Handy und stand auf. Sie nutzte die Displaybeleuchtung, um im finsteren Schlafzimmer die Türklinke zu finden.

Barfuß, im verschwitzten T-Shirt betrat sie das Vorzimmer, schaltete das Licht ein und ging mit zusammengekniffenen Augen in die Küche. Dort schenkte sie sich ein großes Glas Wasser ein, stürzte die Hälfte in einem Zug hinunter. Als müsse sie das Feuer löschen, das sie eben im Traum verzehrt hatte. Sie beschloss, erst einmal zu duschen, um auch die äußerlichen Spuren loszuwerden. An Schlafen war momentan ohnehin nicht zu denken. Ihr Albtraum würde sie nur wieder einholen.

Frisch geduscht, im Bademantel setzte sich Sandra an den Küchentisch. Noch einmal wollte sie alle Fakten durchgehen, die spärlich genug waren, und nach möglichen Zusammenhängen suchen. In wenigen Stunden traf die SOKO »Steirerquell« zum ersten Mal zusammen, um die Kräfte aller involvierten Abteilungen zu bündeln und künftig koordiniert an einem Strang zu ziehen. Wenngleich die entscheidenden Puzzlesteine noch fehlten, die den Mord und das Verschwinden der beiden Frauen zwingend miteinander verbanden, so gab es doch höchstwahrscheinlich einen Zusammenhang. Es konnte einfach kein Zufall sein, dass sich die abgängigen Frauen in ihrer Jugend am Tatort kennengelernt hatten. Und dass beide später im selben Bordell gearbeitet hatten. Die eine jahrelang als Prostituierte. Die andere wenige Wochen als Bardame. Vielleicht war das die Gemeinsamkeit, die die Ermittler zum Motiv und in der Folge zum Täter führte. War der mutmaßliche Serientäter von damals wieder aktiv, der Prostituierte tötete und deren Leichen verbrannte? Hatte er Andrea fälschlicherweise für eine Liebesdienerin gehalten und sie deshalb als Opfer auserkoren? Nach so vielen Jahren? Vielleicht war er wegen eines anderen Deliktes inhaftiert gewesen und erst vor Kurzem wieder entlassen worden. Aber warum hatte er den Modus Operandi geändert und zündete die Frauen nunmehr bei lebendigem Leib an?

Bestimmt war es auch kein Zufall, dass Andrea zum Tatort gefahren war. Weshalb? Und warum hatte sie ihr Auto dort stehen lassen? Um mit jemand anderem weiterzufahren? Mit Monika vielleicht? Nein, deren Wagen war ja vor ihrem Haus abgestellt gewesen. Mit wem dann? Fragen über Fragen, die es zu klären galt. Sandra war inzwischen zu müde, um weiterzugrübeln. Kurz nach halb 4 Uhr morgens legte sie sich wieder nieder, ohne einen entscheidenden Schritt vorangekommen zu sein.

## 2.

Sandra hatte die Schlummerfunktion ihres Handys bis zur dritten und letzten Alarmwiederholung ausgereizt. Geduscht hatte sie bereits in der Nacht. Das Frühstück musste wieder einmal ausfallen.

Eine Minute nach acht hetzte sie über den Gang in Richtung Besprechungszimmer. Unterwegs wären ihr beinahe die prallgefüllten Schnellhefter hinuntergefallen.

»Morgen«, begrüßte sie Bergmann, den sie an der Tür des

Konferenzzimmers erreichte. »Danke für deine Nachricht heute Nacht.«

Der Chefinspektor nickte wortlos und betrat den Raum vor Sandra, die die Tür hinter sich schloss, die Heftmappen unter dem anderen Arm eingeklemmt. Auch er wirkte müde. Obwohl der Frühaufsteher normalerweise mit drei, vier Stunden Schlaf sein Auslangen fand.

Die SOKO »Steirerquell« war vollzählig an den U-förmig aufgestellten Tischen versammelt. Das Stimmengewirr der Kollegen verstummte, als Bergmann seinen Kaffeelöffel mehrmals gegen ein leeres Wasserglas schlug. »Können wir loslegen, Herrschaften?« Als Erstes erteilte er dem Leiter der Brandgruppe das Wort.

Bereits im Morgengrauen hatte der Experte die zweite Brandstelle in Oberlamm inspiziert. »Die gute Nachricht ist, dass beim gestrigen Brand keine Menschen zu Schaden gekommen sind«, verkündete er. »Die evakuierten Wohnhäuser wurden ebenfalls vom Feuer verschont.« Er erhob sich, um zum Whiteboard zu gehen, das alle gut sichtbar in ihrem Blickfeld hatten. »Auch in diesem Fall müssen wir von Brandstiftung ausgehen«, fuhr er fort und zog die Kappe vom Stift. »Wieder hat der Täter einen Brandbeschleuniger eingesetzt, jedoch keinen Kanister hinterlassen. Außerdem wurde die brennbare Flüssigkeit am zweiten Tatort um einiges großzügiger als am ersten verteilt. Genauer gesagt gibt es diesmal drei Brandherde, nicht nur einen.« Der Forensiker wandte sich der Magnettafel zu, um die Örtlichkeiten und den Brandverlauf zu skizzieren. »Die erste Brandquelle war hier … eine Futterkrippe. Die zweite, keine zwei Meter davon entfernt, hat sich bei diesem Holzstoß befunden … und schließlich wurde noch eine Mülltonne beim Stadel auf der Lichtung entzündet, die sich etwa zehn Meter weiter nördlich im Wald befunden hat. Dort drinnen hat der Täter offenbar auch den oder die Plastikbehälter mit dem Brandbeschleuniger entsorgt«, kommentierte er die Striche, Kreuze und Kreise, die er auf dem Whiteboard hinterließ. Er setzte die Kappe wieder auf den Stift und wandte sich zu den Kollegen um. »Die Fotos vom Brandort werden dann gesammelt auf den Server gestellt, sobald meine Truppe vom Brandort zurück ist«, fügte er hinzu.

»Dann haben wir es mit einem anderen Täter als beim ersten Brand in Oberlamm zu tun?«, meldete sich Sandra zu Wort.

»So definitiv lässt sich das nicht sagen. Aber es spricht doch einiges dafür, dass zwei unterschiedliche Täter die Brände gelegt haben«, meinte der leitende Brandermittler. »Ich kann weder ein übereinstimmendes Tatmuster noch dasselbe Tatmotiv erkennen. Nach Brandstiftung aus niederen persönlichen Motiven, um jemandem zu töten wie im ersten Fall, sieht es mir im zweiten Brandfall nicht aus.«

»Dann könnte ein Nachahmungstäter den gestrigen Waldbrand verursacht haben?«, fragte Sandra. »Einer, der Zeuge des ersten Brandes wurde und Gefallen an dem Feuer fand? Möglicherweise war das ja der entscheidende Impuls für ihn, den zweiten Brand zu legen«, spekulierte sie. »Ohne eine Tötungsabsicht dahinter.«

»Kann sein«, meinte der Brandexperte. »So kurze Zeit nach dem ersten Brand, der noch dazu auf demselben Gemeindegebiet stattgefunden hat, halte ich ein solches Szenario jedenfalls für sehr viel wahrscheinlicher als alles andere.«

Bergmann stellte sein Kaffeehäferl vor sich ab, aus dem er eben getrunken hatte. »Dann suchen wir im zweiten Fall also nach einem Zündler. Und nicht wie im ersten nach einem Brandmörder.«

Der Brandexperte nickte zur Bestätigung und nahm seinen Platz am Tisch wieder ein.

»Das erscheint mir auch plausibel«, meldete sich die Fallanalytikerin zu Wort. »Eines haben die beiden Täter höchstwahrscheinlich aber doch gemeinsam. Sie dürften beide in der näheren Umgebung der Tatorte leben. In den meisten Fällen von Brandstiftungen trifft das zu«, ergänzte Doktor Christiane Reichelt, die dafür zuständig war, Täterprofile zu erstellen.

»Allzu nah wird der Täter doch nicht bei den Brandorten wohnen«, warf ein junger Forensiker ein. »Sonst riskiert er ja, das eigene Haus abzufackeln.«

»Kommt ganz darauf an, wie groß seine krankhafte Faszination fürs Feuer ist«, erklärte Christiane Reichelt. »Einem Pyromanen sind die Konsequenzen seiner Brandstiftung oftmals nicht bewusst. Er kann in seiner Handlung keine gefährliche, strafrelevante Tat erkennen. Rationale Überlegungen spielen bei ihm eine untergeordnete, wenn überhaupt eine Rolle. Der Brand wird im Affekt gelegt, ohne ein scheinbar verständliches Motiv. Der Täter folgt einfach seinem Trieb, um im Vorfeld der Brandlegung einen Erregungszustand zu durchleben. Während des Brandes weicht seine Anspannung dann. Es folgen Entspannung, Zufriedenheit und Wohlbefinden – ja, ein Hochgefühl. Einige Pyromanen empfinden sogar ein sinnliches Vergnügen beim Anblick des Feuers. Was sie jedoch nicht verspüren, sind Schuldgefühle angesichts der Zerstörung von fremdem Eigentum und der möglichen Lebensgefahr für ihre Mitmenschen. Deshalb bleiben sie während des Brandgeschehens oftmals am Tatort. Häufig sind es sogar diese pathologischen Brandstifter, die das Feuer melden oder mithelfen, es zu löschen«, erklärte sie.

»Einer der Feuerwehrmänner?«, nahm Sandra den letzten Hinweis der Fallanalytikerin auf.

»Nicht auszuschließen«, meinte Christiane Reichelt.

»Zündler und Pyromanen gibt es hin und wieder unter Feuerwehrleuten«, bestätigte der Brandexperte.

Die Fallanalytikerin rückte ihre Brille zurecht und setzte zur weiteren Erklärung an. »Pyromanisch veranlagte Feuerwehrleute legen Brände, um sich bei den anschließenden Löscharbeiten durch besonderen Mut auszuzeichnen. Dabei empfinden sie Macht über die Situation und die beteiligten Personen. Danach genießen sie die Anerkennung ihres Umfeldes für den heldenhaften Einsatz.«

»Okay«, nutzte der Chefinspektor die Atempause der Kriminalpsychologin. »Ihr fühlt allen Feuerwehrleuten auf den Zahn, die bei den Löscharbeiten im Einsatz waren«, wandte er sich an den leitenden Brandermittler. »Du, Christiane, schaust dir die Fälle von Pyromanen aus der Vergangenheit an. Vielleicht findest du auffällige Übereinstimmungen oder einschlägig Vorbestrafte, die als Brandstifter infrage kommen.«

Sandra nahm dem Chefinspektor nicht übel, dass er die Fallanalytikerin mit nahezu derselben Aufgabe noch einmal betraute, die sie schon vor drei Tagen erledigt hatte. Vielleicht hatte sie im ersten Brandfall tatsächlich etwas übersehen, was der Kriminalpsychologin unter den geänderten Voraussetzungen nach dem zweiten Brand ins Auge sprang.

»Wer hat den gestrigen Brand eigentlich gemeldet?«, wollte Bergmann wissen.

Sandra blätterte in den Unterlagen und hielt bei einer Liste inne. »Ein gewisser Florian Krainer aus Unterlamm. Er war gerade auf dem Weg zur Arbeit, als er durch den Feuerwehreinsatz aufgehalten wurde, hat er ausgesagt. Er ist in dem Buschenschank beschäftigt, der gestern evakuiert werden musste«, sagte sie.

Bergmann drehte sein Kaffeehäferl zwischen den Händen. »Kannst du dich erinnern, welcher Mann das war?«, wollte er von Sandra wissen.

»Ich glaube, der junge blonde, der schon fort war, als wir den Brandort verlassen haben.«

»Den werden wir uns zu allererst vorknöpfen«, sagte Bergmann. »Und danach allen anderen Schaulustigen auf den Zahn fühlen. Die Namen und Adressen haben wir ja.«

Sandra nickte und unterdrückte gleichzeitig ein Gähnen. Am liebsten hätte sie sich eine Viertelstunde hingelegt, um sich anschließend besser konzentrieren zu können.

»Seht euch vor allem die jüngeren Männer und Frauen im ersten Lebensdrittel genauer an«, riet Christiane Reichelt. »Auch die Jugendlichen und Kinder. Nicht wenige Brandstiftungen gehen auf das Konto entwicklungsbedingter Zündler. Vielleicht ist einer schon einmal verhaltensauffällig geworden. Er muss ja deswegen noch nicht vorbestraft sein. Und falls doch: Von den verurteilten Brandstiftern wissen wir, dass sie selten verheiratet, meistens geschieden sind oder getrennt leben. Soziale Isolation könnte ebenso eine Rolle spielen wie eine geistige Behinderung oder eine Persönlichkeitsstörung.«

Bergmann nickte. Dass einer der evakuierten Anrainer der Brandstifter war, schlossen er und Sandra nach kurzer Diskussion aus. Die Anwohner hatten sie gestern alle befragt. Diejenigen, die am ehesten in das Täterprofil eines pyromanisch veranlagten Brandstifters passten, verfügten über Alibis, resümierten sie.

»Was haben wir sonst Neues? Sind die Rufdaten von Monika Thaller schon eingelangt?«, fragte Bergmann weiter.

»Die wurden uns für heute Nachmittag, spätestens aber für morgen Früh versprochen«, antwortete Anni. »Orten lässt sich ihr Handy noch immer nicht. Ebenso wenig wie das von Andrea Neuhold.«

Sandra zuckte unwillkürlich zusammen, als der Name ihrer vermissten Freundin fiel.

»Irgendwelche neuen Hinweise zur Tätowierung des Brandopfers?«, fragte der Chefinspektor weiter.

»Bisher keine brauchbaren«, antwortete der Kollege von der Fahndung. »Einige Hinweise aus der Bevölkerung müssen aber noch überprüft werden. Im Hotel Himmelreich und im Hotel-Spa kann sich jedenfalls keiner an die Tätowierung erinnern. Dort sind unsere Befragungen abgeschlossen.«

»Kann sich denn jemand an die vermissten Frauen erinnern?«

»Negativ, Chef«, sagte Anni. »Nur an Doktor Luttenberger. Der soll nach seiner Ankunft im Hotel an der Rezeption mehrmals nach seiner vermeintlichen Frau gefragt haben, ehe er beim Auschecken die Nachricht für sie hinterlassen hat.«

»Gut. Überprüft weiterhin alle Hinweise zur Phönix-Tätowierung«, ordnete Bergmann an, ehe er sich an den Kollegen aus der Presseabteilung wandte. »Gib eine Pressemeldung über den gestrigen Brand raus. Erwähn um Himmels willen aber nicht, dass wir es vermutlich mit zwei verschiedenen Brandstiftern zu tun haben.«

»Okay, Sascha.«

»Um die Therme Loipersdorf kümmern wir uns, Sandra. Wann genau hat sich das Ehepaar Luttenberger heute zur Einvernahme angekündigt?«

»Um 14 Uhr.«

»Dann werden wir uns nachher in der Therme umhören. Jörg, was gibt es von eurer Seite Neues?«, wandte sich Bergmann an den leitenden Kriminaltechniker. »Habt ihr in Monika Thallers Haus noch etwas gefunden? Oder in ihrem Auto? Drogen vielleicht?«

Alle Augen richteten sich auf den unscheinbaren, untersetzten Mann, dem die Verbissenheit und die Geltungssucht, die man kleinen Männern allgemeinhin nachsagte, völlig fehlten. Selbst in der größten Hektik blieb Jörg Schöffmann stets ruhig und freundlich.

»Es gibt weder da noch dort Spuren, die auf ein Verbrechen hinweisen«, antwortete er. »Wir haben Fingerabdrücke in ihrem Haus und im Auto genommen, aber keinerlei Übereinstimmungen in irgendeiner Datenbank gefunden. Die Papillarleisten, die wir aufgrund der Häufigkeit ihres Vorkommens Monika Thaller zugeordnet haben, befinden sich auch auf der Beifahrerseite des roten Minis, der auf Andrea Neuhold zugelassen ist. Deine konnten wir auch in ihrem Auto sicherstellen und ausscheiden, Sascha.«

Bergmann nickte. »Hab ich schon angenommen.«

Sandras Fingerabrücke erwähnte Jörg nicht. Offenbar waren diese gar nicht mehr vorhanden. Es war aber auch schon eine Weile her, dass sie mit Andrea mitgefahren war.

»Auf der Fahrerseite des Minis gab es gar keine brauchbaren Fingerabdrücke«, fuhr Jörg fort. »Die sind allesamt zu stark verwischt. Dafür haben wir noch einige Gegenstände seitlich zwischen dem Fahrersitz und der Mittelkonsole beziehungsweise der Fahrertür gefunden. Die sind dort vermutlich irgendwann hineingerutscht.« Ein junger Kriminaltechniker warf den Beamer an. Ein anderer Kollege drückte auf den Schalter, der die Jalousien hinunterfahren ließ. Jörg erweckte seinen Laptop aus dem Standby-Modus. Auf der Wand erschienen die Abbildungen einer Zwei-Euro-Münze, eines schwarzen Haargummis, eines zuckerfreien Mentholzuckerls, einer weiteren Münze für Einkaufswägen und des Deckels eines Kameraobjektivs.

Sandra rückte auf ihrem Stuhl nach vorn. »Dieser Deckel gehört nicht zufällig zum Kameraobjektiv aus der Brandruine?«, fragte sie.

»Nein. Es handelt sich um keinen Originaldeckel, sondern um ein Fabrikat eines Zubehörherstellers. Er passt auf zahlreiche Kameraobjektive verschiedener Hersteller. Auch von Nikon.« Das nächste Chart zeigte eine lange Liste mit Hunderten Produktbezeichnungen. Die passenden Nikkor-Objektive von Nikon waren gelb markiert. »In der Brandruine haben wir ein 70-200-Millimeter-Objektiv der Marke Nikkor sichergestellt. Das hat einen kleineren Deckel.«

Wäre ja auch zu schön gewesen, dachte Sandra. Ohnehin glaubte sie nicht an einen solchen Zufall. Ausgerechnet der Brandmörder sollte das Objektiv am Tatort vergessen und auch noch den dazugehörigen Deckel in Andreas Auto hinterlassen haben? »Andrea Neuhold besitzt keine Profi-Fotoausrüstung«, warf sie ein. »Da bin ich mir sicher.«

»Wir konnten einen brauchbaren Fingerabdruck vom Objektivdeckel abnehmen«, fuhr Jörg fort. »Er ist nicht identisch mit dem der Fahrzeughalterin. Leider hat der Abgleich mit der Datenbank überhaupt keinen Treffer ergeben.«

»Könnte unser Fotograf diesen Deckel bei der Spurensicherung verloren haben?«, fragte Bergmann.

»Ausgeschlossen. Auf unsere Canon-Objektive passt er nicht«, sagte Jörg. »Sämtliche Fasern und Haare, die wir sichergestellt haben, befinden sich bereits im Labor. Vielleicht ist da ja was Brauchbares dabei«, fuhr er fort. »Sie haben uns versprochen, sich mit den DNA-Analysen und dem Abgleich der Spuren zu beeilen. Oberste Priorität hat aber die Identifizierung der Leiche. Der Rest wird wohl etwas länger dauern.«

Bergmann nickte. »Noch irgendwelche Fragen, Wünsche, Anregungen, Beschwerden?« Sein Rundumblick löste allgemeines Kopfschütteln aus.

»Dann an die Arbeit«, sagte der Chefinspektor und erhob sich. »Bis morgen, meine Herrschaften. Selbe Zeit, selber Ort.«

Wenn nicht wieder ein neuer Einsatz dazwischenkam, dachte Sandra.

# 3.

Magistra Birgit Luttenberger, ihres Zeichens PR-Beraterin und Mediencoach, war eine attraktive Erscheinung. Groß und schlank, das markante Gesicht mit den hohen Wangenknochen dezent geschminkt, die dunkelblonden Haare zu einer eleganten Bananenfrisur hochgesteckt.

Ihr Anblick verfehlte seine Wirkung auf den Chefinspektor nicht. Tatsächlich bot Bergmann ihr von sich aus Kaffee an und schenkte diesen sogar höchstpersönlich ein. Ganz offensichtlich entsprach sie seinem Beuteschema. Wobei dieses bei Bedarf beliebig erweiterbar war, wusste Sandra.

Auf sie wirkte Birgit Luttenberger kalt und blasiert.

Ihre distanzierte, unterkühlte Ausstrahlung erinnerte sie an Doktor Jutta Kehrer. Mit der Gerichtsmedizinerin war dem Chefinspektor ja schon des Öfteren eine Affäre nachgesagt worden. Anstatt wie üblich auf seinem Sessel zu knotzen, saß er aufrecht da und spitzte die Ohren.

Birgit Luttenberger hatte einen schlichten, umso edleren Kleidungsstil, der die Handschrift namhafter Designer trug. Mode, die sich Sandra von ihrem Polizistinnengehalt nie und nimmer würde leisten können. Allein die rosafarbene Handtasche eines französischen Luxuslabels, für die es jahrelange Wartezeiten gab, kostete einen vier- oder gar fünfstelligen Euro-Betrag – je nach Leder und Ausführung. So genau konnte sie das nicht erkennen. Expertin für Handtaschen war Sandra keine. Dass es sich um ein Imitat handelte, schloss sie aber aus. Dafür besaß Birgit Luttenberger zu viel Stil und wohl auch genügend Geld. Darüber hinaus auch noch einen Ehemann, der wohlhabend genug war, um ihr derlei kostspielige Geschenke zu machen. Jene Herzlichkeit und Empathie, die Andrea verströmte, ließ diese Frau allerdings vermissen. Charakter war eben nichts, was man kaufen konnte, stellte Sandra einmal mehr fest. Wobei ihre Freundin in die Ehe eingedrungen war, rief sie sich der Fairness halber ins Gedächtnis. Ob ihr das womöglich zum Verhängnis geworden war, galt es nun herauszufinden. Hatte die Ehefrau von Andreas Geliebtem sie verschwinden lassen? Vielleicht sogar mit dessen Unterstützung?

Sandra begann die Einvernahme mit den üblichen Erläuterungen, die aus verfahrensrechtlichen Gründen erforderlich waren. »Ich möchte gar nicht lange um den heißen Brei herumreden«, fuhr sie fort, während sie die Visitenkarte der Freiberuflerin mit dem Zeigefinger vor sich hin und her schob.

»Das ist mir nur recht. Meine Zeit ist ohnehin sehr knapp bemessen«, erwiderte ihr Gegenüber. Lediglich die roten Flecken auf ihrem Hals verrieten der Ermittlerin, dass die Dame aufgeregt war. Was wohl kaum an Bergmann lag, der ihr seine volle Aufmerksamkeit schenkte. Ansonsten verstand sie es gekonnt, ihre Nervosität zu verbergen. Bei einem Mediencoach nicht weiter verwunderlich.

Sandra fixierte die Frau mit festem Blick. »Kennen Sie eine Andrea Neuhold?« Kam ihr das nur so vor, oder waren die nervösen Flecken am Hals gerade stärker geworden?

»Kann sein«, antwortete Birgit Luttenberger, ansonsten völlig gelassen.

Vielleicht litt sie ja an einem Hautausschlag, überlegte Sandra.

»Ich begegne in meinen Workshops und Seminaren sehr vielen Leuten«, fuhr ihr Gegenüber fort. »Da kann ich mir nicht jeden einzelnen Teilnehmer namentlich merken.«

»Welche Seminare bieten Sie denn an?«, erkundigte sich Sandra.

»Mein Portfolio umfasst so ziemlich alle Bereiche der Öffentlichkeitsarbeit und interessensgeleiteter Kommunikation. Ich orientiere mich da stets an den individuellen Bedürfnissen meiner Klienten und lege den entsprechenden Fokus auf die notwendigen Maßnahmen. Zurzeit sind meine Medientrainings sehr gefragt. Ich halte aber nicht nur Seminare für Manager, Unternehmer und Freiberufler ab, ich biete auch längerfristige Einzelcoachings an. Zu meinen Dauerklienten zählen unter anderem Sportler, Schauspieler und Politiker, für die ein professioneller Umgang mit den Medien essenzieller denn je ist. Das gilt gleichermaßen für die Sozialen Medien, mit denen vor allem die älteren Klienten oftmals wenig anfangen können. Wer heutzutage in der Öffentlichkeit steht, kann es sich aber nicht leisten, auf Facebook, Twitter, Instagram und so weiter zu verzichten. Dabei muss man aber auch richtig mit den unterschiedlichen Plattformen umgehen können. Sonst sind diese brandgefährlich. So ein Shitstorm kann ganz schnell das Karriere-Aus bedeuten.«

*Brandgefährlich*, fiel Sandra die Wortwahl auf, die wohl nur zufällig zum aktuellen Fall passte. Sie zog das Foto von Andrea aus der Akte und schob es ihrem Gegenüber zu. »Das hier ist Andrea Neuhold«, sagte sie.

»Nie gesehen. Tut mir leid.«

»Gesehen vielleicht nicht«, erwiderte Sandra ruhig und bestimmt. »Aber angerufen haben Sie diese Frau vor Kurzem. Und zwar zweimal auf ihrem Handy: am 28. und am 31. Juli. Worum ging es denn in diesen Gesprächen?«

Birgit Luttenberger blickte noch einmal auf das Foto, das vor ihr auf dem Tisch lag. Wie Sandra glaubte, um Zeit für ihre Antwort zu gewinnen. Gerechnet hatte sie mit dieser Frage anscheinend nicht. »Dürfen Sie denn die Handydaten eines unbescholtenen Bürgers einfach so abfragen?« Die Gegenfrage sollte ihr wohl noch mehr Zeit verschaffen.

»Keine Sorge, Frau Luttenberger. *Ihre* Daten haben wir nicht abgefragt. Das geschieht ausschließlich mit einem richterlichen Beschluss, wenn es gilt, ein Verbrechen zu verhindern oder aufzuklären.«

»Dann hat diese Frau ein Verbrechen begangen?« Sie streckte ihren Arm aus, um mit einem French manikürten Fingernagel auf das Foto zu zeigen.

»Andrea Neuhold ist seit Samstagmittag verschwunden, und wir fahnden nach ihr. Möglicherweise wurde sie Opfer eines Verbrechens«, erklärte Sandra.

»Und ich soll mit ihr telefoniert haben? Dann nehme ich an, dass sie eines meiner Seminare besuchen wollte. Ich kann ja mal unter den aktuellen Anmeldungen nachsehen, wenn sie es wünschen.«

Sandra nickte. »Tun Sie das, bitte …« Dass ihr diese Theorie äußerst unwahrscheinlich vorkam, behielt sie für sich. Was sollte ausgerechnet Andrea bei einem Medientraining oder PR-Seminar? Davon hätte ihr die Freundin doch bestimmt erzählt. Oder etwa doch nicht? So sicher war sich Sandra inzwischen nicht mehr. Dass das AMS die Kosten für einen solchen Kurs trug, um eine arbeitslose Verkäuferin zu fördern, bezweifelte sie ebenfalls. Beide Ermittler schwiegen, während Birgit Luttenberger ihr iPhone überprüfte. Das neueste Modell, bemerkte Sandra. Alles andere hätte sie auch bitter enttäuscht.

»Ich kann hier keine Andrea Neuhold finden. Sorry«, meinte die Dame schließlich. »Nur einen Neuhold Erich und eine Claudia.«

Sandra warf einen Blick auf das Anrufprotokoll in ihren Unterlagen. »Ihr erstes Gespräch mit Andrea Neuhold hat drei Minuten und 42 Sekunden gedauert. Das zweite 46 Sekunden. Und in beiden Fällen waren Sie es, die sie angerufen hat. Nicht umgekehrt«, stellte sie klar. »Ihr iPhone wird

Ihnen das bestimmt bestätigen.« Mittlerweile waren die Flecken am Hals der Frau eindeutig stärker geworden. Also litt sie doch an keiner Hautkrankheit, sondern war schlichtweg aufgeregt. Schade, dass es einen solchen Indikator nicht bei jedem Zeugen oder Verdächtigen gab.

»Wenn Sie es sagen«, erwiderte Birgit Luttenberger mit fester Stimme. »Ich kann mich trotzdem nicht an diese Telefongespräche erinnern. Tut mir leid.« Sie suchte den Augenkontakt mit Bergmann. Als ob der Chefinspektor ihr aus der Patsche helfen würde.

Sandra verlor allmählich die Geduld. Wenn sich die Frau weiterhin dumm stellte, blieb ihr gar nichts anderes übrig, als die Affäre ihres Mannes von sich aus anzusprechen, was sie eigentlich hatte vermeiden wollen. »Das kaufe ich Ihnen nicht ab, Frau Luttenberger. Sie wissen doch, dass Sie und Ihr Mann als Zeugen geladen sind. Also denken Sie bitte noch einmal scharf nach«, gab sie ihr eine letzte Chance, mit der Wahrheit herauszurücken.

Tatsächlich hielt die Frau ihrem Blick nicht länger stand. Sie nestelte an ihrem Solitärring herum. »Na schön«, lenkte sie endlich ein. »Andrea Neuhold hatte eine Affäre mit meinem Mann. Gesehen habe ich sie aber noch nie, nur angerufen.« Sie wies mit ihrem Kinn auf das Foto. Die nervösen Flecken hatten sich nun auf das gesamte sichtbare Dekolleté ausgebreitet. »Ich verstehe überhaupt nicht, was Axel an dieser grobschlächtigen, billigen Person überhaupt findet. Wenn sie wenigstens besser aussehen würde und jünger wäre als ich. Aber so was?«, meinte sie mit verächtlichem Blick.

Jetzt zeigte sie ihr wahres Gesicht, das auch Bergmann nicht gefiel, wenn Sandra den Zug um seinen Mund richtig deutete. Es wunderte sie nicht, dass sich Doktor Luttenberger zur warmherzigen, genussfreudigen und humorvollen Andrea hingezogen fühlte. Im Gegensatz zur Medienexpertin behielt sie ihre Gedanken aber für sich. »Warum haben Sie Frau Neuhold angerufen?«, wiederholte sie stattdessen ihre Frage.

»Ich habe sie aufgefordert, meinen Mann gefälligst in Ruhe zu lassen. Doch sie war der Meinung, es sei allein Axels Entscheidung, ob er die Affäre mit ihr beendet oder nicht. Können Sie sich das vorstellen? Was für eine unverschämte Schlampe!«, echauffierte sich die Dame und verschränkte die Arme über ihrer todschicken langen Kette mit Engelsrufer-Anhänger.

»Haben Sie die Geliebte Ihres Mannes deshalb bedroht?« Sandra wählte diese Formulierung ganz bewusst, um die Frau zu provozieren und möglichst zu verhindern, dass sie gleich wieder ihre professionelle Maske aufsetzte.

Ihre Taktik schien aufzugehen. »Geliebte? Dass ich nicht lache!« Die Stimme ihres Gegenübers klang jetzt deutlich schriller und gar nicht mehr beherrscht. »Geliebt hat mein Mann diese Schlampe wirklich nicht. Es war nur billiger Sex. Nichts von Relevanz. Sein Gehirn ist wohl vorübergehend in sein Geschlechtsteil gerutscht. Das soll bei Männern ja gelegentlich vorkommen.« Ihr Blick wanderte erneut zu Bergmann. »Aber so leicht gebe ich mich nicht geschlagen.«

»Haben Sie Andrea Neuhold bedroht?«, wiederholte der Chefinspektor Sandras Frage.

Diesen Namen würde Birgit Luttenberger vermutlich nicht so schnell wieder vergessen.

»Ich habe ihr mit meinem Anwalt gedroht. Ich kann mir doch nicht gefallen lassen, dass sie mir meinen Mann ausspannt.«

*Ich, mir, mein*, dachte Sandra. Was für eine selbstbezogene Person. »Ehebruch ist doch längst nicht mehr strafbar«, wandte sie ein.

»Ich kann aber eine Unterlassungsklage wegen Ehestörung

erwirken. Aber das hat sich ja nun erübrigt«, meinte Birgit Luttenberger triumphierend.

»Wieso?«, hakte Bergmann nach.

»Weil die Frau verschwunden ist.«

»Sie könnte doch jederzeit wieder auftauchen«, meinte er. »Oder etwa nicht?« Bergmanns Verhörblick klebte nun auf der Frau.

Die widmete sich wieder ihrem wertvollen Ring.

»Haben Sie etwas mit dem Verschwinden von Andrea Neuhold zu tun? Oder Ihr Mann?«, fragte Bergmann.

Birgit Luttenberger lachte auf und ließ von ihrem Schmuckstück ab. »Na, hören Sie mal«, empörte sie sich. »Was sind denn das für Anschuldigungen? Ich werde meinen Anwalt hinzuziehen.«

»Das war keine Anschuldigung, Frau Luttenberger, sondern lediglich eine Frage, die Sie beantworten können, aber nicht müssen, wenn Sie sich damit selbst oder Ihren Mann belasten. Natürlich steht es Ihnen frei, einen Anwalt einzuschalten, wenn Sie das für nötig halten. Über Ihre Rechte habe ich Sie ja bereits anfangs aufgeklärt«, entgegnete Sandra ruhig.

»Ich habe Sie schon beim ersten Mal verstanden.«

»Gut. Wollen Sie die Frage nun beantworten oder nicht?«

Birgit Luttenberger nippte an ihrem Kaffee und verzog den Mund. Angewidert schob sie die Tasse von sich. »Weder mein Mann noch ich haben mit dem Verschwinden dieser Person etwas zu tun. Axel hat seine Affäre ein für alle Male beendet und wird diese Frau auch nie wiedersehen«, sagte sie im Brustton der Überzeugung.

Sollte Andrea wieder auftauchen, war sich Sandra da nicht so sicher. Aber leider war ihre Freundin noch immer verschwunden. »Kennen Sie auch diese Frau?«, fuhr sie fort, während sie das nächste Foto über den Tisch schob. »Monika Thaller, auch Monique genannt.« Sollte Birgit Luttenberger sie gekannt haben, würde sie es kaum wagen, ein zweites Mal falsch auszusagen, nachdem Sandra ihre Lüge aufgedeckt hatte.

»Nein, ich kenne sie nicht. Soll ich mit ihr etwa auch telefoniert haben? Wer ist diese Frau überhaupt?«

Sandra hätte wetten können, dass ihr Gegenüber befürchtete, es könne sich um eine weitere Geliebte ihres Mannes handeln. »Das ist eine Freundin von Andrea Neuhold«, erklärte sie nach einer Kunstpause. »Sie wird ebenfalls vermisst.«

»Ach so ... Vielleicht sind die beiden ja zusammen in den Urlaub gefahren«, meinte Birgit Luttenberger.

Ausgeschlossen war das tatsächlich nicht. Als Nächstes zeigte Sandra ihr das Foto der Phönix-Tätowierung. Auch diese wollte die Frau noch nie gesehen haben. Außer in der Zeitung. Sie selbst sei nicht tätowiert. Ebenso wenig wie ihr Mann, sagte sie aus.

»Haben Sie oder Ihr Mann einen Benzinkanister?«, fragte Sandra. »Oder vermissen Sie einen?«

Birgit Luttenberger überlegte kurz und verneinte dann beides.

Sandras letzte Fragen galten ihren Alibis für die Tatzeiten.

Wieder nahm die Frau ihr iPhone zur Hand, um im Kalender nachzuschauen. Am Samstag sei sie gegen 12 Uhr am Kaiser-Josef-Markt einkaufen gewesen, gab sie an. Dort habe sie später mit einer Freundin zu Mittag gegessen.

Sandra notierte sich den Namen der Frau und des Lokals. Auch die des Promi-Friseurs, den Birgit Luttenberger danach für etwa zwei Stunden besucht hatte. Anschließend sei sie nach Hause gefahren, um zu arbeiten. Abends bereitete sie sich einen Salat zu, als ihr Mann früher als erwartet von seinem Kongress in Wien nach Hause kam. Er habe sich rasch ein Steak abgebraten und mit ihr zu Abend gegessen. Danach zog sie sich wieder in ihr Arbeitszimmer zurück, während ihr Mann im Wohnzimmer blieb.

Zu dieser Zeit hatte Sandra ihn angerufen und nach seiner verschwundenen Geliebten befragt, wovon er seiner Frau offenbar nichts erzählt hatte. Ebenso wenig schien diese zu wissen, dass er nicht aus Wien, sondern aus Loipersdorf verfrüht nach Hause gekommen war, nachdem ihn seine Geliebte vermeintlich versetzt hatte. Dies alles behielt Sandra für sich, da es zur Aufklärung des Falles nichts beitrug.

Am Sonntagmorgen wollte Birgit Luttenberger mit ihrem Mann zu Hause gewesen sein, während die unbekannte Frau in Oberlamm verbrannte. Es war zwar nicht auszuschließen, dass sich das Ehepaar gegenseitig Alibis verschaffte, aber welches Tatmotiv sollten sie gehabt haben? Es war ja nicht Andrea, die im Stall verbrannt war. Ihr Alibi für den zweiten Brand am Mittwoch klang hieb- und stichfest. Sandra zweifelte nicht daran, dass die Seminarteilnehmer, deren Namen sie sich ebenfalls notierte, bestätigen würden, zur fraglichen Zeit ihren Medien-Workshop in Graz besucht zu haben.

Sie begleitete Birgit Luttenberger aus dem Verhörzimmer und bat ihren Mann herein, der inzwischen ebenfalls im LKA eingetroffen war. Der fragende Blick, den er seiner Frau zuwarf, blieb unbeantwortet.

»Sie sind also Andreas Freundin, die mich am Samstagabend angerufen hat«, sagte er, nachdem Sandra sich vorgestellt hatte.

Sandra bestätigte das und deutete mit einer Geste zu ihrem Kollegen. »Mit Chefinspektor Bergmann haben Sie am Sonntag wegen des Zahnstatus der Brandleiche gesprochen«, sagte sie.

»Und was kann ich noch für Sie tun?«, fragte Doktor Luttenberger. Er war das, was man allgemeinhin einen Feschak nannte, der noch dazu Selbstsicherheit und Erfolg ausstrahlte:

groß, sportlich, dunkle, grau melierte Haare, sehr gepflegt. Zum hellgrauen Maßanzug trug er ein weißes Hemd, aber keine Krawatte. Die modischen dunkelblauen Schnürschuhe glänzten. Bestimmt waren seine Gattin und die Geliebte nicht die einzigen Frauen, die sich für den Zahnarzt erwärmten, überlegte Sandra. Dass der Doktor um seine Wirkung wusste und diese vor sich hertrug, fand sie allerdings weniger sympathisch. Abgesehen davon war der Mann verheiratet, zudem noch mit ihrer Freundin liiert und damit in doppelter Hinsicht tabu für sie. »Möchten Sie Kaffee? Oder Wasser?«, beantwortete sie seine Frage mit einer Gegenfrage.

»Wenn's geht, bitte beides.«

»Bedienen Sie sich«, sagte sie.

»Ist das Opfer inzwischen identifiziert?«, erkundigte sich der Doktor, während er sich Kaffee einschenkte.

Sandra rückte die fast volle Tasse seiner Frau, auf der diese einen hellrosa Lippenstiftabdruck hinterlassen hatte, in die Mitte des Tisches. »Leider nein«, antwortete sie.

»Und von Andrea haben Sie auch noch keine Spur?«

Sandra krampfte sich der Magen zusammen. Auch diese Frage musste sie verneinen.

Luttenberger seufzte. »Das gibt es doch nicht«, meinte er anscheinend besorgt.

Sandra trank einen Schluck Wasser, ehe sie auch ihn über seine Rechte aufklärte. »In einem Punkt haben Sie uns nicht die Wahrheit gesagt«, fuhr sie fort.

»Und zwar?« Doktor Luttenberger zog sein Sakko aus und hängte es über die Sessellehne.

»Ihre Frau weiß sehr wohl über ihre außereheliche Beziehung mit Andrea Neuhold Bescheid.«

Der Mann nickte zögerlich.

»Könnten Sie mir bitte hörbar antworten? Unser Gespräch wird nur akustisch aufgezeichnet«, sagte Sandra.

»Ja«, erwiderte der Doktor laut und deutlich.

»Warum haben Sie dann am Telefon abgestritten, dass Ihre Frau von der Affäre weiß?«

»Ich wollte die Birgit da nicht noch weiter mit hineinziehen. Sie hatte deswegen schon genug Ärger.«

»Wusste sie, dass Sie sich wegen Andrea von ihr trennen wollten.«

»Hat Andrea Ihnen das erzählt?«

»Ja.«

»Davon hat meine Frau nichts gewusst, nein. Andrea wollte nicht, dass ich mich wegen ihr scheiden lasse. Und sie wollte mich auch nicht heiraten. Das musste ich wohl oder übel respektieren und meinen Wunsch ad acta legen.«

»Und zu Hause haben Sie davon nichts erwähnt?«

»Das wäre wohl nicht besonders schlau von mir gewesen.«

Schlau nicht, aber ehrlich, dachte Sandra. »Wann und wie hat Ihre Frau dann von der Affäre erfahren?«

»Eine dumme Unachtsamkeit. Sie hat einen Chat auf meinem Handy gefunden, den ich vergessen hatte zu löschen. Das war am Wochenende, bevor ich mit Andrea in Loipersdorf verabredet war. Birgit ist ziemlich ausgerastet …«

»Worum ging es in dem Chat?«

»Um nichts Besonderes, aber er war eindeutig.«

»Haben Sie ihn inzwischen gelöscht?«

»Ja.«

»Wusste Ihre Frau, dass Sie Andrea Neuhold am darauffolgenden Wochenende in Loipersdorf treffen wollten?«

»Nein. Aber ich habe Ihnen ja schon am Telefon erklärt, dass dies mein letztes Wochenende mit Andrea hätte werden sollen.«

»Weil Sie vorhatten, mit ihr Schluss zu machen. Ja, das haben Sie erwähnt. Es gibt da aber noch eine andere Unstimmigkeit.« Sandra richtete den Blick auf ihre Unterlagen, während Luttenberger die Arme vor der Brust verschränkte und sich zurücklehnte.

»Sie haben am Samstag um 14.03 Uhr im Hotel Himmelreich eingecheckt«, sagte Sandra und sah den Doktor wieder an.

»Gegen 14.00 Uhr, das kommt doch hin. Oder habe ich etwas anderes behauptet?« Luttenberger zuckte mit den Schultern.

»Nein, das passt schon. Wir wissen aber, dass Sie bereits am Freitagabend Ihre Hotelrechnung in Wien beglichen haben, und nicht erst am Samstagvormittag.«

»Ach das …« Luttenberger lächelte, was ihn um einiges sympathischer wirken ließ.

Sandra bezweifelte nicht, dass er so charmant und unwiderstehlich sein konnte, wie Andrea ihn beschrieben hatte.

»Nach der Tagung war ich mit einigen Kollegen auf ein Gulasch und ein Bier in einem Beisl ums Eck. Danach haben wir uns noch einen Whiskey an der Hotelbar gegönnt. Die haben dort eine sehr feine Auswahl.«

»Dann haben Sie von Freitag auf Samstag also noch im Kongress-Hotel übernachtet?«

»Ja. Ich bezahle meistens am Abend vor dem Abreisetag, um den Stau an der Rezeption zu vermeiden, wenn alle gleichzeitig nach dem Frühstück ihre Rechnungen begleichen«, erklärte er.

Das klang plausibel. »Und wann haben Sie das Kongress-Hotel dann tatsächlich verlassen?«

»Am Samstag gegen 10 Uhr vormittags.«

»Und danach?«

»Danach war ich in der Wiener Innenstadt, um ein Abschiedsgeschenk für Andrea zu besorgen.«

»Darf ich fragen, was Sie für sie besorgt haben?«

Luttenberger sah Sandra an und seufzte erneut. »Ich bin von einem Geschäft zum anderen gelaufen, habe aber nichts

Passendes gefunden. Ich wollte ihr etwas Besonderes schenken. Aber was schenkt man einer Frau, die man bei aller Liebe verlassen muss, weil sie an keiner ernsthaften Beziehung interessiert ist?«

Keine Ahnung. Erwartete der gute Herr Doktor etwa, dass Sandra seine Frage beantwortete? Ihr hatte jedenfalls noch kein Verflossener ein Trennungsgeschenk gemacht.

»Hat Andrea jemals Geld von Ihnen verlangt?«

»Wie bitte? Nein. Alles, was ich ihr geschenkt habe, habe ich ihr gerne und aus Liebe gegeben. Meinen Plan, ihr zum Abschied ein Geschenk zu machen, musste ich aber aufgeben, damit ich nicht zu spät komme. Ich habe mein Auto aus der Garage am Hof geholt und bin direkt nach Loipersdorf gefahren.«

»Haben Sie zufällig noch das Garagenticket?«, fragte Sandra.

Axel Luttenberger wandte sich nach seinem Jackett um und zog die Brieftasche aus der Innentasche. »Hier, bitte schön«, sagte er und reichte Sandra das Ticket.

*»Garage Am Hof, 02.08.2014.«*

Das Ticket stammte zweifelsfrei aus der angegebenen Garage in Wien, die unverschämt teuer war, fiel ihr auf. Das Datum stimmte. Auch die Einfahrts- und die Ausfahrtszeit passte: *»10:07-11:29«*. Samstags war stadtauswärts meist starker Verkehr. Das traf auch auf die Bundeshauptstadt zu, wenn man dem Verkehrsfunk Glauben schenken durfte. Eine Fahrtzeit von etwa zweieinhalb Stunden von der Wiener Innenstadt bis nach Loipersdorf erschien Sandra jedenfalls plausibel. Damit war auch die letzte Unstimmigkeit geklärt.

Doktor Luttenbergers Aussagen zu seinem Alibi deckten sich so weit auch mit den Angaben seiner Frau.

»Erinnern Sie sich noch daran, was Sie zu Abend gegessen haben, bevor ich Sie am Samstag angerufen habe?«, stellte Sandra noch eine letzte Kontrollfrage.

»Ja, ich habe mir ein Steak abgebraten und mit meiner Frau zu Abend gegessen. Birgit hatte wieder mal nur Salat. Sie isst schon seit Jahren kein Fleisch mehr.« Als am Mittwoch der zweite Brand ausgebrochen war, hatte er bei einer Patientin in seiner Ordination eine Wurzelbehandlung vorgenommen, sagte Doktor Luttenberger weiter aus.

Was Sandra daran erinnerte, dass sie wieder einmal einen Kontrolltermin bei ihrem Zahnarzt vereinbaren sollte.

»Eine Frage noch, Herr Doktor«, meinte sie abschließend. »Sagt Ihnen der Name Monika oder Monique Thaller etwas?«

»Der Name sagt mir gar nichts. Ist sie eine Patientin von mir? Ich müsste in der Ordination nachfragen.«

»Ich nehme nicht an, dass sie Ihre Patientin ist, aber bitte, überprüfen Sie es.« Sandras Geste ließ keinen Zweifel offen, dass er sofort in der Praxis anrufen sollte.

Wenig später konnte der Zahnarzt mit Sicherheit ausschließen, dass Monika Thaller seine Patientin war.

»Es handelt sich um eine gute Freundin von Andrea, die sie offenbar vor ihrem Verschwinden treffen wollte. Und die ebenfalls abgängig ist.«

»Dann sind die beiden zusammen verschwunden?«

»Das versuchen wir herauszufinden.«

»Vermissen Sie zufällig den Deckel eines Kameraobjektivs?«, stellte Bergmann eine letzte Frage.

Doktor Luttenberger verneinte. Jeglicher Tatverdacht gegen ihn und seine Ehefrau war nach deren Einvernahmen vom Tisch. Die Brandleiche war noch immer nicht identifiziert. Und Andrea und ihre Freundin blieben verschollen. Die Ermittler tappten nach wie vor im Dunkeln.

»Und jetzt?«, fragte Sandra ratlos, nachdem Axel Luttenberger den Verhörraum verlassen hatte.

Bergmann sah auf die Wanduhr. »Hast du einen Bikini dabei?«, fragte Bergmann.

»Wie bitte?«

»Einen Bikini«, wiederholte Bergmann.

»Warum?«

»Verdeckte Ermittlungen«, erwiderte der Chefinspektor grinsend.

Allzu lange hatte die Retourkutsche für ihre letzte Ausrede nicht auf sich warten lassen, stellte Sandra fest. »Mein Badeanzug ist im Kofferraum«, sagte sie.

»Dann lass uns in die Therme fahren.« Bergmann stand auf.

Warum eigentlich nicht, dachte Sandra und erhob sich ebenfalls. Wenigstens konnte sie nach getaner Arbeit noch ein paar Längen schwimmen. Sie hatte ohnehin schon seit Tagen keinen Sport mehr getrieben und fühlte sich dementsprechend schlapp. Nicht nur, weil sie hundemüde war.

## 4.

Für Bergmanns Massage war es schon zu spät, als sie die Therme Loipersdorf erreichten, auch wenn diese erst in knapp vier Stunden schloss. Der Chefinspektor trug es mit Fassung. Er wollte die Befragung einiger Angestellten übernehmen, während sich Sandra unter den Badegästen umhörte, die an diesem warmen, wenn auch nicht mehr ganz so heißen Sommertag noch zahlreich vertreten waren.

Niemand der Befragten erkannte Andrea auf dem Foto wieder. Einige waren sich nicht sicher. Wohingegen Monika Thaller mehrfach hier gesehen worden war, was allerdings eine Weile zurücklag. Zwei der Damen, beide Stammgäste, kannten sie sogar beim Vornamen. Die eine schätzte, dass es anderthalb Jahre her war, die andere wollte sie zuletzt beim letzten Vollmondschwimmen des Vorjahres im Dezember gesehen haben. Im Gegensatz zur ersten Frau konnte sich die zweite an die »Fisch-Tätowierung« auf ihrem Oberarm erinnern. Was Sandra vermuten ließ, dass das Tattoo in der Zwischenzeit entstanden sein musste. Wann immer sie nach der Phönix-Tätowierung fragte und das Polizeifoto herzeigte, folgte entweder Kopfschütteln oder der Hinweis auf einen großen dunkelhaarigen Mann namens Hary. Er sei Stammgast in der Therme und habe einen großen Vogel auf den Rücken tätowiert. Derlei Aussagen hatte Sandra schon aus der Fahndungsabteilung vernommen. Der Name Hary war ihr aber neu.

Nach zwei Stunden lief ihr Bergmann bei der Salzgrotte in der Therme über den Weg. Er wusste Ähnliches zu berichten. Drei Angestellte konnten sich an das Koi-Motiv auf Monika Thallers Oberarm erinnern. »Wolltest du nicht schwimmen gehen?«, fragte er, nachdem sie ihre Informationen ausgetauscht hatten. Er schob seine Sonnenbrille auf die Nasenspitze und musterte sie von oben bis unten.

Sandra verschränkte ihre Arme vor der Brust. Wieder einmal schaffte es der Chefinspektor, dass sie sich von seinen Blicken ausgezogen fühlte. Obwohl sie einen schlichten dunkelblauen Einteiler trug, der bestimmt nicht sexy geschnitten war. Andrea machte sich über ihren biederen Badeanzug immer lustig. Doch Sandra war nun mal eine sportliche

Schwimmerin, während die Freundin zu den Badegästen zählte, die sich im Bikini auf der Liege räkelten und zwischendurch im Wasser plantschten. »Ich bin dann mal draußen im Sportbecken«, sagte sie.

»Ich hör mich hier drinnen noch ein wenig um«, sagte Bergmann. »Wann und wo treffen wir uns wieder?«

»Im Freibereich. Unten bei den Sonnenschirmen. Direkt neben der großen Uhr. In einer Dreiviertelstunde?«

»Bis dann«, sagte er, noch immer mit diesem anzüglichen Grinsen.

Sandra wandte sich ab. »Macho-Arsch«, murmelte sie. Wobei sein Hintern gar nicht mal das Schlechteste an ihm war. Sie strebte auf die Glastür zu, die ins Freie führte.

## 5.

Sandra tauchte im Sportbecken unter, um nach einer weiteren Kraullänge zu wenden und die nächste zu schwimmen. Das Sportbecken gehörte ihr nahezu allein, während sich in den anderen Becken noch einige Badegäste tummelten. Ein Mann mit schwarzer Badekappe und Schwimmbrille zog neben ihr seine Bahnen. Gerade eben kraulte er an ihr vorbei. Sosehr sie sich auch anstrengte, sie schaffte es nicht, mit seinem Tempo mitzuhalten. Es war lediglich eine Frage der Zeit, bis der trainierte Schwimmer sie ein weiteres Mal überholen würde. Doch auf die Geschwindigkeit kam es ihr nicht an. Hauptsache sie konnte sich beim Sport verausgaben. Das war seit jeher das beste Mittel für sie, um abzuschalten. Auch wenn die Sorge um Andrea schneller zurückkehren würde, als ihr lieb war.

Einmal mehr drehte Sandra den Kopf zur Seite, um Luft zu holen. Dabei fiel ihr ein stark tätowierter Mann am Beckenrand auf, der sich immer weiter von ihr entfernte. Täuschte sie sich? Oder prangte da ein Phönix auf seinem Rücken? Sie brach ihr Kraultempo ab. Aus dieser Entfernung waren die Details der schwarzen Tätowierung kaum zu erkennen. Die wenigen roten Stellen konnten sowohl Flammen als auch Federn sein. Außerdem verdeckte das Badetuch, das über seiner Schulter hing, mehr als die Hälfte des ausladenden Tattoos.

So schnell sie konnte, schwamm Sandra an den Beckenrand und stemmte sich dort mit Schwung aus dem Wasser. Als sie ihrem Badetuch auf der nahen Liege zustrebte, hatte sie den durchtrainierten Mann in den schwarzen Badeshorts noch im Blickfeld. Wahrscheinlich war er dieser Hary, der hier Stammgast war. Auf alle Fälle wollte sie ihn befragen. Inzwischen war er jedoch über die Treppe verschwunden, die zum Restaurant hinaufführte. Sandra schnappte sich ihr Badetuch und nahm die Verfolgung auf. Oben angelangt entdeckte sie ihn am anderen Ende des Thermalbeckens. Vorbei an einigen Badegästen strebte er zügig auf den Innenbereich der Therme zu.

Sandra folgte ihm durch die Glastür, an der Salzgrotte vorbei, weiter über die Treppe, hinunter in den Saunabereich. Im Ruheraum blieb er stehen. Sie näherte sich ihm von hinten, wollte ihn schon ansprechen, als er sich plötzlich bückte und seine Shorts auszog.

Sandra hielt inne. Kurz entschlossen schob sie die Träger ihres Badeanzugs von den Schultern und wickelte das Badetuch oberhalb der Brust um ihren Körper, um sich anschließend ihres Einteilers zu entledigen. Zwar hatte sie nichts zu verbergen – überhaupt im Saunabereich –, aber immerhin war sie doch im Einsatz. Der nackte tätowierte Mann entschwand durch die nächste Glastür ins Freie. Wieder folgte sie ihm und nahm gerade noch wahr, dass er die hintere der beiden Saunas betrat.

Das Badetuch noch immer um ihren Körper gewickelt, folgte sie ihm und huschte in die verglaste Sauna hinein.

»Tür zu!«, forderte sie eine Männerstimme lautstark auf.

Hastig zog Sandra die Tür hinter sich zu. Das Schild, das das Betreten der Sauna während des Aufgusses untersagte, hatte sie in der Eile glatt übersehen. Ohne sich umzublicken, visierte sie den nächsten freien Platz in der untersten Etage an und kam neben einer tiefbraunen älteren Blondine zu sitzen, die stark schwitzte. Im nächsten Moment zischte es. Ein Handtuch wirbelte durch die Luft, die sich beim Aufguss noch weiter aufgeheizt hatte, und verteilte die Hitze bis in den allerletzten Winkel der Schwitzkammer. Sandra stieg der Eukalyptusduft in die Nase. Ihre Augen brannten.

Der Vogelmann tauchte die Holzkelle ein weiteres Mal in den Saunakübel ein. War er derjenige, den der Nachbar von Monika Thaller beobachtet hatte? Er war groß, dunkelhaarig, muskulös und hatte einen Vogel auf den Rücken tätowiert. Keinen Phönix, stellte Sandra nunmehr aus der Nähe fest, sondern einen schwarzen Adler, dessen dunkle Schwingen nach oben hin rot zuliefen. Als er sich umwandte, um sein Handtuch weiter durch die Luft zu wirbeln, kam er ihr auf einmal bekannt vor. Oder sah er nur jemandem ähnlich? Einem Schauspieler vielleicht? Einem prominenten Sportler? Sie kam nicht darauf, wollte ihn aber auch nicht weiter anstarren. Bart trug er jedenfalls keinen. Während Sandra darauf wartete, dass er seine Aufguss-Zeremonie beendete, überlegte sie krampfhaft, wo sie ihn schon einmal gesehen hatte. Wenn er hier fertig war, wollte sie ihm hinausfolgen, um ihn zu befragen. Ihr Badetuch behielt sie vorsichtshalber gleich an. Ganz egal, was die anderen, eingefleischten Saunagäste von ihr hielten. Warum hatte sie nicht gleich draußen auf den Mann gewartet, ärgerte sie sich über die fast unerträgliche Hitze. Gab es einen unpassenderen Ort für Ermittlungen als diesen?

Sandra wischte sich über die schweißnasse Stirn und wandte sich zur Seite. Unwillkürlich blieb ihr Blick zwischen den Beinen eines Mannes hängen. Er saß so breitbeinig in der obersten Etage, dass sie an seinem Gemächt gar nicht vorbeischauen konnte, das sich genau auf ihrer Augenhöhe befand. Schlimmer war nur noch der Blick in sein Gesicht. Auf der Stelle wurde Sandra noch heißer. Dort oben saß Bergmann, wie Gott ihn geschaffen hatte. Ihre Wangen und Ohren glühten jetzt förmlich. Bestimmt war sie knallrot angelaufen. Das ließ sich zwar auch auf die Hitze schieben, doch Bergmann kannte sie gut genug, um zu wissen, dass ihr diese Situation hochnotpeinlich war. Warum sonst grinste er sie an, während der schwarze Vogel noch immer sein Handtuch schwang. Sandra war bestimmt nicht prüde, aber das musste nun wirklich nicht sein. Wer wollte seinen Chef schon nackt in der Sauna schwitzen sehen? Noch dazu einen, der ein sexistischer Macho war und jeder Frau an die Wäsche wollte. Sofern sie welche anhatte. Wenigstens war sie so weit verhüllt, dass Bergmann nichts von ihr zu sehen bekam, was er nicht schon vorhin im Badeanzug gesehen hatte. Dennoch fühlte sie sich splitterfasernackt und tastete nach ihrem Badetuch, um sicherzugehen, dass es auch dort bleiben würde, wo es war, wenn sie später aufstand.

Endlich stellte der Tätowierte den leeren Kübel mitsamt der Holzkelle beiseite, warf das Handtuch wieder über seine muskelbepackte Schulter und verabschiedete sich von den schweißgebadeten Gästen, von denen ihm die meisten applaudierend dankten.

»Pfiat di, Hary!«, hörte Sandra mehrfach, als sie aufstand, um ihm hinaus zu folgen. Bergmann hatte anscheinend denselben Plan wie sie. Draußen grinste er noch immer. Wenigstens verbarg nun das Badetuch um seine Hüften, was Sandra niemals hatte sehen wollen. Sie ignorierte den Chefinspektor und sprach den nackten Mann von hinten an.

Der drehte sich nach ihr um. »Ja?«

Zwei blaue Augen sahen sie an. Augen, in die sie definitiv schon einmal geblickt hatte. Sandra strich sich eine verschwitzte Haarsträhne hinters hochrote Ohr. Bei näherer Betrachtung war der Mann in Bergmanns Alter, wenngleich er etwas jugendlicher wirkte als er.

»Abteilungsinspektorin Sandra Mohr, LKA Steiermark«, antwortete sie, den halbnackten Chefinspektor weiterhin ignorierend. Sollte er sich doch selbst vorstellen, wenn er wollte. Ihren Ausweis konnte sie momentan nicht herzeigen. Der war mit ihren Sachen in einem Kästchen eingesperrt.

»Wir kennen uns doch«, sagte der Ganznackte und musterte sie von oben bis unten. »Sie sind mir schon beim Aufguss so bekannt vorgekommen.«

Einmal mehr fühlte sich Sandra ausgezogen. Dabei war er es doch, der nackt vor ihr stand.

»Und Sie kenne ich auch«, sagte er zu Bergmann gewandt. »Ich hab ein fotografisches Gedächtnis.«

»Wie schön für Sie«, meinte der Chefinspektor. »Helfen Sie uns auf die Sprünge?«

»Windisch Harald. Wir sind uns gestern beim Waldbrand

begegnet. Ich musste mein Haus verlassen, und Sie haben mich später nach meinen Beobachtungen gefragt.«

»Richtig«, sagte Sandra. Das war der Mann im blauen Blouson, das seine Tätowierungen verborgen hatte. Angezogen hätte sie ihn vermutlich wiedererkannt. »Dürfen wir Ihnen noch ein paar Fragen stellen?«

»Eigentlich wollte ich mich nur noch rasch abkühlen und dann weiter. Worum geht's denn?«, fragte er.

»Es dauert bestimmt nicht lange«, sagte Sandra. »Können wir kurz duschen und uns danach irgendwo unterhalten?« In den Tauchbecken neben ihnen tummelten sich etliche Saunagäste.

»Die Sonnensauna-Bar ist nicht mehr besetzt. Wir können uns unten in der Acapulcobar treffen«, erwiderte Windisch. »Gleich hinterm Acapulcobecken.«

Sandra nickte. »Bei der großen Uhr?«

»Genau. In einer halben Stunde muss ich aber spätestens weg.«

»Das geht sich aus«, versprach Sandra und wandte sich ab. Bergmann folgte ihr.

Noch einmal griff sie nach ihrem Badetuch, um es noch fester zuzuziehen, und steuerte die Liege an, auf der sie vorhin ihren Badeanzug ausgebreitet hatte.

»Du findest ihn heiß, oder?«, fragte Bergmann.

Wie kam er bloß darauf? »Nicht so heiß wie seinen Aufguss«, sagte Sandra. »Dein Verhalten in der Sauna war übrigens unmöglich«, rieb sie ihm unter die Nase.

»Mein Verhalten? Du meinst, dass ich nackt in der Sauna war? Wie alle anderen auch?«, entgegnete Bergmann. »Außer dir. Eingewickelt bis oben hin. Da war gewiss was Schönes drin.« Einmal mehr grinste er sie an.

»Was diskutiere ich eigentlich mit dir, du Rüpel?« Sandra wandte sich ab.

Nach einer kalten Dusche, die ihren erhitzten Körper und ihr Gemüt wieder auf einigermaßen normale Betriebstemperatur brachte, holte sie ihre Sachen aus dem Kästchen und zog sich an. Bergmann hatte für heute mehr als genug von ihr gesehen. Genau genommen reichte das für alle Zeiten.

## 6.

Als Sandra die Acapulcobar erreichte, saßen beide Männer in Badeshorts mit alkoholfreien Getränken an einem der Tische bei den Pflanzenkübeln. Sie legte ihre Tasche auf dem orangefarbenen Plastiksessel neben Bergmann ab.

»Darf ich Ihnen was zum Trinken holen? Hier ist Selbstbedienung«, bot sich Harald Windisch an.

»Nicht nötig, das übernehme ich«, gab sich Bergmann ungewohnt zuvorkommend.

Sandra bat ihn um ein großes Soda Zitron. Sie war zwar noch nie in Acapulco gewesen, nahm aber an, dass die Strandlokale dort ähnlich schmucklose Buden wie diese hier waren.

»Gut, Herr Windisch«, sagte sie und holte die Polizeifotos aus ihrer Tasche. »Sie kennen Monika Thaller, wenn ich mich recht erinnere?«

Windisch nickte. »Das hab ich Ihnen schon gestern gesagt.«

»Das haben Sie, ja. Auch dass Sie die blonde Frau, die ebenfalls vermisst wird, nicht kennen.« Sandra schob ihm Andreas Foto hinüber.

»Stimmt.«

»Wo haben Sie Ihre Tätowierungen stechen lassen?«, fragte sie weiter.

»Meine Tattoos? Die meisten in Fürstenfeld. Den Adler auf meinem Rücken zum Beispiel.«

»Bei Laszlo Nemeth?«, fragte Sandra.

»Ja«, meinte Windisch überrascht. »Hat der Laszlo dieses hier auch gestochen?« Er zeigte auf das Foto des Phönix, den er noch nie an jemandem gesehen haben wollte.

Sandra ließ seine Frage unbeantwortet. Stattdessen bedankte sie sich bei Bergmann, der ihr Getränk brachte. »Und woher stammen Ihre anderen Tätowierungen?«, wollte sie wissen.

»Die hier sind alle vom Laszlo. Das da ist von einer Tattoomesse in Graz ...« Er streckte Sandra den rechten Arm entgegen und drehte ihn langsam, sodass sie die schwarzen Motive von allen Seiten begutachten konnte. Schließlich zeigte er ihr das Gesicht eines kleinen Buben auf der Innenseite seines linken Unterarms. Wie die anderen Tattoos wirkte auch dieses sehr realistisch. »Das hier hab ich mir zuletzt in Berlin stechen lassen.« Er lächelte stolz.

Sandra vermutete, dass die Tätowierung seinen Sohn zeigte, fragte aber nicht nach, da es nichts zur Sache tat. Dass ein solcher Prachtkerl noch zu haben war, nahm sie nicht an. Auch wenn er, soweit sie sich erinnerte, allein lebte, hatte er vermutlich eine Freundin. Für schwul hielt sie ihn nicht. So viel hatten ihr seine Blicke verraten.

»Waren Sie mit Frau Thaller intim?«, wollte Bergmann wissen.

Windisch schüttelte den Kopf. »Die Monika hätte mir

schon gefallen. Aber sie hatte gerade eine Trennung hinter sich, als wir uns kennenlernten. Sie wollte nichts von einer neuen Beziehung wissen.«

»Und von Sex wollte Frau Thaller auch nichts wissen?«, fragte Bergmann.

»Jedenfalls nicht mit mir.«

Schwer nachvollziehbar, dachte Sandra. Hätte sich der Mann um sie bemüht, würde sie ihn nicht so ohne Weiteres von der Bettkante stoßen. Selbst wenn er für ihren Geschmack zu stark tätowiert war. Aber in der Nacht waren ja alle Kater grau. Umgehend rügte sie sich für ihre Gedanken. Momentan gab es wahrlich Wichtigeres als ihren sexuellen Notstand, der anscheinend größer war, als sie angenommen hatte. »Sie haben sie im vergangenen Winter kennengelernt?«, hakte sie nach.

Windisch überlegte nicht lange. »Das muss im November oder Dezember gewesen sein. Wir haben uns in der Sauna kennengelernt und ein paar Mal hier getroffen. Einige Male waren wir nachher beim Heurigen dort oben.« Er zeigte hinter sich auf den Hügel.

»War Monika Thaller tätowiert?«, fragte Sandra.

Windisch nickte. »Sie hatte einen Koi am Oberarm.«

»Wissen Sie, von wem der stammt?«

»Vielleicht auch vom Laszlo?«, vermutete Windisch, wusste es aber nicht.

»Wo waren Sie am letzten Sonntag in der Früh?«, fragte Sandra weiter.

»Das habe ich Ihnen auch schon beantwortet. Zu Hause. Allein.«

»Sie stammen aber nicht aus dieser Gegend?« Sandra konnte keinen regionalen Dialekt heraushören.

»Ich bin vor ziemlich genau einem Jahr aus Graz hergezogen, um mich voll und ganz meiner Kunst zu widmen. Zuvor war ich Grafik-Designer und Art-Direktor in der Werbebranche. Jetzt lebe ich hier auf einem ehemaligen Bauernhof, hab viel Platz und Ruhe zum Arbeiten.«

Ein solches Künstlerleben musste man sich erst einmal leisten können, überlegte Sandra. Aber vielleicht war Windisch ja auch einer von den wenigen, die von ihrer Kunst leben konnten. »Wann haben Sie Monika Thaller zuletzt gesehen?«, fragte sie.

»Das ist schon eine Weile her. Im März, schätze ich.«

Die Frage nach seinem Auto ersparte sich Sandra. Auf keinen der Einwohner im fraglichen Umkreis des Tatorts war ein schwarzer Volvo zugelassen. Das hatte sie bereits überprüft. Außerdem war Oberlamm Teil der Gemeinde Unterlamm und gehörte damit zum Bezirk Feldbach, dessen Fahrzeuge mit dem KFZ-Kennzeichen-Kürzel »FB« unterwegs waren. Da die beschlossene Fusionierung der Bezirke Feldbach und Radkersburg Anfang nächsten Jahres wirksam wurde, erhielten Fahrzeuge, die neu angemeldet oder umgemeldet wurden, bereits seit letztem Juli Kennzeichen mit dem Kürzel »SO« für den neuen Bezirk Südoststeiermark. Der schwarze Volvo mit »FF«-Kennzeichen war hingegen im früheren Bezirk Fürstenfeld angemeldet, der mit Hartberg zusammengelegt wurde, und konnte somit nicht Windisch gehören. »Darf ich abschließend noch ein Foto von Ihrem Rücken machen?«, fragte Sandra.

»Wenn Sie möchten, bitteschön«, meinte Windisch erst verwundert, dann geschmeichelt. Er stand auf und warf sich in Pose.

Sollte er ruhig glauben, dass ihr seine Tätowierungen gefielen. Dabei wollte Sandra nur herausfinden, ob er bei Monika Thaller im Haus gesehen worden war. Nach dem Handyfoto von seinem Rücken machte sie gleich noch eines von vorne. »Hatten Sie mal einen Vollbart?«, fragte sie.

»Das ist lange her«, sagte er und fuhr sich übers Kinn.

Sandra nahm den Schatten eines Bartes wahr, der seit der letzten Rasur – vermutlich an diesem Morgen – nachgewachsen war. »Ist der Heurige dort oben heute geöffnet?«, stellte sie ihm ihre letzte Frage.

»Ich glaube schon.«

In der Ferne vernahm Sandra ein Donnergrollen. Sie bedankte sich bei Harald Windisch und erhob sich. Hoffentlich ging sich vor dem nächsten Gewitter noch ein Abendessen im Gastgarten aus. Wenn auch nur mit dem Chefinspektor.

# KAPITEL 19

Er saß am Tisch und zeichnete. Voll konzentriert auf das, was er tat. Während Nirvana durch den Kellerraum plärrte. Die Band kannte sie. Wegen Kurt Cobain. Der hatte Charisma gehabt. Auch wenn sie nicht auf Junkies und kaputte Typen stand. Und Grunge nicht ihre Musik war. Was einem alles durch den Kopf ging, wenn man von einem Perversen festgehalten wurde. Und versuchte, sich zu erinnern, was passiert war.

Er kam mit der Zeichnung auf sie zu.

Schwarze Konturen. Blüten. »Vielen Dank für die Blumen«, fiel ihr ein. Tom und Jerry. Udo Jürgens. Warum spielte er keine Schlagermusik? Die hätte ihr besser gefallen. Helene Fischer. »Atemlos durch die Nacht.« Während sie geknebelt und gefesselt stundenlang im Dunkeln auf der Pritsche lag. Sie grinste, wunderte sich über ihren Galgenhumor. Wahrscheinlich schnappte sie bereits über.

»Gefällt's dir?«, fragte er.

Dieses Lächeln. Ein attraktives Lächeln. Für einen Entführer. Der sie in einem Kellerloch gefangen hielt. Ihr Drogen einflößte. Ihren Rücken tätowierte. Um seine abartigen Fantasien an ihr auszuleben.

Lieber wäre ihr gewesen, er hätte mit ihr geschlafen. Anstatt sich auf ihrer Haut zu verewigen. Erinnerungen an Sex verblassten. Früher oder später. Tätowierungen kaum. Einzig auf ihre Haut hatte er es abgesehen. Nicht auf Sex. Auch wenn ihn sein Werk erregte. Das war offensichtlich.

Wenigstens betäubte er sie nicht mehr. Seit sie sich fügte. Das Wasser war frisch. Kein seifiger oder salziger Nachgeschmack. Vor allem aber keine Kopfschmerzen. »Was hast du mit mir vor?« Die Frage quälte sie am meisten. Abgesehen von den höllischen Schmerzen und der Übelkeit, die hoffentlich nicht wiederkehren würden. Ihre Angst blendete sie aus. Mal gelang ihr das besser. Mal schlechter. Aber sie zeigte sie ihm nicht.

»Das wirst du sehen, wenn ich mit dir fertig bin. Meine Liebe …« Mit verklärtem Lächeln strich er ihr übers Haar. Den Hals hinunter.

»Du liebst doch Monique. Ihr wolltet heiraten, Amir.« Wieder ein Puzzleteilchen, das aus ihrer Erinnerung aufgetaucht war.

Sein Lächeln verschwand. »Zieh dich aus und dreh dich um!«, befahl er ihr.

Sie gehorchte ihm. Zog das Nachthemd über den Kopf. Als stünde sie noch immer unter dem Einfluss der Droge.

Er machte dort weiter, wo er aufgehört hatte. Desinfizierte ihren Rücken. Brachte das Papier in die richtige Position. Übertrug die Konturen auf ihre Haut. Immer wieder tauchte er die Spitze der Tätowiermaschine in den kleinen Tiegel mit schwarzer Farbe ein. Stach ihr diese nach und nach unter die Haut. Um sich später den farbigen Stellen zu widmen. Akribisch. Stundenlang. Früher oder später tat es weh. Sie biss die Zähne zusammen. Jammern und sich wehren verzögerte alles nur. Machte es noch schlimmer.

Nach einer gefühlten Ewigkeit hörte er auf. Nirvana plärrte noch immer in Dauerschleife. Wie immer, wenn er fertig war, strich er Salbe auf ihren Rücken. Zärtlich. Liebevoll. Voller Bewunderung. Dann fühlte sie sich schön. Mochte ihn mehr und mehr. Ja, sie musste übergeschnappt sein.

Er deckte ihren Rücken mit Plastikfolie ab. Reichte ihr ein frisches weißes Nachthemd. Das genauso aussah wie das andere. Streichelte ihr noch einmal übers Haar. »Sie suchen nach dir. Aber sie werden dich nicht finden. Du bleibst bei mir.«

Seine Worte erinnerten sie an einen Song aus ihrer Kindheit, den ihre Mutter immer gehört hatte. Und an das Video dazu. Von Falco. Der Psychopath in der Zwangsjacke. Jeanny. Sein Opfer. So ähnlich hatte der Text doch gelautet. Wollte er sie töten? Hatte Amir Monique getötet?

Sie zitterte. Griff nach ihrer Decke.

»Hier«, sagte er. »Dein Handy. Schreib ihr. Dass es dir gut geht. Dass sie dich in Ruhe lassen soll. In deinen Worten. Keine Tricks. Hörst du?« Er packte sie unsanft im Gesicht. Quetschte ihre Wangen zusammen.

»Wem soll ich schreiben?«, nuschelte sie.

Er ließ sie los. Lächelte wieder. »Deiner Polizistenfreundin.«

»Woher kennst du Sandra?«

»Sie ist hübsch. Ein wenig zu mager vielleicht. Wenn ich mit dir fertig bin, ist sie die Nächste.«

»Was hast du vor?«

»Schreib, sag ich!«

Was sollte sie schreiben? Damit Sandra wusste, dass sie in Gefahr war. Etwas, das ihm nicht auffiel.

*»Liebe Sandra, bin mit einer Freundin auf Urlaub. Mach dir keine Sorgen. Melde mich wieder. BB Andi«*

»Fertig? Gib her.«

»Hier ist kein Empfang.« Sie reichte ihm das Handy.

Er las die Nachricht. Lächelte zufrieden. »Braves Mädchen. Ich kümmere mich darum. Sie bekommt dein Lebenszeichen.« Diesmal verzichtete er darauf, sie an der Pritsche festzubinden. Und verließ den Keller. Ein Zeichen des Vertrauens? Oder hatte er nur darauf vergessen?

Endlich konnte sie sich frei im Raum bewegen. Den Kühlschrank erreichen, der gefüllt war. Und das Waschbecken, um Wasser zu trinken und sich zu waschen. Vielleicht gelang ihr ja sogar die Flucht. Und wenn nicht? Sollte sie schreien? Aber was, wenn er sie hörte? Er würde sie wieder fesseln. Ihr das Drogenwasser geben. Bis sie wieder spurte.

Sandra verstand ihre Botschaft bestimmt. Und Sascha war an ihrer Seite. Die beiden waren ein gutes Team. Sie würden nicht aufhören, nach ihr zu suchen. Und sie finden. Irgendwann. Hoffentlich bald.

# KAPITEL 20

**Immer noch Donnerstag, 7. August**

Bergmann war eingenickt, noch ehe sie Fürstenfeld erreichten. Sandra gähnte schon wieder. Sie hatte eine kurze Nacht und einen umso längeren Tag hinter sich. Noch dazu hatte sie beim Heurigen ein riesiges Brot mit frischem warmem Schweinsbraten gegessen und kämpfte nun umso mehr gegen ihre Müdigkeit an. Die gleichmäßigen, tiefen Atemzüge ihres Beifahrers machten es ihr nicht unbedingt leichter, wach zu bleiben. Noch einmal nippte sie an ihrem Energy-Drink, konzentrierte sich auf die unbeleuchtete Landstraße. Auch wenn das Getränk zuckerfrei war, mochte sie den süßen Geschmack nach roten Gummibärchen nicht besonders. Doch das Taurin tat seine Wirkung. Bis Graz würde sie jedenfalls durchhalten. Die Handytöne unterbrachen Bergmanns leises Schnarchen.

Er blinzelte. »Ist was?«, fragte er.

»Nichts, schlaf weiter …«

Der Chefinspektor drehte seinen Kopf zur anderen Seite.

Sandra warf einen kurzen Blick auf ihr Handy und traute ihren Augen nicht. »Eine Nachricht von Andrea«, stammelte sie, ohne die Nachricht zu öffnen. Sie musste sich auf den Verkehr konzentrieren. Konnte dieser Idiot nicht sein Fernlicht abblenden? Sie kniff die Augen zusammen.

»Was?« Bergmann fuhr herum. »Von Andrea? Im Ernst? Zeig her!« Er griff nach ihrem Mobiltelefon.

»Lies vor«, sagte Sandra, noch immer verwirrt. Konnte das sein? Stammte die Nachricht wirklich von Andrea? Einerseits zählte ihre Freundin zu den spontansten Menschen, die sie kannte. Und war jederzeit für Überraschungen gut. Aber warum hatte sie dann einen Notruf abgesetzt? War es möglich, dass an Bergmanns absurder Theorie etwas dran war? War ihr Notruf nur ein Täuschungsmanöver gewesen? Hatte Andrea den Mord an der unbekannten Frau begangen und war deshalb untergetaucht? Konnte sie tatsächlich ihre Jugendfreundin getötet haben? Nein. In tausend Jahren nicht, war sie sich sicher.

»Liebe Sandra«, holte Bergmann sie gedanklich zurück. »Ich bin mit einer Freundin auf Urlaub. Mach dir keine Sorgen. Melde mich wieder. BB Andi«, las er die Nachricht vor.

»BB Andi?«, wiederholte Sandra.

Bergmann nickte. »Da steht BB Andi …«

»Niemals«, erwiderte Sandra matt. Obwohl auch sie jetzt hellwach war. »Die Nachricht ist fake. Die muss jemand anders geschrieben haben. Oder Andrea aufgetragen haben, sie zu schreiben. Sie hat noch nie ›BB‹ geschrieben. Und ›Andi‹ nennt sie auch kein Mensch. Was soll diese Nachricht? Ist das ein Versuch, dass wir die Fahndung nach ihr einstellen?«

»Er will Zeit gewinnen«, murmelte Bergmann.

»Wofür braucht er Zeit? Was hat er mit ihr vor? Wenn es derselbe Mann ist, der das erste Opfer auf dem Gewissen hat, wovon ich ausgehe, worauf wartet er noch?« Sandra spürte, wie die Tränen der Verzweiflung ihre Augen füllten. »Reiß dich zusammen!«, schalt sie sich selbst und fuhr sich über die feuchten Augen.

Bergmann hantierte wortlos mit ihrem Handy, hielt es

an sein Ohr, um die Verbindung kurze Zeit später wieder zu trennen. »Wieder nur die Mailbox ... Diesmal ist sie aber nicht sofort angesprungen. Erst nach mehrmaligem Klingeln.«

»Dann muss ihr Handy noch im Netz eingewählt sein.«

»Ich ruf Jörg an. Er soll sofort versuchen, es zu orten.«

»Und ich schreib zurück. Vielleicht bleibt es dann länger im Netz.« Sandra setzte den Blinker und fuhr rechts ran.

Bergmann sprach bereits mit dem Leiter der Kriminaltechnik, während sie in ihr Handy tippte.

*»Liebe Andi, wo bist du? Ist Monique bei dir? Schick mir ein Foto, damit ich weiß, dass es dir gutgeht. BB Sandra.«*

Wenn Andrea diese Anrede und »BB« las, würde sie wissen, dass Sandra ihre Botschaft verstanden hatte. Ein Fremder sollte hingegen keinen Verdacht schöpfen.

»Und jetzt?«, fragte Bergmann, der sein Gespräch inzwischen beendet hatte.

»Jetzt warten wir auf eine Antwort.« Sandra legte ihr Mobiltelefon in die Konsole und trank ihre Getränkedose aus. Wieder hatte sie den gebürtigen Steirer, der ohnehin schon der reichste Österreicher war, ein wenig reicher gemacht. Sie steckte die Dose in Bergmanns letzten Coffee-to-go-Becher in der Getränkehalterung und startete den Motor, um die Heimfahrt fortzusetzen. Die Blitze, die über den Nachthimmel zuckten, waren nicht mehr allzu weit entfernt.

# KAPITEL 21

**Freitag, 8. August**

## 1.

Pünktlich um 8 Uhr versammelten sich die Mitglieder der SOKO »Steirerquell« erneut im Besprechungszimmer der Landespolizeidirektion. Sandra fasste die Ergebnisse der Zeugenaussagen in der Therme Loipersdorf zusammen und heftete die Fotos von Harald Windisch ans Whiteboard. »Auch wenn er keinen Bart trägt und der Volvo nicht ihm gehört, werden wir ihn zu einer Gegenüberstellung mit den Nachbarn von Monika Thaller vorladen. Dieselbe Vorladung geht heute noch an Laszlo Nemeth raus«, sagte sie.

Als nächster Punkt stand die Nachricht auf der Agenda, die sie in der vergangenen Nacht vom Handy der vermissten Andrea Neuhold bekommen hatte. Den Kollegen erklärte Sandra erst einmal, warum der Inhalt nicht glaubwürdig war.

»Die Nachricht wurde gestern aus Rio de Janeiro abgeschickt«, klärte Jörg sie auf.

»Rio de Janeiro? Brasilien?«, fragte Sandra perplex.

»Ja. Der Standort könnte aber auch absichtlich mit einer Fake-GPS-App gefälscht worden sein«, räumte der Kriminaltechniker ein.

»Darauf kannst du Gift nehmen«, sagte Sandra.

»Nicht so gern.« Jörg grinste sie an.

Sandra lächelte für den Bruchteil einer Sekunde zurück. Manchmal kam ja doch etwas Besseres nach, fiel ihr sein Vorgänger wieder ein. Je länger sie mit Jörg Schöffmann zusammenarbeitete, desto sympathischer fand sie den Mann. Er musste nicht ständig im Mittelpunkt stehen wie andere vor allem männliche Kollegen, was Sandra ganz besonders an ihm schätzte.

»Was ist mit der Rufdatenauswertung von Monika Thallers Handy?«, fragte Bergmann.

»Auch der letzte Ortungsversuch war negativ. Fest steht aber, dass die Mobiltelefone beider vermissten Frauen zur selben Zeit bei jenem Sendemast in Oberlamm eingewählt waren, der den beiden Brandorten am nächsten steht. Dass sie etwa eine Viertelstunde vorher miteinander telefoniert haben, wussten wir ja schon.«

»Was die Annahme bestätigt, dass sich die Freundinnen dort getroffen haben. Möglicherweise beim Reitstall, zu dem beide eine Beziehung haben«, zog Bergmann den nächstliegenden Schluss.

»Es sei denn, jemand möchte uns glauben machen, dass sich die beiden Frauen dort getroffen haben, um den Verdacht ganz gezielt auf Andrea Neuhold zu lenken«, wandte Sandra ein, ehe jemand am Tisch ihre Freundin des Brandmordes bezichtigte. »Ebenso sollen wir wohl annehmen, dass sie nach der Ermordung der Frau, bei der es sich eventuell um ihre Freundin Monika Thaller handelt, nach Rio de Janeiro geflüchtet ist. Aber mit welchem Ticket? Ihre Kreditkarte und das Bankkonto wurden seit ihrem Notruf an mich nicht mehr belastet.«

»Auf ihrem Laptop haben wir auch nichts gefunden, was auf eine Flucht hinweist. Keine Flugbuchung, nichts dergleichen« sagte Jörg.

»Und ihr Reisepass liegt zu Hause«, fügte Sandra an. Dass sich ihr Gepäck noch in ihrem Mini befand, erwähnte sie nicht. Das konnte wie das zurückgelassene Auto eine falsche Fährte sein.

Bergmann zuckte mit den Schultern. »Eine Überprüfung der Passagierlisten können wir uns wohl sparen. Wenn Andrea Neuhold nach Brasilien geflüchtet ist und gezielt den Eindruck erwecken wollte, dass sie Opfer eines Verbrechens wurde, dann mit falschen Papieren«, sagte er.

»Andrea ist nicht geflüchtet«, blieb Sandra bei ihrer Meinung.

Bergmann warf ihr einen strengen Blick zu. »Vielleicht ist ja auch nur ihr Handy in Rio«, meinte er. »Wie immer es dort hingekommen sein mag.«

»Ich habe den Eindruck, dass uns jemand mit falschen Fährten in die Irre leiten will«, sagte Sandra.

»Na schön. Lassen wir Rio mal beiseite«, sagte Bergmann. »Was sagt uns das Bewegungsprofil von Monika Thallers Handy noch?«, wandte er sich wieder an den Leiter der Kriminaltechnik.

»Dass sie sich in den letzten Monaten immer häufiger in der Nähe des Tatorts aufgehalten hat. In einem maximalen Umkreis von vier Kilometern zum Sendemast. Das entspricht seiner Reichweite, die am Land höher sein muss als in der Stadt, wo die Sender viel dichter beieinanderstehen.« Jörg entfaltete eine Karte, die er Bergmann über den Tisch schob. Der Funkbereich des besagten Sendemasts war mit einem leuchtendgelben Kreis markiert. »20 Tage vor dem Brand hat sich Monika Thaller ausschließlich hier befunden. Zumindest war ihr Handy stationär in diesem Netz eingewählt, wann immer es aktiv war. Gesprächsverbindungen hat es in diesem Zeitraum keine gegeben. Außer die mit Andrea Neuhold am 2. August. Seither ist das Handy inaktiv.«

Bergmann und Sandra steckten ihre Köpfe über der Karte zusammen. Beide Brandorte, alle evakuierten Häuser und der Buschenschank lagen innerhalb des markierten Umkreises. Dort hatte sich Monika Thaller also die letzten drei Wochen ihres Lebens aufgehalten. Dort war sie gestorben. Auch Andrea war dort zuletzt gesehen und ihr Handy geortet worden. Sandra hielt es für immer wahrscheinlicher, dass sich ihre Freundin noch immer in Oberlamm aufhielt, wo sich ihre Spur verloren hatte. Aber wo genau?

»Könnte das Handy zusammen mit der Frau im Pferdestall verbrannt sein?«, holte Bergmann sie aus ihren Überlegungen zurück.

»Ausgeschlossen. Völlig rückstandslos verbrennt ein Handy unter solchen Umständen nicht«, versicherte ihm der Brandexperte.

»Wo hat sich Monika Thaller dann so lange aufgehalten? Beziehungsweise ihr Handy?«, fragte Bergmann und zeichnete mit seinem Finger den gelben Kreis auf der Karte nach.

»Am Reiterhof haben sich keinerlei Hinweise darauf gefunden, dass dort vor Kurzem jemand gehaust hätte«, sagte Jörg.

»Vielleicht hat Monika Thaller ihr Handy verloren, als sie gegen ihren Willen verschleppt wurde«, überlegte Bergmann laut.

»Aber wer hat dann Andreas Anruf entgegengenommen?«, fragte Sandra.

»Derjenige, der das Handy gefunden hat. Vielleicht der Täter. Vielleicht auch wer anderer«, sagte Bergmann.

Sandra schüttelte den Kopf. »Und warum wurde es danach nicht mehr benutzt? Ich glaube viel eher, dass Monika Thaller die letzten drei Wochen dort war, wo auch Andrea festgehalten wird«, sprach sie ihre Überzeugung aus. »Können wir nicht alle Häuser im Umkreis nach ihr absuchen?«

»Du weißt selbst, dass uns diese Hausdurchsuchungen niemals genehmigt werden ohne konkreten, begründeten Verdacht. Wir haben doch bereits alle Anwohner befragt.«

»Wir haben sie aber nicht gefragt, ob wer ein Handy gefunden hat«, sagte Sandra. Zwar glaubte sie nicht, dass dies der Fall war, dennoch rechtfertigte es eine neuerliche Befragung, die vielleicht andere Erkenntnisse brachte. »Wäre es nicht an der Zeit, einen Fahndungsaufruf für Andrea zu veröffentlichen?«, setzte sie hinzu. »Immerhin ist sie seit einer Woche abgängig.«

»Na schön. Kümmer dich um den Fahndungsaufruf«, sprach Bergmann den Presseleiter an, ehe er sich noch einmal dem Kriminaltechniker zuwandte. »Ihr bleibt auf alle Fälle an beiden Handys dran, Jörg. Für den Fall, dass sie wieder aktiviert werden sollten. Sonst noch etwas?«, fragte er in die Runde blickend. Dann schickte er sein Team wieder an die Arbeit.

## 2.

Als Sandra in ihr Büro zurückkehrte, griff sie wieder einmal zum Telefon. Miriam Baumgartner, vormals Seifert, fehlte ganz besonders im Innendienst. Daran würde sich leider auch in der nächsten Woche nichts ändern. Nach dem fünften Läuten meldete sich eine Frau am anderen Ende der Leitung.

Sandra stellte sich vor und erkundigte sich nach ihrem Namen.

Sie sei die Buschenschank-Betreiberin, bestätigte die Frau die nächste Frage der Ermittlerin.

»Arbeitet ein Herr Florian Krainer bei Ihnen?«

»Ja, der hilft bei uns aus. Er ist hauptsächlich fürs Abräumen der Tische zuständig. Aber wenn Not am Mann ist, geht er uns auch in der Küche zur Hand. Warum woll'n S' denn das wissen? Ist dem Florian leicht was zug'stoßn?«

Sandra verneinte. »War er vorgestern zum Dienst eingeteilt, als Ihr Buschenschank wegen des Brandes evakuiert werden musste?«, fragte sie weiter.

»Glaub ich nicht. Aber wart'n S'. Ich schau zur Sicherheit im Dienstplan nach.«

Während Sandra wartete, loggte sie sich ins Vorstrafenregister ein. Möglicherweise stand sie kurz davor, das erste von vielen Rätseln in diesem Fall zu lösen. Und wo steckte Bergmann? Vermutlich in der Kantine, wo er sich nach dem SOKO-Meeting rasch noch ein Weckerl und einen Kaffee hatte holen wollen.

»Hallo? Sind Sie noch dran, Frau Inspektor?«

»Ja?« Sandra hielt inne und lauschte.

»Der Florian hat am vergangenen Wochenend' das letzte Mal g'arbeitet. Er hat heut' Abend, am Samstag und Sonntag wieder Dienst.«

»Und um wie viel Uhr tritt er den an?«

»Normal um halb vier. Heut' kommt er aber schon um 11 Uhr zum Zwiebelschneiden und Erdäpfel schälen. Uns ist in der Küche wer ausg'falln.«

Sandra sah auf ihre Armbanduhr. Das war in einer guten Stunde. »Wann hat er am letzten Sonntag seinen Dienst angetreten?«, erkundigte sie sich.

»Ganz normal. Um halb vier«, war sich die Wirtin sicher.

»Es ist äußerst wichtig, dass Sie unser Gespräch für sich behalten. Erwähnen Sie es bitte weder vor Herrn Krainer noch vor wem anderem«, sagte Sandra eindringlich.

Die Wirtin versicherte ihr zu schweigen.

»Ich mache mich gleich auf den Weg zu Ihnen. In etwa einer Stunde bin ich da.« Sandra bedankte sich für die Auskunft und legte auf. Sie warf einen letzten Blick auf ihren Monitor, fuhr dann den Computer herunter und wählte Bergmanns Handynummer. Die dumpfen Klingeltöne verrieten ihr, dass er sein Smartphone wieder einmal in der Jackentasche gelassen hatte, die im Büro hing. Sie trennte die Verbindung und erhob sich vom Schreibtisch. Wenn der Chefinspektor nicht erreichbar war, musste sie eben ohne ihn tun, was zu tun war.

Sandra legte ihr Holster mit der Dienstpistole an. Ein kurzer Blick aus dem Fenster verriet ihr, dass der Himmel noch immer bedeckt war. Mittlerweile hatte es aber immerhin zu nieseln aufgehört. Dieser Morgen hatte sich fast schon ein wenig herbstlich angefühlt. Wieder war ein Sommer viel zu rasch und fast spurlos an ihr vorübergegangen. Nur dreimal war sie heuer zum Schwimmen gekommen. Ihre wenigen freien Tage waren größtenteils verregnet gewesen.

Während Sandra in ihr Blouson schlüpfte, entkam ihr ein wehmütiges Seufzen. Im September wollte sie zusammen mit Andrea eine Woche nach Grado fahren. Dieser Plan lag nunmehr auf Eis. Die Hoffnung, dass ihre Freundin bald wieder unversehrt auftauchen würde, hatte sie zwar noch nicht ganz aufgegeben, besonders realistisch erschien sie ihr aber nicht mehr. Und selbst wenn noch ein paar schöne Spätsommertage bevorstanden, würde sie diese in ihrer Sorge um Andrea wohl kaum genießen können. Sandra griff zu ihrer Tasche und suchte nach dem Autoschlüssel, als Bergmann mit dem obligaten Kaffeehäferl zur Tür hereinkam.

»Gehst du jetzt schon auf Mittag?«, fragte er.

Sandra verneinte. »Es gibt Neuigkeiten, Sascha«, verkündete sie. »Ich bin auf dem Sprung ins Thermenland. Kommst du mit?«

»Verrätst du mir auch, worum es geht?« Bergmann stellte das Häferl auf seinem Schreibtisch ab.

»Los, komm … Ich erzähle es dir auf dem Weg zum Auto.«

## 3.

Mit der Faust hämmerte Sandra an die versperrte Tür, nachdem ihr mehrfaches Klopfen nicht gehört worden war. »Ich komm ja schon«, vernahm sie eine Stimme im Buschenschank. Dann drehte sich der Schlüssel scheppernd im Schloss um.

Trotz der weißen Küchenhaube, die die brünetten Haare der Frau größtenteils bedeckte, erkannte Sandra sie sofort wieder. Beim Brand vor zwei Tagen war sie in der Nähe des jungen blonden Mannes am Absperrband gestanden, den Sandra für Florian Krainer hielt.

Die Wirtin wischte ihre Hände in der Schürze ab, die bereits allerlei Flecken aufwies. »Ich hab ganz vergessen, Ihnen am Telefon zu sagen, dass die Hintertür zur Küche offen steht. Hoffentlich haben S' nicht lang warten müssen. Kommen S' doch bitte weiter.«

Sandra und Bergmann folgten der Wirtin in die leere Gaststube. »Ist Herr Krainer schon hier?«, fragte sie. »Wir würden ihm gerne ein paar Fragen stellen.«

Die Wirtin nickte. »Ich hol ihn gleich.«

»Einen Moment noch«, hielt Sandra sie auf. »Haben Sie in den letzten drei Wochen vielleicht ein Handy gefunden?«

Die Wirtin schüttelte den Kopf. »Es kommt schon vor, dass die Gäste ihre Handys bei uns lieg'n lassen«, meinte sie. »Meistens kommen s' aber recht schnell drauf, dass sie's hier vergessen hab'n und hol'n 's bald wieder ab. Ansonsten bewahren wir alle Fundsachen ein paar Tage auf, bis sich wer meldet, der s' vermisst. Und wenn sich keiner meldet, bringen wir sie irgendwann auf die Gemeinde. Momentan ham wir aber kein Handy da.«

»Schauen Sie bitte mal nach?«

Die Wirtin verschwand hinter dem Tresen und zog eine Schublade auf. »Hier ist alles mögliche Klumpert drin. Ein Lippenstift, ein Kamm, ein Notizbuch, auch eine Geldbörse«, zählte sie einige Gegenstände auf, während sie in der Lade kramte. »Aber kein Handy.«

»Ist diese Schublade üblicherweise versperrt?«

Die Wirtin verneinte.

Demnach konnte jeder etwas herausnehmen. Hatte sich Monika Thallers Handy zuletzt hier drinnen befunden? Aber wie war es dorthin gekommen? Die Wirtin kannte die Frau zwar, hatte sie vor zwei Tagen ausgesagt, diese aber schon seit einigen Monaten nicht mehr gesehen. Und wenn jemand anders das Handy hier vergessen hatte? »Darf ich mal?«, fragte Sandra.

Die Wirtin wich beiseite, um ihr Platz zu machen.

Sandra legte ihr Handy in die Schublade. Der Empfang war schwach, aber mit zwei Balken vorhanden. »Ruf mich mal an«, sagte sie zu Bergmann.

Das Handy klingelte. Sie trennte die Verbindung, legte es zurück in die Lade und schloss diese wieder. »Jetzt noch mal«, sagte sie.

Wieder wartete sie auf den Klingelton, diesmal allerdings vergeblich. Monika Thaller war beim selben Handybetreiber angemeldet wie Sandra. Anzunehmen, dass auch ihr Mobiltelefon bei geschlossener Schublade nicht geläutet, jedoch bei offener Lade sich ins Netz eingewählt hätte. Vielleicht war es tatsächlich hier drinnen gelegen. Hatte einer von den Angestellten Andreas Anruf entgegengenommen? Aber hätte der Akku nicht längst leer sein müssen? Und wo war das Handy jetzt? Im Gemeindeamt? »Wer hat die Fundsachen denn das letzte Mal zum Fundamt gebracht? Und wann?«, fragte sie nach.

»Ich selbst. Lassen S' mich mal überlegen. Ist bestimmt schon ein paar Wochen her. Vier oder fünf.«

»Und seither hat sich hier drin kein Handy mehr befunden?«

»Wenn, dann ist es von seinem Besitzer wieder abg'holt wor'n.«

»Und Monika Thaller war in diesem Zeitraum nicht mehr hier zu Gast?«, vergewisserte sich Sandra.

Die Wirtin verneinte.

»Würden Sie jetzt bitte Herrn Krainer aus der Küche holen?«

Die Wirtin nickte, um wenig später durch die offene Küchentür zu verschwinden.

Sekunden später drang ihre Stimme aus der Küche. »Florian! Wo willst 'n hin? Komm sofort z'ruck!«

Sandra und Bergmann sahen sich an. »Du nimmst den Weg über die Küche«, sagte der Chefinspektor. »Ich schau, ob er vorne über die Straße flüchtet.«

Sandra stürmte in die Küche und schob die Wirtin unsanft beiseite. Dabei rutschte sie selbst auf dem Küchenboden aus und wäre beinahe hingefallen.

Der Koch sah sie mit großen Augen an. »Was is'n eigentlich los?«, rief er ihr hinterher.

Schon war Sandra durch die Hintertür verschwunden. Draußen hielt sie inne, zückte ihre Dienstpistole, während sie die Umgebung blitzschnell scannte. Keine 100 Meter entfernt rannte der Mann über die Wiese auf den Wald zu. Gerade wollte sie lossprinten, als Bergmann um die Ecke stob und die Verfolgung aufnahm. »Polizei! Bleiben Sie stehen! Oder ich schieße!«, schrie er.

Noch bevor er seine Waffe aus dem Holster zog, feuerte Sandra einen Warnschuss in die Luft ab. Hinter ihr kreischte jemand erschrocken auf.

Der blonde Mann stolperte über die Wiese, fing sich nach einigen Schritten wieder, flüchtete weiter. Durch sein Missgeschick war ihm Bergmann etliche Meter näher gekommen. Noch einmal forderte er ihn lautstark auf, stehen zu bleiben. Diesmal gab er einen Warnschuss ab.

Sandra wollte gerade Verstärkung anfordern, als der Verfolgte unvermittelt stehen blieb und sich umdrehte. Bergmann ging langsam auf ihn zu, die Dienstpistole auf ihn gerichtet.

Zögerlich hob der junge Mann seine Arme über den Kopf. Ohne Gegenwehr ließ sich er sich vom Chefinspektor die Handschellen anlegen.

Sandra steckte ihre Glock wieder weg und eilte auf die Männer zu.

»Ruf Großschädl an«, ordnete Bergmann an, als sie nur noch wenige Meter von ihm entfernt war.

Von seinem Sprint war der Chefinspektor etwas aus der Puste, bemerkte Sandra. Seine Stirn glänzte. Dennoch war er für sein Alter ziemlich fit und noch immer recht schnell auf den Beinen.

»Wir fahren jetzt nach Fehring, Herr Krainer. Dort werden wir Sie vernehmen«, erklärte Bergmann, der den jungen Mann am Oberarm führte.

»I hab nix 'tan«, wimmerte Florian Krainer, ebenfalls noch etwas außer Atem.

»Schon gut, Herr Krainer. Alles Weitere klären wir dann in der Polizeiinspektion«, sagte Sandra und packte ihn am freien Oberarm.

Wirtin, Koch und Küchenhilfe standen noch immer an der Hintertür und beobachteten die Szene.

Im Vorbeigehen verabschiedeten sie sich von der Wirtin.

»Und wer schneid't mir jetzt die ganz'n Zwiebeln?«, beschwerte sich der Koch hinter ihrem Rücken.

»Herrschaftszeiten … Die Ilona kann das doch mach'n. Und ich schäl die Erdäpfel«, antwortete die Wirtin unwirsch.

Bergmann half dem Festgenommenen in den Fond des Dienstwagens, damit er nicht stolperte oder sich den Kopf anstieß. Die hinter dem Rücken fixierten Hände erforderten mehr Gleichgewichtssinn beim Einsteigen, als manch einer aufwies. Überhaupt beim ersten Mal. Vorbestraft war Florian Krainer nicht. Das hatte Sandra bereits im LKA überprüft. Eine gute Stunde später sollten die Ermittler noch um einiges schlauer sein.

## 4.

Florian Krainer gestand, den zweiten Brand in Oberlamm gelegt zu haben. Die Kunststoffflaschen mit dem restlichen Benzin hatte er beim dritten Brandherd im Mülleimer entsorgt, den er als Letztes entzündet hatte. »Ich hab niemandem was Böses tun woll'n«, schwor er unter Tränen. Sein Drang, ein Feuer zu legen, war zu stark gewesen, um ihm zu widerstehen. Der erste Brand, dessen Zeuge er geworden war, hatte nicht nur eine Frau getötet, sondern auch seine latente psychische Störung entfacht. Mit dem ersten Brand wollte

Florian Krainer nichts zu tun haben. Er hatte lediglich den Kampf der Feuerwehrmänner gegen die Flammen beobachtet. Vom Tatort entfernte er sich erst, als Sandra bereits in ihrem Auto gesessen war. Die Ermittler glaubten ihm. Wenngleich sich herausstellte, dass er doch kein ganz unbeschriebenes Blatt war.

»Bitte, nix dem Papa sagen«, flehte er immer wieder. Vor seinem Vater schien der junge Mann panische Angst zu haben. Die rechtlichen Konsequenzen, die seiner Tat folgen würden, schien er nicht zu begreifen.

Bergmann ließ Florian Krainer in den Verwahrungsraum der Inspektion bringen.

Sichtlich zerknirscht berichtete Joe Großschädl, dass der doch recht einfältige Florian schon immer ein Sonderling gewesen sei. Obwohl sich die Dorfgemeinschaft stets redlich bemüht habe, ihn zu integrieren. Darauf hätten vor allem die Pfarrer immer großen Wert gelegt. »Mit zwölf ist der Florian erwischt wor'n, wie er die Mülltonne vor seinem Elternhaus an'zündet hat«, erzählte der Inspektor weiter aus der Dorfchronik. »Sein Vater hat den Brand aber noch rechtzeitig entdeckt und ihn lösch'n können, bevor die Flammen aufs Haus überg'sprungen sind. Zum Glück ist der bei der Freiwilligen Feuerwehr.«

»Ironie des Schicksals«, meinte Bergmann.

»Was?«, fragte Großschädl.

»Ausgerechnet der Sohn eines Feuerwehrmannes entpuppt sich als Pyromane«, erläuterte der Chefinspektor.

Noch dazu war dieser nach dem Schutzpatron der Feuerwehr, dem Heiligen Florian, benannt, dachte Sandra, behielt das aber für sich.

»Der Krainer hat seinen Sohn damals verdroschen, um ihm eine Lektion zu erteilen«, fuhr Großschädl fort. »Und seither ist auch nix mehr vorg'falln. Bis vor zwei Tagen.«

»Und warum hast du das nicht schon beim ersten Brand in Oberlamm erwähnt?«, fragte Sandra.

»Die G'schicht ist doch schon Ewigkeiten her. Und der Florian hat sich in den letzt'n Jahren gut entwickelt«, rechtfertigte sich Großschädl.

»Gab es sonst noch Vorkommnisse in der Vergangenheit, die uns bei der Klärung unseres Mordfalls helfen könnten? Andere ungeklärte Brände vielleicht, die *Ewigkeiten her sind*?«, fragte Bergmann.

»Na ja, im Herbst 1983 ist die Therme Loipersdorf ab'brennt. Mitten in der Nacht. Zum Glück ist damals niemandem was passiert.«

Sandra war dieser Vorfall von ihren Recherchen bekannt. »Wurde dieser Brand nicht von einem defekten Saunaofen verursacht?«, fragte sie.

»Offiziell ja. 100-prozentig hat die Brandursache aber nie geklärt wer'n können.«

»Aha …« Im Jahr 1983 war der heute 21-jährige Brandstifter noch nicht einmal geplant gewesen, überlegte Sandra, ehe sie fortfuhr. »Und sonst? Gab es andere dubiose Fälle von Brandstiftung in der Region, von denen wir nichts wissen? Welche, die nicht ganz so lange zurückliegen?«

Der Provinzpolizist zuckte mit den Schultern. »Nix Dubioses sonst, nein … Aber fragts am besten bei der Freiwilligen Feuerwehr nach.«

»Gut, Joe«, meldete sich Bergmann zu Wort. »Ihr werdet den mutmaßlichen Brandstifter jetzt nach Graz überstellen. Vielleicht fällt dir während der Fahrt ja noch ein sachdienlicher Hinweis ein, den du uns verschwiegen hast.«

»Du glaubst doch ned, dass ich das absichtlich 'tan hab …«

»Sondern aus Einfältigkeit?«, entgegnete Bergmann, ohne eine Antwort abzuwarten. »Ganz egal warum … husch, husch, fort mit euch.«

»Komm, Kevin«, sagte Großschädl kleinlaut. »Du fährst.«

Bergmann blickte den beiden uniformierten Männern kopfschüttelnd hinterher.

Sandra sah auf ihre Armbanduhr. Auch wenn es unwahrscheinlich war, dass Monika Thallers Handy im Gemeindeamt aufbewahrt wurde, wollte sie auf Nummer sicher gehen. Aber bestimmt waren die Beamten jetzt in der Mittagspause. Bergmanns Handyklingelton holte sie aus ihren Überlegungen.

»Servus«, grüßte der Chefinspektor und hörte eine Weile dem Anrufer zu. Er wirkte bedrückt, als er wieder auflegte.

Sandra fragte sich, ob die schlechten Nachrichten überhaupt nicht mehr abrissen.

»Lass uns was essen«, meinte Bergmann und stand auf.

Sandra folgte ihm. »Was ist denn los?«, fragte sie. Entweder der Anruf hatte sich um den aktuellen Fall gedreht oder um Sarah, vermutete sie. Beide lagen ihr am Herzen.

Draußen setzte Bergmann seine Sonnenbrille auf.

Die Schlechtwetterfront hatte sich verzogen. Es war jetzt wieder wärmer, wenn auch längst nicht mehr so heiß wie vor den Gewittern, die in der vergangenen Nacht für Abkühlung gesorgt hatten.

»Wir haben einen positiven DNA-Abgleich. Beim Brandopfer handelt es sich um Monika Thaller«, verkündete Bergmann.

»Also doch ...«

»Der toxikologische Befund liegt auch vor.«

»Wurde sie vor dem Brandmord betäubt?«, wollte Sandra wissen.

Bergmann zuckte mit den Schultern. »Könnte sein. Obwohl die GHB-Erhöhung nicht signifikant ist. Sie übersteigt die körpereigene Konzentration nur geringfügig«, berichtete er.

Dann war es also weder erwiesen noch ausgeschlossen, dass Monika Thaller KO-Mittel verabreicht wurden.

Sandra öffnete die Türschlösser. »Am besten fahren wir jetzt gleich bei Ihrer Mutter vorbei und überbringen ihr die Todesnachricht.« Nicht, dass sie sich darum riss, aber wo sie schon einmal an ihrem Wohnort waren … Außerdem hatte Sandra ihr versprochen, sie auf dem Laufenden zu halten.

Bergmann nickte und stieg ins Auto ein.

»Wollen wir danach noch die Anwohner rund um den Tatort nach dem Handy der Toten befragen? Mit etwas Glück stoßen wir vielleicht doch noch auf einen Hinweis, der uns zu Andrea führt«, sagte Sandra im Auto.

»Theoretisch kann Andrea überall sein. Auch in Rio de Janeiro«, gab Bergmann zu bedenken.

»Theoretisch weiß ich das auch. Praktisch glaube ich es aber nicht«, erwiderte Sandra. Momentan konnte sie nur ihrem Bauchgefühl vertrauen und hoffen, dass derjenige, der ihre Freundin festhielt, einen Fehler beging, der sie auf seine Fährte brachte.

# KAPITEL 22

Montag, 11. August

## 1.

Bergmann nahm die leere Getränkedose aus dem Becherstapel in der Halterung, um seinen leeren Becher dort auch noch hineinzustecken.

»Was hältst du davon, wenn du den ganzen Mist mal entsorgst?«, fragte Sandra und stellte den Motor ihres Dienstwagens ab. »Du musst ja nicht immer darauf warten, dass ich das mache.«

Bergmann hob die Dose hoch und betrachtete diese skeptisch.

»Die Dose kannst du gleich mitnehmen. Auch wenn sie ausnahmsweise von mir stammt. Dort drüben ist ein Mistkübel.« Sandra zeigte zu einem Abfallbehälter, der unweit des Dienstwagens am Rande des Firmenparkplatzes bei den Bäumen stand.

»Die Dose gehört aber zum Metall.«

»Seit wann bist du so umweltbewusst? Tu mir den Gefallen und schmeiß sie einfach dort hinein, ja? Bitte, danke.« Sandra ließ ihren Gurt einrollen.

»Erzähl das bloß nicht Sarah«, meinte Bergmann und stieg samt Becherstapel und Dose aus.

Daher wehte also der Wind. Die Kleine hielt ihren Vater zur Mülltrennung an, dachte Sandra amüsiert und stieg ebenfalls aus. Beinahe kam ein schlechtes Gewissen bei ihr auf. Einerseits, weil sie Sarahs Erziehungsmaßnahmen torpedierte. Andererseits, weil sie soeben das eigene, durchaus vorhandene Umweltbewusstsein hintangestellt hatte.

Während Bergmann ihrer Bitte nachkam, wandte sich Sandra dem modernen Bürogebäude aus Holz und Glas zu. Vom Parkplatz aus führte eine Brücke über eine Teichanlage mit Springbrunnen, die von Gräsern und Schilf gesäumt war. Weiter ging es über einen kurzen gepflasterten Weg bis zur gläsernen Eingangstür. Die glitt automatisch, fast geräuschlos beiseite.

Bergmann folgte Sandra in das lichtdurchflutete Bürogebäude. Trotz der Jahreszeit herrschte hier ein angenehmes Raumklima. Ihr erster Blick fiel auf den kleinen begrünten Innenhof im Zentrum, der rundherum verglast und somit optisch in den Raum integriert war. Über eine freitragende Treppe und die Galerie gelangte man in die Büros im Obergeschoß.

Am Empfangspult sprach Sandra die schwarzhaarige Dame im bunten Sommerkleid an und fragte nach Amir Merizadi, mit dem sie einen Termin vereinbart hatte.

Nachdem die Besucher telefonisch angekündigt waren, folgten sie der aparten Frau am Innenhof vorbei durch eine weitere Glastür in den Wintergarten. Wegen seiner eindrucksvollen Dimensionen, der tropischen Bepflanzung sowie der spürbar höheren Temperatur und Luftfeuchtigkeit konnte man diesen getrost als Palmenhaus bezeichnen. Drinnen wurden sie von Vogelgezwitscher begrüßt. Ob es nun echt war oder von einem Tonträger kam. Die Schmetterlinge, die vorbeiflatterten waren jedenfalls keine Attrappen, stellte Sandra fest.

Sie nahmen auf weiß lackierten Eisenmöbeln im ebenso weißen Pavillon Platz. Zwischen all den Palmen, Bananenstauden und exotischen Blüten fühlte sich Sandra unmittelbar in die Karibik oder Südsee versetzt. »Das ist ja paradiesisch«, schwärmte sie und lehnte sich zurück. Ihre Drinks würde die Angestellte gleich nachliefern. Leider hatten sie keine bunten Cocktails, sondern nur Wasser für Sandra und Kaffee für Bergmann bestellt. Das Ambiente hätte sie beinahe vergessen lassen, dass sie im Dienst waren.

»Nicht schlecht«, zeigte sich auch Bergmann von dem tropischen Zauber am Stadtrand von Fürstenfeld beeindruckt.

Zusammen mit der Angestellten, die ihre Getränke brachte, erschien der Firmenchef im weißen Leinenhemd zur weißen Leinenhose. Der einzige Farbklecks an ihm waren die Mokassins aus rotem Wildleder, die er ohne Socken trug. Die dichten schwarzen Haare des bärtigen Mannes waren nach hinten gegelt. Im Nacken kringelten sie sich zu kleinen Locken. Sichtbare Tätowierungen hatte Merizadi keine, bemerkte Sandra. Durch das weiße Leinenhemd hätte man diese durchschimmern sehen. Stattdessen nahm sie seine starke Körperbehaarung wahr.

Merizadi begrüßte sie in akzentfreiem Deutsch mit geschliffenen Manieren, ganz der souveräne Geschäftsmann, und setzte sich zu ihnen. »Meine Assistentin hat mir ausgerichtet, dass Sie Fragen an mich haben.« Er nippte an seinem Tee, der einen köstlichen Pfefferminzduft verströmte.

»Ja, Herr Merizadi. Es geht um Frau Monika Thaller.« Sandra legte eine Pause ein. Wusste der Mann schon, dass seine Exfreundin durch einen Brandmord gestorben war? Die Medien hatten in ihren Wochenendausgaben ausführlich darüber berichtet. Oder hatte er von alledem noch nichts mitbekommen, da er erst am Vorabend aus dem Urlaub zurückgekehrt war? Dann würde es wiederum an Sandra liegen, ihm die Todesnachricht zu überbringen.

»Meine Assistentin hat mir von Moniques Tod erzählt«, beantwortete Merizadi ihre nichtgestellte Frage. »Es tut mir sehr leid, dass sie so sterben musste. Ich habe sie mal sehr geliebt. Haben Sie inzwischen einen Verdacht, wer ihr das angetan haben könnte?«

»Sie werden verstehen, dass wir darüber keine Auskunft erteilen können, solange die Ermittlungen laufen.«

Merizadi nickte. »Und wie kann ich Ihnen weiterhelfen? Dass ich zur Tatzeit auf Ibiza war, wissen Sie ja schon von meiner Assistentin. Wollen Sie die Bordkarten meiner Flüge sehen?«

»Wenn Sie die noch haben …«

Merizadi erhob sich, um seine Brieftasche aus der Gesäßtasche zu holen.

Als er Sandra die Abschnitte reichte, fiel ihr die persische oder arabische Schrift auf seinem breiten Goldring auf. Vielleicht ein Erbstück, überlegte sie und kontrollierte dann die Bordkarten-Abschnitte und das Parkticket der Parkgarage am Flughafen Wien-Schwechat. Merizadi war an jenen Tagen von Wien nach Ibiza und wieder zurück geflogen, die sich Sandra notiert hatte. Daran gab es nichts zu rütteln. Sie reichte ihm die Belege wieder über den Tisch.

»Die dürfen Sie behalten. Zu meiner Entlastung«, sagte er. »Ich fange damit ohnehin nichts mehr an.«

»Sie stehen nicht unter Tatverdacht, Herr Merizadi«, versicherte ihm Sandra, nahm die Beweisstücke aber dennoch an sich. Das Surren eines Elektromotors ließ sie nach oben blicken.

»Die Belüftungsluken öffnen und schließen sich automatisch. Die Luftfeuchtigkeit und Temperatur im Wintergarten wird vollelektronisch reguliert. Wie auch die Bewässerung«, erklärte Merizadi. »Damit herrscht hier drinnen stets das optimale Klima für die Pflanzen. Unabhängig von der Jahreszeit.«

»Wo haben Sie Frau Thaller kennengelernt?«, kam Sandra zur Sache.

Merizadi trank einen weiteren Schluck Pfefferminztee, ehe er das Gerücht bestätigte, das Großschädl erwähnt hatte. Sein Geschäftspartner habe ihn zusammen mit einem Großkunden ins »Sodom und Gomorra« eingeladen, erzählte er. Dort verliebte er sich in Monique und kaufte sie schließlich frei. Eine Zeit lang wohnten sie in getrennten Haushalten – er in Fürstenfeld, sie in Unterlamm – und waren sehr glücklich miteinander. Als er zu ihr ins Haus zog, fingen die Probleme an. Immer wieder kam es zu Auseinandersetzungen mit den Nachbarn. Auch mit anderen Dorfbewohnern. Zudem hatten fast alle Männer aus der Umgebung früher Sex mit Monique gehabt. Das alles belastete ihre Beziehung. Also beschloss er, ein neues Haus in der Nähe seiner Firma zu bauen. Doch Monique veränderte sich mit der Zeit. Immer häufiger ging sie ohne ihn weg. Angeblich mit einer Freundin ins Fitnessstudio und in die Sauna. Danach kam sie oft sehr spät heim. Eines Tages tauchte sie mit einer Tätowierung am Oberarm auf. Ohne ihren zukünftigen Mann vorher zu fragen, ob ihm das gefiel. Überhaupt verhielt sie sich ihm gegenüber immer abweisender. »Um herauszufinden, ob sie mich betrügt, bin ich ihr einmal gefolgt. Immerhin wollten wir im Frühjahr heiraten.«

»Kannten Sie die Frau, die ihre Trauzeugin hätte werden sollen?«, hakte Sandra ein.

»Sie meinen Andrea?«

Sandra nickte. »Andrea Neuhold.«

»Ich bin ihr nie persönlich begegnet.«

»Dann wissen Sie auch nicht, wo sie sich zurzeit aufhält«, sagte Sandra.

»Nein. Wird sie denn vermisst?«

Vom Fahndungsausruf in der gestrigen Presse hatte er demnach nichts mitbekommen. Sandra nickte. »Das letzte Mal wurde sie in Oberlamm in der Nähe des Brandortes in ihrem Auto gesichtet, nachdem sie am Samstag mit Frau Thaller telefonierte – einen Tag vor dem tödlichen Brand. Allem Anschein nach haben sich die beiden Frauen nach diesem Telefongespräch beim Reitstall getroffen, wo sie sich in ihrer Jugend kennengelernt hatten. Oder irgendwo in der Nähe davon. Haben Sie vielleicht eine Idee, was sie dort wollten?«

»Spazieren gehen vielleicht«, vermutete Merizadi. »Und dann in einen Buschenschank einkehren?«

Im einzigen Buschenschank, der laut Bewegungsprofil infrage kam, waren die beiden nicht gewesen. »Sie sind Frau Thaller also damals gefolgt. Wo ist sie hingefahren?«, kehrte Sandra zu seiner Geschichte zurück.

»In die Therme Loipersdorf.«

Dort befand sich auch ein Fitnessstudio, überlegte Sandra. So weit, so gut. »Sind Sie ihr in die Therme gefolgt?«

»Nein. Ich habe über zwei Stunden im Auto auf sie gewartet. Bis sie mit einem Mann wieder herausgekommen ist. Bei ihrem Auto haben sie sich geküsst. Ein richtiger Zungenpritschler.«

Sandra wunderte sich über den umgangssprachlichen Ausdruck des Mannes, der sich ansonsten sehr gewählt ausdrückte.

»Die Monique ist dann in ihr Auto eingestiegen und der Mann in seines«, fuhr er fort. »Ich bin Hals über Kopf aufgebrochen, weil ich dachte, sie fährt jetzt nach Hause. Ist sie aber nicht. Kurz nach Mitternacht ist sie erst heimgekommen. Ich hab sie wieder mal gefragt, ob sie einen anderen hat. Das hat sie wie immer abgestritten.«

»Sie haben ihr nicht gesagt, dass Sie sie mit einem Mann gesehen haben?«

»Nein. Ich wollte vermeiden, dass sie zu diesem Zeitpunkt draufkommt, dass ich ihr nachspioniere. Zuerst wollte ich weitere Informationen sammeln, bevor ich sie damit konfrontiere.«

»Könnte das der Mann sein, den sie geküsst hat?« Sandra reichte ihm die Fotos von Harald Windisch.

Merizadi betrachtete das Foto der Hinteransicht und legte es gleich wieder weg. »Ob er tätowiert war, kann ich nicht sagen«, meinte er. »Es war kalt Ende November. Er trug eine schwarze Steppjacke und einen blauen Schal.« Das zweite Foto, das Windisch von vorne zeigte, betrachtete er länger. »Ich weiß nicht«, meinte er dann skeptisch. »Das Alter kommt in etwa hin. Aber er hatte längere Haare und einen Vollbart.« Merizadi fuhr sich mit der Hand über die eigenen bärtigen Wangen. »Außerdem kam er mir stärker vor.«

»Sie meinen dicker?«

Merizadi nickte. »Mir fällt aber gerade etwas anderes ein. Ich habe mir sein Autokennzeichen notiert. In meinem Taschenkalender vom Vorjahr. Eigentlich wollte ich herausfinden, wem das Auto gehört. Hab es dann aber bleiben lassen. Wenige Tage später hab ich mich von der Monique getrennt und bin ausgezogen.«

»Haben Sie diesen Kalender noch?«, fragte Sandra.

»Ich müsste im Büro nachschauen.«

»Tun Sie das, bitte«, sagte Sandra. Nachdem auch die

letzten Befragungen der Anwohner nach Monika Thallers Handy nichts ergeben hatten, tauchte vielleicht endlich ein neues Puzzleteilchen auf. »Erinnern Sie sich an die Automarke?«

»Mit Automarken hab ich es nicht so. Auf alle Fälle war der Wagen schon älter. Und schwarz.«

Die Blicke der Ermittler trafen sich.

»Kombi? Limousine? Oder ein Van?«

»Eine Limousine.«

»Haben Sie keine Fotos gemacht?«

»Doch. Aber ohne Blitz, damit es nicht auffällt. Die Bilder waren unscharf. Deshalb habe ich sie wieder gelöscht.«

»Könnten Sie bitte nachsehen, ob Sie Ihren Kalender finden?«, fragte Sandra.

Amir Merizadi trank seinen Tee aus und entfernte sich aus dem Wintergarten.

## 2.

Sandra hatte zum Mittagessen wieder im Brauhaus in Fürstenfeld einkehren wollen. Doch Montag war dort Ruhetag. Stattdessen fiel ihr die Greißlerei am Augustinerplatz ein. Gerade hatten sie sich an der Vitrine ein paar Schmankerln ausgesucht und auf der kleinen Terrasse Platz genommen, als ihr Handy klingelte. Sandra begrüßte die Kollegin.

»Ich hab das KFZ-Kennzeichen ausgeforscht, das du mir durchgegeben hast«, berichtete ihr Anni. »Es gehört zu einem schwarzen Volvo S80. Erstzulassung 2002. Seit Jänner 2012 ist er auf eine Nadine Rauch angemeldet. Den Wagen hat sie von einem gewissen Walter Rauch übernommen. Wahrscheinlich ein Verwandter. Das muss ich aber erst überprüfen.«

»Sagtest du eben Nadine Rauch?«, fragte Sandra.

Bergmann blickte von seinem Smartphone hoch und hob die Augenbrauen. Im nächsten Moment wurden ihre Getränke serviert.

»Ja. Nadine Rauch, geboren am 24.12.1990, wohnhaft in Altenmarkt bei Fürstenfeld«, bestätigte Anni und gab Sandra die Adresse durch.

»Hast du auch schon überprüft, ob es im fraglichen Zeitraum Organstraf- oder Anonymverfügungen für das Fahrzeug gibt?«

»Nein. Aber ich kümmer mich gleich darum.«

»Halte mich auf dem Laufenden, ja?« Sandra bedankte sich bei Anni und legte auf.

»Was ist mit Nadine Rauch?«, erkundigte sich Bergmann. »Wird sie etwa auch vermisst?«

Sandra schüttelte den Kopf, wartete mit ihrer Antwort aber, bis die Kellnerin die Schmankerlteller vor ihnen abgestellt hatte. Dann erst erzählte sie Bergmann, dass das Kennzeichen, das Amir Merizadi notiert hatte, zum schwarzen Volvo gehörte, der auf die Tätowiererin in Fürstenfeld zugelassen war.

»Na, wenn das kein Zufall ist …« Bergmann spießte ein saftiges Stück Beinschinken auf seine Gabel und lud etwas frisch geriebenen Kren auf.

»Fragt sich nur, welcher bärtige Mann mit ihrem Auto gefahren ist.«

Bergmann blinzelte, um die Tränen zurückzuhalten. Der scharfe Kren war ihm in die Nase gestiegen. »Ihr Chef vielleicht?«, sprach er seinen spontanen Verdacht dennoch aus, der sich mit Sandras deckte.

Merizadis Beschreibung von Monika Thallers Freund passte auf Laszlo Nemeth – wie die der Nachbarn. Außerdem war er ein begnadeter Tätowierer. Auch wenn er bei seiner Befragung bestritten hatte, den fraglichen Phönix oder Koi gestochen zu haben. Seine Angestellte traute Laszlo Nemeth das Motiv auf dem Rücken des Mordopfers jedenfalls zu. Das Alibi, das seine Freundin bezeugte, musste nicht stimmen. Vielleicht hatte er eine Affäre mit Monika Thaller gehabt und sich Nadines Auto geliehen. Hatte der Nachbar tatsächlich einen Drachen für einen Vogel gehalten? Oder hatte Laszlo Nemeth diesen Drachen nur erfunden, um den Verdacht von sich zu lenken?

Bergmann steckte die Papierserviette ein, in die er sich eben geschnäuzt hatte. »Genauso gut könnte sie das Auto einem Freund geborgt haben«, überlegte er laut weiter.

»Der Volvo könnte zuvor ihrem Vater gehört haben«, erzählte Sandra, was sie noch von Anni erfahren hatte. »Keine Ahnung, wie der Mann aussieht. Aber vielleicht kommt auch er als Monika Thallers mutmaßlich letzter Liebhaber in Betracht. Momentan tippe ich aber auf Laszlo Nemeth.«

Bergmann nippte an seinem alkoholfreien Bier. »Trifft sich gut, dass wir schon in Fürstenfeld sind«, sagte er und stellte sein Glas auf den Tisch zurück. »Gleich nach dem Essen werden wir uns die beiden nochmals vornehmen.«

# 3.

Diesmal nahmen die Ermittler für die kurze Strecke den Dienstwagen.

Nadine trug ihre pinken Haare kürzer und fransiger als bei ihrem letzten Besuch. Sie unterhielt sich mit einem jungen Mann am Tresen, der gerade bezahlte. »Ich komm gleich zu euch!«, rief sie den Ermittlern zu, verabschiedete sich dann mit vertrautem Bussi links und Bussi rechts bei ihrem Kunden. Die sichtbaren Tätowierungen auf seinen Armen sprachen dafür, dass es sich um einen Stammkunden handelte.

»Der Laszlo ist grad auf Mittag«, sagte Nadine, nachdem der junge Mann den Laden verlassen hatte. Zu ihren Hotpants aus Jeansstoff trug sie ein grasgrünes Top, das über eine ihrer bunten Schultern gerutscht war, und flache Sandalen. »Wollts was trinken?«

»Nein, danke. Wir möchten mit Ihnen sprechen«, sagte Sandra.

»Mit mir?«, fragte Nadine verdattert.

Sandra nickte. »Wollen wir uns dorthin setzen?«

Nadine führte die Ermittler zur Sitzgruppe.

Sandra ließ ihren Blick über die Foto-Collage schweifen, ehe sie Platz nahm. Diesmal blieb er am Adler mit den roten Federspitzen hängen, der den Rücken von Harald Windisch zierte. Dass das Tattoo von Laszlo stammte, musste sie nicht mehr hinterfragen. Das wusste sie schon. »Sie fahren einen schwarzen Volvo S80, Baujahr 2002, nicht wahr?«, fragte sie stattdessen und nannte der jungen Frau ihr KFZ-Kennzeichen.

Nadine nickte.

»Fährt außer Ihnen sonst noch wer mit diesem Auto?«, wollte Sandra wissen.

»Eigentlich nicht.«

»Eigentlich?« Bergmann bedachte die junge Frau mit seinem strengsten Blick. »Ja oder nein?«

»Na ja, der Laszlo ist mal damit gefahren, wie sein Auto kaputt war«, sagte Nadine.

»Wann war das?«

»Ist schon eine Weile her. Irgendwann im Winter. An einem Vormittag. Sein Auto war an diesem Tag in der Werkstatt, und er hat dringend was besorgen müssen. Ein paar Stunden später war er wieder zurück im Studio.«

»Abends war er damit nie unterwegs?«, fragte Sandra.

Nadine schüttelte den Kopf.

»Haben Sie einen Freund?«

Wieder folgte Kopfschütteln.

»Dann leben Sie allein?«

»Ja.«

»Wie kann es dann sein, dass mehrere Zeugen einen dunkelhaarigen, bärtigen Mann gesehen haben, der mit Ihrem Auto gefahren ist?« Sandra nannte ihr die Beobachtungszeiträume.

Nadine zuckte mit den Schultern, zog das nach unten verrutschte Oberteil wieder ein Stück hinauf.

»Ihr Vater vielleicht?«

»Mein Vater hat eine Glatze und keinen Bart.«

»Hat sonst wer Zugriff auf ihren Autoschlüssel? Könnte jemand unbemerkt mit Ihrem Volvo gefahren sein?«

Nadines Blicke und ihre Körpersprache ließen Sandra vermuten, dass die Befragte nicht die Wahrheit sagte. »Vielleicht war es doch Ihr Chef?«, blieb sie hartnäckig.

»Nein. Aber fragen Sie ihn doch selbst. Da kommt er gerade.«

Sandra wandte sich um und sah Laszlo Nemeth durch die Auslagenscheibe. Im nächsten Augenblick meldete die Glocke an der Tür, dass er das Studio betrat.

Laszlo erkannte die Ermittler schon von Weitem, stutzte kurz, kam dann auf sie zu. »Hab ich einen Termin verschwitzt?«, fragte er.

Sandra und Nadine verneinten unisono.

Bergmann fragte ihn ohne Umschweife, ob und wann er mit dem Volvo seiner Angestellten gefahren war. Er sah in seinem iPhone nach, wann sein Auto zuletzt in der Werkstatt gewesen war und nannte ihm dann das Datum. »Um halb drei war ich wieder hier. Da hatte ich einen Kunden«, versicherte er. »Er wird Ihnen das bestätigen.«

Sandra ließ sich die Daten des Mannes geben. Ansonsten gab Laszlo an, nie mit dem Wagen seiner Angestellten gefahren zu sein.

Hatten sich die beiden abgesprochen? Diesmal wollte Sandra ihre Aussagen ganz genau überprüfen.

»Herr Nemeth, zeigen Sie mir bitte Ihren Rücken?«, fragte Bergmann.

»Meinen Rücken?« Erstaunt über den Wunsch des Chefinspektors, kam Laszlo diesem dennoch nach.

# KAPITEL 23

Er war schon länger nicht mehr hier gewesen. Zwei, drei Tage nicht. Oder sogar vier? Schwer zu sagen. Ohne Uhr und Tageslicht. Das Türschloss ließ sich nicht knacken. Sie hatte alles versucht. Die Gabelzinken waren verbogen. Eine war sogar abgebrochen. Und auch sonst gab es keinen Ausweg.

Es war totenstill hier unten. Kein Geräusch. Nur, wenn im Haus die Toilettenspülung betätigt wurde oder das Wasser lief, rauschte es in den Abflussrohren, die von der Decke in den Boden führten. Zwischendurch spielte sie seine CDs. Nur, um die Stille zu vertreiben. Und um nicht durchzudrehen. Sie mochte die Musik nicht. Aber wenigstens hörte sie menschliche Stimmen. Einen Radiosender hatte sie vergeblich gesucht. Kein Empfang hier unten.

Ob es draußen etwas Neues gab? Suchten sie noch nach ihr? Was, wenn er nie wiederkam? Und sie hier unten verhungerte? Ihre Vorräte gingen allmählich zur Neige. Dennoch gönnte sie sich einen Apfel. Danach war nur noch einer da. Ein Stück Brot und Käse. Wenigstens konnte sie Leitungswasser vom Waschbecken trinken. Wann und so viel sie wollte. Es war wichtig, dass sie ausreichend trank, hatte er gesagt. Damit ihre Haut keine Feuchtigkeit verlor.

Einige Puzzlesteine in ihrem Kopf hatten sich inzwischen aneinandergefügt. Auf dem Weg nach Loipersdorf hatte sie Monique angerufen, um sich mit ihr zu treffen. Wo sie schon in ihrer Nähe war. Ein Mann hob ihr Handy ab. Moniques Verlobter. Dabei war die Hochzeit doch abgesagt worden. Wegen dieser Tätowierung, die ihm nicht passte. Die Liebe war stärker, nahm sie an. Die beiden hatten sich wohl wieder versöhnt. Das neue Haus in Fürstenfeld war noch immer nicht fertig, erzählte er am Telefon. Der Streit mit den Nachbarn war unerträglich geworden. Deshalb wohnten sie vorübergehend auf einem Hof in Oberlamm. In der Nähe des alten Reitstalls. Am besten sollte sie gleich vorbeikommen. Monique würde jeden Moment vom Einkaufen heimkehren, beteuerte er. Auch dann noch, als sie mit ihm am Tisch saß und auf ihre Freundin wartete. Aus heiterem Himmel wurde ihr übel. Etwas stimmte nicht. Der Apfelsaft schmeckte seltsam. Der Mann verhielt sich seltsam. Dass Monique nicht und nicht daherkam, war seltsam.

Ihr Instinkt riet ihr zur Flucht. Sie entschuldigte sich. Gab vor, auf die Toilette zu müssen. Torkelte bis vor die Haustür. Dort sackte sie zusammen. Schaffte es noch, Sandras Nummer zu wählen. Einen Hilferuf auf ihrer Mailbox zu hinterlassen. Zu spät. Er stürzte sich auf sie. Schlug ihr das Handy aus der Hand. Alles drehte sich vor ihren Augen. Er packte sie. Zerrte sie ins Haus zurück. Schleppte sie in den Keller. Wo sie auf Monique traf. Er hatte sie dort eingesperrt. Weil sie nicht mehr mitspielen wollte. Was meinte sie? Welches Spiel spielten sie? Sie verstand kaum etwas, was ihr die Freundin erzählte. In ihrem Drogenrausch. Moniques Gestalt schwankte vor ihren Augen. Doppelt, dreifach, vierfach. In ihrem weißen Nachthemd. Das Dekolleté, die Arme und die Beine bunt tätowiert. Ihre Worte verzerrt. Wie früher, wenn die Oma ihre Schallplatten zu langsam abspielte. Ihr wurde schwarz vor den Augen. Sie fiel und fiel. Immer tiefer in ein finsteres Loch. Aus dem sie später wieder auftauchte. Mit höllischen Schmerzen im Kopf und in den Augen. Und der Panik, blind zu sein. Ohne Erinnerung. Erst nach und nach kehrte ihr Gedächtnis zurück.

Ein Puzzlestein wollte jedoch nicht zu den anderen passen. Amir verabscheute Tätowierungen. Er hatte Monique die

Hölle heiß gemacht wegen dem Fisch am Oberarm. Das hatte ihr die Freundin bei ihrem letzten Treffen erzählt. Unwahrscheinlich, dass er selbst tätowiert war. Wie der Mann, der sie hier festhielt. Der ein Kunstwerk aus ihr machen wollte. Wie aus Monique. Wo war sie jetzt? Eine Antwort auf diese Frage war er ihr schuldig geblieben. Aber die würde sie auch noch herausfinden.

# KAPITEL 24

Noch immer Montag, 11. August

## 1.

Auf Laszlo Nemeths Rücken kämpfte tatsächlich ein Krieger mit Brustschild, Helm und Schwert gegen einen Drachen. Sandra war keine Freundin großflächiger Tätowierungen. Aber kunstvoll war dieses Motiv allemal. Technisch perfekt mit 3D-Effekt unter die Haut gestochen. Wenn schon nicht für die Ewigkeit, dann doch zumindest für sein ganzes Leben.

War es möglich, dass sich der Nachbar von Monika Thaller irrte? Verwechselte er ein Motiv, das er woanders gesehen hatte, mit seinen Beobachtungen im Haus nebenan? Vielleicht war ihm der Vogel in der Therme aufgefallen? Es war höchste Zeit für die Gegenüberstellungen, überlegte Sandra. Möglicherweise erkannte er in Laszlo Nemeth oder in Harald Windisch den gesuchten Mann, wenn diese vor ihm standen. War überhaupt einer der beiden dieser ominöse Vogelmann? Und selbst wenn, musste Monika Thallers Lover noch lange nicht ihr Mörder sein. Wieder klingelte ihr Handy. Einmal mehr war Anni dran. Sandra stand auf und stellte sich etwas abseits zur Auslage. Sie hörte der Kollegin zu, während Bergmann Laszlo weiter befragte. Am Gehsteig ging eine junge Frau vorbei, ein Kleinkind im Buggy vor sich herschiebend. Auf der anderen Straßenseite parkte sich gerade ein weißer Golf ein. »Ja, mach das bitte. Es geht um Leben und Tod«, sprach Sandra leise in ihr Handy, mit der Hand ihren Mund verbergend. Sie wandte sich wieder dem Raum zu und bemerkte, dass Nadine ertappt wegblickte. »Danke dir, Anni. Pfiat di.« Nadine Rauch konnte nichts von ihrem Gespräch mitbekommen haben. Dennoch wirkte sie nervös, als die Ermittlerin auf sie zukam.

Sandra setzte sich und wartete, bis Bergmann ausgesprochen hatte. Gerade hatte er Laszlo den Termin für die Gegenüberstellung genannt. Die Vorladung war bereits auf dem Postweg.

»Ich werde da sein. Gar kein Problem«, versprach Laszlo und trug den Termin in sein iPhone ein.

»Frau Rauch«, ergriff Sandra das Wort. »Es wird Zeit, dass Sie mit der Wahrheit herausrücken.«

Bergmann sah Sandra überrascht an. Laszlo Nemeth blickte verwirrt von seinem Handy auf. Und Nadine stand kurz davor, in Tränen auszubrechen, blieb jedoch stumm.

»Ihr Wagen wurde am Lautenberg in Loipersdorf von einer Polizeistreife angehalten, als er zu schnell unterwegs war.« Sie nannte ihr das Datum und die Uhrzeit.

Schweigend rieb Nadine an ihrem Unterarm, als ließe sich die Tätowierung wegrubbeln.

Laszlo starrte sie an.

»Erzählen Sie mir jetzt bitte nicht, Sie wären selbst damit gefahren. Das Organstrafmandat wurde vor Ort mit einer

Bankomatkarte beglichen. Wollen Sie mir den Namen des Fahrers nennen oder muss ich es tun?«, fuhr Sandra fort.

Nadine schwieg noch immer. Aus ihrem Gesicht war jegliche Farbe gewichen. Nur noch die Haare und der Lippenstift leuchteten pink. Und die bunten Stellen auf ihrem Körper.

»Nadine …«, sagte Laszlo.

»Sie sagen jetzt erst einmal gar nichts, Herr Nemeth«, unterbrach Bergmann ihn.

»Reden Sie endlich, Frau Rauch. Eine Frau musste bereits sterben. Wollen Sie eine zweite auch noch auf dem Gewissen haben?«, fragte Sandra scharf.

Die ersten Tränen liefen über das Gesicht der jungen Frau. Und endlich begann sie zu reden.

## 2.

Bergmann wollte im Tattoostudio bleiben, um auf den angeforderten Polizeiwagen zu warten, der Nadine Rauch und ihn nach Graz bringen sollte. Die junge Frau war vorläufig festgenommen. Sie stand unter dem dringenden Tatverdacht, eine geplante Straftat nicht angezeigt und damit einen Mord nicht verhindert zu haben.

Sandra fixierte das Blaulicht auf dem Dach des Dienstwagens, um so schnell wie möglich nach Oberlamm zu gelangen, und fuhr los. Anni hatte alles Nötige veranlasst. Eine Einsatztruppe der Cobra Süd war aus Graz unterwegs. Auf alle Fälle wollte Sandra für ihre Freundin da sein, wenn sie befreit wurde. Egal, in welchem Zustand sie war. Bestenfalls war Andrea traumatisiert. Schlimmstenfalls tot.

Nachdem sie die Stadt hinter sich gelassen hatte, schaltete Sandra das Blaulicht wieder aus und bog auf die L 224 ab. Falls sich der Täter am Einsatzort aufhielt, sollte er nicht bemerken, dass sie sich ihm näherte. Den Audi stellte sie weiter unten an der Straße vor dem Gebüsch ab, um ihn vor seinen Blicken zu schützen. Vorsichtig pirschte sie sich zu Fuß über die Zufahrt an den Hof heran, die Glock schussbereit in der Hand. Weit und breit war kein Fahrzeug in Sicht. Die Cobra war noch nicht eingetroffen. Der Hausherr war wohl auch nicht zu Hause. Falls der Lieferwagen und das Motorrad, die auf ihn zugelassen waren, nicht in der Scheune standen. Die war mit einem Vorhängeschloss gesichert. Es gab kein Fenster, durch das Sandra hätte hineinschauen können. Unwahrscheinlich, dass Andrea da drinnen festgehalten wurde, überlegte sie. Hätte sie geschrien, gab es zwar keine Nachbarn, die sie gehört hätten, aber den Postboten, Paketzusteller oder wer auch immer ab und zu vorbeikam. Sandra klopfte dennoch zaghaft an die Holzplanken. »Andrea?«, fragte sie leise, dann noch einmal etwas lauter. Nichts geschah.

Sandra wandte sich nach allen Seiten um, ehe sie zum Wohnhaus hinüberschlich. Die Tür war verschlossen. Ohnehin musste sie auf die Kollegen warten. Im Alleingang das Haus zu betreten, war viel zu gefährlich.

Was war das? Wo kam auf einmal der Rauchgeruch her? Sie trat ein paar Schritte zurück und sah zum Dach hinauf. Aus dem Rauchfang qualmte es nicht. Dann sah sie den

Rauch unter der Haustür hervorkriechen. Es brannte im Haus! Andrea! Panisch steckte Sandra ihre Waffe ins Holster und zückte ihr Handy, um die Feuerwehr zu alarmieren. Sie nannte ihren Namen. Dann spürte sie den Schlag am Hinterkopf und sackte zusammen.

»Du bist zu früh gekommen«, sagte Harald Windisch. Die rechte Hand in ein Geschirrtuch gewickelt, nahm er ihr die Dienstwaffe mit der linken Hand ab. Dann zerrte er die bewusstlose Frau ins Haus hinein.

# KAPITEL 25

»Lass mich raus! Hilfe!« Sie hämmerte gegen die Kellertür. Verzweifelt. Panisch. »Das kannst du nicht machen! Hiiilfe!« Er kam nicht zurück. Sie würde hier sterben.

Sie musste das Nachthemd ausziehen. Er hatte es mit Benzin übergossen. Wollte sie anzünden. Etwas von der brennbaren Flüssigkeit war über seine Hand geflossen. Hatte diese entzündet. Vor Schmerz schrie er auf. Das Streichholz fiel ihm aus der Hand. Die Wolldecke auf der Pritsche fing Feuer. Sie nutzte die Schrecksekunden. Kauerte sich in die andere Ecke des Kellers. Möglichst weit entfernt von den Flammen. Er hielt seine brennende Hand unter den Wasserhahn. »Wir waren noch nicht fertig«, schrie er. Dann war er fort. Schloss die Tür hinter sich ab.

Die Pritsche brannte lichterloh. Die Flammen schlugen bis zur Decke. Sie zog ihr Nachthemd aus. Warf es von sich in die Richtung des Feuers. Fauchend loderte eine Stichflamme auf. Sie rannte zum Waschbecken. Drehte das Wasser auf. Steckte ihren Kopf unter den Wasserhahn. Wusch das Benzin dann von ihrem Körper ab. So gut es ging. Das Handtuch! Sie musste es nass machen. Sich vor den Mund und die Nase halten. Das Feuer zu löschen versuchen. Bloß nicht mit Wasser. Brennendes Benzin konnte nicht mit Wasser gelöscht werden. Das wusste sie von einem Verflossenen, ein Feuerwehrmann. Die Flammen mussten erstickt werden. Aber womit? Ihre Decke war verbrannt. Es gab nichts mehr. Außer ihrem nassen Handtuch. Der Qualm wurde dichter. Ließ sie husten. Sie presste das Handtuch fester auf Nase und Mund. Ihre Augen brannten. Sie sah kaum noch etwas. Dann verlor sie das Bewusstsein.

# KAPITEL 26

## Immer noch Montag, 11. August

### 1.

Sandra wachte im Rettungswagen auf, durch eine Sauerstoffmaske atmend. Erschrocken griff sie nach ihrem schmerzenden Kopf, spürte einen Verband. Prompt fiel ihr alles wieder ein. Sie wollte die Maske abnehmen und sprechen.

»Schön oben lassen«, hielt sie der Sanitäter davon ab. »Sie haben eine Rauchgasvergiftung. Und eine Platzwunde am Kopf. Wir liefern Sie jetzt ins LKH Graz ein. Dort werden Sie versorgt.«

»Feuerwehr«, ächzte Sandra durch die Kunststoffmaske und wollte sich aufsetzen.

»Liegen bleiben.« Der Sanitäter drückte sie sanft auf die Trage zurück.

»Noch eine Frau im Haus …« Sandra hustete.

»Ganz ruhig atmen …«, sagte er. »Die andere Frau konnte

ebenfalls lebend gerettet werden. Ihr Zustand ist aber kritisch.«

Andrea lebte? Sandra entspannte sich etwas. »Wird sie durchkommen?«

»Die Verletzte wurde bereits mit dem Rettungshubschrauber in die Chirurgie der Grazer Universitätsklinik geflogen. Die sind dort spezialisiert auf Verbrennungen. Mehr kann ich Ihnen leider nicht sagen.«

Sandra schloss die Augen.

## 2.

Ihre Wunde am Hinterkopf wurde im LKH genäht. Die Computertomografie zeigte keine ernsthaften Verletzungen. Sandra hatte lediglich eine Gehirnerschütterung und eine leichte Rauchgasvergiftung erlitten und sollte über Nacht im Krankenhaus bleiben. Völlig erschöpft schlief sie nach den Untersuchungen in ihrem Krankenbett ein. Trotz der Sorge um Andrea. Immerhin war ihre Freundin aber noch am Leben.

Als Sandra ihre Augen wieder öffnete, saß Bergmann neben ihrem Bett und wischte auf seinem Handy herum.

»Sascha, was ist mit Andrea?«, fragte sie ihn ohne Umschweife.

»Sandra … Wie geht es dir?« Er lächelte sie mit besorgter Miene an.

»Ich bin okay. Wenn mir nur endlich jemand verrät, wie es meiner Freundin geht.«

»Sie hat Verbrennungen am Rücken, außerdem eine Rauchgasvergiftung und wird zurzeit auf der Intensivstation behandelt. Ihr Zustand ist aber so weit stabil. Wegen der starken Schmerzen wurde sie in ein künstliches Koma versetzt. In zwei, drei Tagen wird sie voraussichtlich wieder aufgeweckt. Es kommt wohl eine größere Hauttransplantation auf sie zu.«

»Wird sie durchkommen?«

»Die Ärzte sind zuversichtlich«, meinte Bergmann.

»Gott sei Dank!« Sandra griff nach der Fernbedienung, mit der sich die Position ihres Krankenbettes verstellen ließ. Sie fuhr das Kopfteil nach oben, bis sie einigermaßen bequem zu sitzen kam. »Dann schieß mal los. Was habe ich verpasst?«, fragte sie, die leichte Übelkeit ignorierend. Kopfschmerzen verspürte sie momentan keine. Wahrscheinlich hatten sie ihr starke Schmerzmittel verabreicht.

»Zuerst einmal wurde *dir* eine verpasst. Du bist bewusstlos auf den Kellerstufen gelegen, als die Kollegen dich am Einsatzort gefunden haben. Zum Glück nicht sehr lange. Einer der Cobra-Beamten hat dich ins Freie getragen und die Rettung verständigt. Einem anderen ist es gelungen, Andrea aus dem brennenden Keller zu holen, obwohl der Qualm schon ziemlich dicht war.«

»Dann wurde sie die ganze Zeit über dort festgehalten?«

»Genau wie Monika Thaller vor ihr«, bestätigte Bergmann.

»Was ist mit Windisch? Konntet ihr ihn festnehmen?«

»Er wollte auf seinem Motorrad fliehen, ist aber nicht sehr weit gekommen. Auch er liegt mit schweren Verbrennungen an der Hand und am Unterarm in dieser Klinik.«

»Hast du ihn schon vernehmen können?«

Bergmann nickte. »Ich war fast zwei Stunden bei ihm, bevor ich zu dir gekommen bin.«

»Schenkst du mir bitte Mineralwasser ein?«

»Aber klar.« Bergmann griff zur Flasche. »Steirerquell?«, las er vom Etikett ab. »Die haben meinen SOKO-Namen gefladert.«

»Nein, Sascha. Das Wasser heißt schon länger so.« Bergmann schenkte ihr ein. »Na egal. Die SOKO brauchen wir jetzt eh nicht mehr.« Er reichte Sandra das Wasserglas.

»Und weiter?«, fragte sie. »Hat Windisch ein Geständnis abgelegt?«

»Dass er und Nadine Rauch eine On-Off-Beziehung haben und sie ihm hörig ist, weißt du ja schon von ihr.«

»Ja, ich erinnere mich an ihre Aussage. Auch, dass sie dem ehemaligen Werbegrafiker das Tätowieren beigebracht hat.« Und Windisch auf Schweinehaut übte, ehe er sich am lebenden Objekt versuchte. Von Nadine wussten sie auch, dass der Phönix auf dem Rücken des Mordopfers von ihm stammte. Sie hatte Skizzen bei ihm gesehen. Sandra trank einen Schluck Wasser und behielt das Glas in der Hand.

»Harald Windisch hat Monika Thaller in der Thermensauna kennengelernt«, fuhr Bergmann fort. »Ihre ›jungfräuliche‹ Haut hat es ihm angetan. Zu diesem Zeitpunkt war sie noch nicht tätowiert. Daher war sie die perfekte Leinwand für seine Kunst, die er schaffen wollte. Anfangs hat ihr das gefallen. Sie war in ihn verliebt und stolz darauf, gleichzeitig seine Geliebte, Muse und Kunstwerk zu sein.«

»Deshalb hat sie sich von Merizadi getrennt. Oder er von ihr«, warf Sandra ein.

Bergmann bejahte. »Irgendwann hatte sie genug von den Tätowierungen. Doch Windisch war besessen von seinem Kunstwerk, wollte es unbedingt nach seinen Vorstellungen fertigstellen. Also betäubte er Monika Thaller mit KO-Tropfen, sperrte sie in den Keller und arbeitete weiter.«

»Hat er mit Andrea dasselbe gemacht?«

»Zu sexuellen Handlungen ist es angeblich nicht gekommen«, sagte Bergmann. »Aber sie sollte sein nächstes Kunstwerk werden.«

»Dann hat er auch Andrea tätowiert?«

»Ja, das hat er. Allerdings wird nach der Hauttransplantation nichts mehr davon zu sehen sein.«

»Und warum hat er sein erstes Kunstwerk verbrannt?«, fragte Sandra.

»Was wäre die Alternative gewesen? Es ewig im Keller einzusperren? Es wäre gealtert. Hätte an Schönheit verloren. Daher hat er beschlossen, es zu konservieren, indem er es fotografiert. Wie er zuvor Nadine fotografierte. Kunstvolle Fotos, das muss man ihm lassen. Wir konnten einige großformatige Prints auf Leinwand in seinem Atelier sicherstellen. Jörgs Leute überprüfen gerade seinen Computer und die Speichermedien. Das Fotografieren von tätowierten Frauen allein hat Windisch nicht mehr gereicht. Er wollte eigene Originale schaffen und diese nach dem Fotografieren vernichten, um die Spuren zu beseitigen, die zu ihm führen.«

»Und das Fotoshooting mit seinem Opfer hat im Pferdestall stattgefunden.«

Bergmann nickte.

»Der ist ja völlig irre.« Sandra nippte noch einmal an ihrem Wasser.

»Für Windisch war Monika Thaller schon länger keine Frau mehr, sondern sein Kunstwerk. Als dessen Schöpfer durfte er es auch zerstören. So sieht er es jedenfalls.«

»Wurde ihr Handy bei ihm sichergestellt?«

»Ihr Handy und ihr Laptop, ja. Anfangs hielt sie sich ja noch freiwillig bei ihm auf. Daher war sie auch nur noch selten bei sich zu Hause anzutreffen. Andreas Handy konnten wir ebenfalls in seinem Haus sicherstellen. Sie war gar nicht im Pferdestall, sondern bei ihm auf dem Hof, um dort angeblich ihre Freundin zu treffen.«

»Dann hat Windisch ihren Anruf entgegengenommen?«

»Genau. Er wusste von Monika Thaller, wer Andrea Neuhold ist, hat sie sogar einmal mit ihr in der Sauna gesehen. Als er ihren Namen am Display gelesen hat, hat er sie unter falschem Vorwand zu sich gelockt.«

»Warum war Monika Thallers Handy überhaupt eingeschaltet?«

»Da niemand nach ihr suchte, ist er leichtsinnig geworden und hat es ab und zu benutzt. Es war reiner Zufall, dass es eingeschaltet war und er direkt daneben saß, als Andrea anrief. Ihr hat er dann auch KO-Tropfen verabreicht und sie in den Keller eingesperrt. Monika Thaller hat er zu sich nach oben geholt, um eine letzte Nacht mit ihr zu verbringen. Noch im Morgengrauen ist er dann mit ihr in Andreas Mini zum alten Reiterhof gefahren, um im Sonnenaufgang sein Originalkunstwerk zu fotografieren und es anschließend zu verbrennen.«

»Und mit Andrea gleich sein nächstes Werk in Angriff zu nehmen«, sagte Sandra. Kaum vorstellbar, was ihre Freundin durchlitten hatte.

Bergmann nickte neuerlich. »Auch sie wollte er nach dem Fotografieren verbrennen und ihre Fotos gelegentlich ausstellen. Niemand hätte geahnt, dass dafür jemand sterben musste. Jeder hätte angenommen, dass darauf ein Tattoomodel abgelichtet ist. Denn alle seine Bilder haben eines gemeinsam: Es ist kein Gesicht darauf zu sehen. Als er dich kommen sah, war ihm klar, dass er mit seinen Plänen scheitern würde. Wieder wollte er die Spuren im Feuer vernichten. Deshalb hat er den Keller in Brand gesteckt.«

»Hast du ihn auch gefragt, warum er Monika Thaller auf dem Rücken abgelegt und angezündet hat, wenn er die Tätowierung dort zerstören wollte?«, fragte Sandra.

»Es war, wie du vermutet hast. Sein Opfer war am ganzen Körper tätowiert. Und er wusste nicht, dass die Auflagefläche vor den Flammen einigermaßen geschützt sein würde. Er nahm an, dass die Haut auch dort restlos verbrennt. Das war übrigens nicht der einzige Fehler, der ihm unterlaufen ist.«

»Darf ich raten? Er hat ein Kameraobjektiv im Stall zurückgelassen und auch noch einen Objektivdeckel in Andreas Auto verloren.«

»Richtig. Der Fingerabdruck auf dem Deckel stammt von seiner unverletzten Hand. Den Mini wollte er eigentlich auch noch im Schuppen anzünden. Dann sind aber die beiden Reiterinnen vorbeigekommen, die den Brand gemeldet haben. Und er ist Hals über Kopf vom Tatort durch den Wald nach Hause geflüchtet. Weit hatte er es ja nicht.«

»Einiges hat er aber auch richtig gemacht, um uns in die Irre zu leiten«, sagte Sandra und zählte die falschen Fährten auf, die er hinterlassen hatte.

Auch den Bart hatte er sich abrasiert, während er Monika Thaller in seinem Keller festhielt, seine Muskeln trainiert und Fett abgebaut, bestätigte Bergmann. Nur die Tätowierungen blieben unverändert. »So leid es mir tut, Sandra, ich muss dich jetzt verlassen«, sagte er auf seine Uhr blickend. »Ich hab noch einen Termin.«

»Wie heißt sie?«

»Manuela.«

»O je.«

»Und Otto, ihr zukünftiger Ehemann.«

Sandra blähte ihre Backen auf und blies hörbar Luft aus. »Lass dich ja nicht kleinkriegen«, gab sie Bergmann auf den Weg mit. Auch wenn sie sein Privatleben nichts anging.

# EPILOG

## Ein Jahr später: Dienstag, 11. August

»Sag mal, wirst du etwa verfolgt?« Bergmann schaute in den Außenspiegel auf der Beifahrerseite.

»Meinst du den Alfa hinter uns?«, fragte Sandra, in den Rückspiegel blickend. Auch ihr kam vor, dass ihnen der silbergraue Wagen folgte, seit sie den Chefinspektor vor seinem Wohnhaus abgeholt hatte.

»Der Fahrer sieht ziemlich jung aus. Mal sehen, wer der Fahrzeughalter ist«, meinte er und wollte zum Funkgerät greifen.

»Wozu denn? Der biegt schon irgendwann ab«, sagte Sandra.

»Und du bist dir ganz sicher, dass du keinen jungen Verehrer hast?« Bergmann richtete seinen prüfenden Blick nun auf Sandra.

»Vielleicht ist er ja hinter dir her«, sagte sie.

»Hinter mir? Geh bitte … Wie kommst du denn darauf?«

»Er hat ein Wiener Kennzeichen …«

»Wie über 800.000 andere Fahrzeuge auch.«

Sandra sah noch einmal in den Rückspiegel. Den blondgelockten Jüngling hatte sie noch niemals gesehen.

Tatsächlich folgte ihnen der Alfa weiter, bis Sandra ihren Wagen auf dem Parkplatz des Restaurants abstellte. Ihr Verfolger parkte sich einige Autos von ihnen entfernt ein. Bei laufendem Motor warteten sie, dass der Fahrer ausstieg. Doch auch er blieb in seinem Wagen sitzen.

»Glaubst du mir jetzt endlich?«, fragte Bergmann.

Sandra zuckte mit den Schultern. »Vielleicht telefoniert er ja und ist deshalb noch nicht ausgestiegen.« Die Autos zwischen den beiden Fahrzeugen verstellten die Sicht auf ihren Verfolger.

»Es reicht jetzt. Den kaufe ich mir. Stell dich quer hinter ihn, damit er nicht wegfahren kann«, sagte Bergmann.

Sandra verdrehte die Augen. »Du weißt aber schon, dass wir nicht im Dienst sind, sondern mit Andrea feiern wollten. Immerhin ist heute ihr erster Geburtstag in ihrem zweiten Leben.« Nach der Hauttransplantation hatte sich die Freundin körperlich einigermaßen rasch erholt. Eine Psychologin half ihr bei der Heilung der seelischen Wunden. Andreas sonniges Grundnaturell und ihr Humor kamen ihr bei der Bewältigung ihres Traumas ebenfalls entgegen. Wie ihr Lebensretter, der seit dem Brand nicht mehr von ihrer Seite wich. Aus dem Cobra-Polizisten und ihr war ein Liebespaar geworden. Zum ersten Mal im Leben konnte sich Andrea sogar vorstellen zu heiraten.

»Jetzt fahr schon!«, ordnete Bergmann an.

»Na schön. Wenn das ein Befehl ist …« Sandra blickte in den Rückspiegel und wandte sich um.

»Ist es.«

Sie legte den Rückwärtsgang ein und trat aufs Gaspedal. Mit quietschenden Reifen schoss der Audi aus dem Schrägparkplatz. Im Vorwärtsgang gab Sandra neuerlich Gas, um nach wenigen Metern quer hinter dem Alfa stehen zu bleiben. Seitlich war er zugeparkt, vor ihm die Hauswand, an der er unmöglich vorbeikonnte.

Bergmann löste seinen Gurt und sprang aus dem Wagen.

Er eilte direkt auf die Fahrertür zu und klopfte an die Scheibe. »Fahrzeugkontrolle!«, sagte er und streckte dem Fahrer seinen Dienstausweis entgegen.

Das Fenster wurde heruntergelassen. Der junge Mann reichte seine Papiere aus dem Wagen. Ob er etwas sagte, konnte Sandra nicht hören. Sie öffnete das Fenster.

Bergmann kontrollierte den Führerschein, als er plötzlich aufblickte. Wie versteinert starrte er den jungen Mann jetzt an. »Das ist doch ein schlechter Scherz, oder?«, meinte er schließlich.

Sandra stieg aus. »Brauchst du Verstärkung?« Sie stellte sich neben den Chefinspektor und grüßte den Lenker mit einem Nicken.

Bergmann schüttelte den Kopf und schluckte. »Dieser junge Mann hier behauptet allen Ernstes, mein Sohn zu sein.« Er gab ihm die Papiere zurück und lachte lauthals auf.

»Aber ich bin dein Sohn«, erwiderte der Blondschopf und sah Sandra Hilfe suchend an. Dann erzählte er, wer seine Mutter war, die Bergmann – damals selbst noch ein Jüngling – angeblich geschwängert hatte. Was sie ihrem One-Night-Stand verschwieg. Nach der Geburt gab sie ihren Sohn zur Adoption frei. Erst vor Kurzem lernte dieser sie kennen und erfuhr von ihr, wer sein Vater war, den er in der Folge ausforschte.

Bergmann rieb sich die Augen. »Hättest du mich nicht vorher anrufen können, um mich vorzuwarnen?«, fragte er. »Aber wo du schon einmal hier bist, steig aus, David. Wir haben einiges zu besprechen.«

Der junge Mann grinste jetzt bis über beide Ohren.

Dieses Grinsen! Der Apfel fiel nicht weit vom Stamm, dachte Sandra und wandte sich wieder ihrem Wagen zu, um ihn in der nächsten freien Lücke einzuparken. Dann folgte sie Bergmann und dem jungen Mann ins Lokal. Allem Anschein nach hatte Sarah, die eine Adoption durch ihren Stiefvater ablehnte, nunmehr zwei Brüder. Den kleinen Luis, der vor einem halben Jahr zur Welt gekommen war, und den erwachsenen David.

ENDE

# HERZLICHEN DANK FÜR DIE INSPIRATION UND/ ODER UNTERSTÜTZUNG AN:

Cornelia Habermeier-Grafl und Team, Stadtbücherei & Mediathek Fürstenfeld

Elisabeth Kasimir

Andrea Knoll-Nechutny

Univ. Prof. Dr. Eduard Peter Leinzinger, Gerichtsmediziner, Graz

Hannes Rossbacher

Claudia Senghaas, Armin Gmeiner, Jochen Große Entrup und das Team des Gmeiner-Verlags

Belinda Schagerl-Poandl und Robert Hopfer, Thermenland Steiermark Süd- & Oststeiermark Marketing GmbH

Curt Themessl, Fotograf, Wien

# GLOSSAR DER ÖSTERREICHISCHEN UND STEIRISCHEN AUSDRÜCKE UND ABKÜRZUNGEN

*ab'kragln* den Kopf abtrennen

*AMS, das* Abkürzung für Arbeitsmarktservice; in Deutschland: Bundesagentur für Arbeit

*Anonymverfügung, die* wird mangels Bekanntheit des Fahrers dem Zulassungsbesitzer zugestellt, der die Strafe selbst bezahlen oder aber dem Lenker zur Zahlung überlassen kann

*Badewaschl, der* Badewart, Bademeister, Badeaufsicht

*Beisl, das* Kneipe

*Bletsch'n, die* etwas Großflächiges; großes (Salat-)Blatt, auch ein großer Pickel; hier: ausladende Tätowierung

*BOKU, die* Universität für Bodenkultur in Wien

*Buschenschank, der* Lokal, in dem selbst erzeugter Wein ausgeschenkt wird

*Feschak, der* gut aussehender, fescher Mann

*fladern* klauen

*Gatsch, der* Matsch

*gegnissen* Vergangenheitsform von *gneißen:* verstehen, durchschauen, kapieren

*G'impfte, das* Wem *das Geimpfte aufgeht,* dem platzt der Kragen.

*Grantscherm, der* missgelaunter Mensch
*Greißlerei, die* Feinkostgeschäft, manchmal mit angeschlossener Gastronomie

*Gschamsterer, der* Freund einer Frau, Liebhaber

*Gschloder, das* Plörre

*Gschrapp, der* Kind, kleiner Mensch

*Hascherl, das* unterwürfige, bedauernswerte Person

*Holler, der* Holunder; auch: Unsinn

*kiefeln* knabbern; *an etwas kiefeln* = intensiv über die Lösung eines Problems nachdenken

*Klumpert, das* Kram, Gerümpel

*Kukuruz, der* Mais

*Leintuch, das* Bettlaken

*Mischung, die* auch: *G'spritzter oder Spritzer* Schorle

*No na (ned)* selbstverständlich, was denn sonst

*Obers, das* Sahne

*Ordination, die* Arztpraxis auch: Sprechstunde

*Organstrafverfügung, die* Geldbuße für eine geringfügige Übertretung, die ohne Verfahren unmittelbar zu bezahlen ist

*Peckerl, das* Tätowierung; von *pecken* = hacken, picken, aber auch zahlen

*pflanzen* veräppeln

*Pfui Deixel!* Pfui Teufel!
*picksüß* klebrig süß

*Sandler, der* Penner, Obdachloser

*Schlapfen, die* Pantoffeln

*am Schmäh halten* etwas vormachen

*Schwarzbeere, die* Heidelbeere, Blaubeere

*Steirermadl, das* Mädchen aus der Steiermark; im konkreten Fall aber ein erfrischender Sommer-Cocktail, den die Autorin selbst kreiert hat: Man nehme je einen Schuss Gin und Rosenblütensirup sowie 1/8 Liter Schilcherwein und gebe alles in ein Weinglas. Mit Mineralwasser auffüllen, mit frischer Minze und ungespritzten Rosenblättern dekorieren, eventuell Eiswürfel hinzufügen. Statt Schilcher und Mineralwasser kann auch Schilcherfrizzante oder -sekt verwendet werden.

*schöpfen* arbeiten

*Stubenfrau, die* auch: *Stubenmädchen, das* Zimmermädchen

*sudern* sich beklagen, jammern

*Tetschn, die* Ohrfeige

*Tocker, der* Trottel

*Ungustl, der* unsympathischer, widerlicher Mensch

*verkutzen* verschlucken

*Wandverbau, der* Wandschrank

*zerspragеln, sich* zur selben Zeit an verschiedenen Stellen sein, mehrere Dinge gleichzeitig tun

*Zungenpritschler, der* Zungenkuss

*Weitere Titel finden Sie auf den folgenden Seiten und im Internet:*
**WWW.GMEINER-VERLAG.DE**

# LKA-Ermittler Sandra Mohr und Sascha Bergmann ermitteln:

**1. Fall: Steirerblut**
ISBN 978-3-8392-1136-6

**2. Fall: Steirerherz**
ISBN 978-3-8392-1243-1

**3. Fall: Steirerkind**
ISBN 978-3-8392-1396-4

**4. Fall: Steirerkreuz**
ISBN 978-3-8392-1536-4

**5. Fall: Steirerland**
ISBN 978-3-8392-1683-5

**6. Fall: Steirernacht**
ISBN 978-3-8392-1926-3

**7. Fall: Steirerpakt**
ISBN 978-3-8392-2044-3

ISBN 978-3-8392-2264-5

**8. Fall: Steirerquell**
ISBN 978-3-8392-2265-2

ISBN 978-3-8392-2441-0

**9. Fall: Steirerrausch**
ISBN 978-3-8392-2414-4

**10. Fall: Steirerstern**
ISBN 978-3-8392-2593-6

**11. Fall: Steirertanz**
ISBN 978-3-8392-2861-6

**12. Fall: Steirerwahn**
ISBN 978-3-8392-0198-5

**13. Fall: Steirerwald**
ISBN 978-3-8392-0511-2

# Weitere Titel von Claudia Rossbacher:

**Enter ermittelt**
ISBN 978-3-8392-1371-1

**Enter ermittelt in Wien**
ISBN 978-3-8392-1877-8

**Wer mordet schon in der Steiermark?**
ISBN 978-3-8392-1775-7

**SOKO Graz – Steiermark**
ISBN 978-3-8392-2078-8

**Hillarys Blut**
ISBN 978-3-8392-2516-5

**Drehschluss**
ISBN 978-3-8392-2709-1

**Lieblingsplätze in der Steiermark**
ISBN 978-3-8392-0387-3

**GenussSpur Steiermark**
ISBN 978-3-8392-2517-2